Corazones en la oscuridad

Joaquín Pérez Azaústre

Corazones en la oscuridad

EDITORIAL ANAGRAMA

BARCELONA

Ilustración: «La voz de la sangre (1961)», © René Magritte, VEGAP, Barcelona, 2016

Primera edición: febrero 2016

Diseño de la colección: Julio Vivas y Estudio A

© Joaquín Pérez Azaústre, 2016

© EDITORIAL ANAGRAMA, S. A., 2016
 Pedró de la Creu, 58
 08034 Barcelona

ISBN: 978-84-339-9807-1
Depósito Legal: B. 512-2016

Printed in Spain

Reinbook Imprès, sl, Passeig Sanllehy, 23
08213 Polinyà

A mi familia

Como yo me había asomado al borde, comprendo mejor el significado de su mirada fija, que no podía ver la llama de la vela, pero era lo bastante amplia como para abarcar todo el universo, lo bastante penetrante como para introducirse en todos los corazones que laten en la oscuridad.

JOSEPH CONRAD

1

Sentada al final del autobús piensa en el descenso por el túnel. Se ve en la profundidad de la pendiente, como si pudiera descubrirse en el interior de un cuadro que alguien está pintando desde una región desconocida. Cuando llegue al garaje, amparada por el silencio compacto de los muros subterráneos, la sensación se irá tornando en un acecho pacífico. Mira a través de la luna amplia las calles casi vacías y las ventanas iluminadas de los edificios, como cubos enormes superpuestos entre zonas verdes prematuramente envejecidas, con balancines atornillados sobre la grava gris, diseminada en una nieve seca y granulosa.

Los paneles todavía muestran la publicidad, ya deteriorada, de las primeras promociones de la constructora. Entonces habían llegado a interesarse por las condiciones de financiación para comprar, en ese nuevo barrio, un piso algo más grande que el apartamento en el que ella vive todavía. El recuerdo le hace girar la cara secamente, como si hubiera recibido un breve latigazo en el mentón que la saca de su ensimismamiento.

Al bajarse del autobús contempla el letrero rojo iluminado sobre la tienda que permanece abierta toda la noche.

Distingue al muchacho frente a un pequeño televisor, sentado en un sillón con ruedas que, según le contó, recogió de la calle tras el cierre de las oficinas de una inmobiliaria. Se saludan con los ojos y él continúa mirando la pantalla, proyectada en la oscuridad del mostrador con su brillo azul parpadeante.

Tras dejar atrás dos cruces de calles con farolas envueltas en una niebla tenue, abandona la acera y desciende por la rampa del aparcamiento.

Hace tres días, Sandra la convenció para acompañarla a cenar con dos hombres. Uno de ellos era un compañero con el que su amiga ha mantenido un coqueteo intermitente, al salir del trabajo, en varias salidas nocturnas, tras la prolongación de la jornada laboral impuesta por la progresiva reducción de la plantilla, que les estaba obligando a aumentar su horario en la empresa de paquetería y transportes, soportando, a la vez, una reducción considerable del salario. El desánimo generalizado había propiciado más ocasiones para la confidencia y la complicidad de lo que hubiera sido frecuente en una situación más estable, porque el atento disimulo había sucumbido al decaimiento sin artificio de superación.

El hombre le habló de un amigo y Sandra pensó que podrían quedar los cuatro. Durante los últimos diez años, no ha cejado en su empeño por sacarla de casa. En un principio comprendió su duelo, porque lo contrario le hubiera parecido impúdico, sobre todo tratándose de Nora. Pero después, pasado el primer año, y también los siguientes, había perseverado en su insistencia: ella se sentía como una ligazón entre la vida anterior de Nora y su realidad inmediata, alguien que todavía podía recordarle la materia volátil de las fotografías que había guardado en cajas.

Sandra había vivido algunos de esos momentos, los había compartido con Nora y su marido: podía rememorarlos, y por eso sabía que aquella versión de su amiga quizá regresaría si conseguía recuperar su ánimo, adaptado a un nuevo dibujo de sí mismo, en la escultura fértil que se podría sacar de ella si permitía que alguien alcanzara la materia de su fragilidad.

Sin embargo, no sería aquella noche ni con ellos. Apareció apenas más arreglada que un día cualquiera: con unos vaqueros gastados, un jersey con cuello de pico y una camisa blanca. Los vaqueros no eran excesivamente ajustados, pero resaltaban el principio de morbidez apremiante en sus muslos, bajo una cadera cada vez más protuberante, aquilatada en una anchura que seguramente no se correspondía con un cuerpo que había practicado el deporte de alta competición hasta pasada la treintena. El jersey era fino y realzaba su busto, en una proporcionalidad equilibrada con la aparente rotundidad de los hombros y el tronco firme del cuello. El pelo lo llevaba recogido en un gracioso moño y se había pintado las mejillas con un colorete discreto que resaltaba el brillo castaño de sus ojos. El pintalabios granate iba quizá a juego con el tono bermellón del jersey, aunque probablemente la coincidencia sería involuntaria. Había cambiado sus cómodas deportivas por unos botines de medio tacón que daban cierta verticalidad a la línea de las piernas, aún lo bastante desarrolladas muscularmente como para llamar la atención de alguien que se fijara en ellas. Sandra la esperaba con sus dos acompañantes en el reservado del restaurante japonés. Cuando la vio aparecer, con un paso intermedio entre la inseguridad y la indiferencia, mientras los dos hombres se levantaban, se dijo que no se había sacado todo el partido que podría, pero definitivamente no estaba tan mal: como si tras diez años de continuadas negativas Nora hubiera vuelto a mirarse al espejo.

El que demostraba más confianza con Sandra respondía al nombre de Ronnie y parecía algo mayor. El otro, que inmediatamente se situó en la mesa y en la conversación como pareja tácita de Nora, se llamaba Carlo y era un poco más joven: tenía cuarenta años, exactamente dos menos que ella, y parecía mantenerse bien físicamente, sin demasiada barriga y con una apreciable corpulencia.

—Carlo ha hecho boxeo —empezó Sandra—, y por eso me dije que teníais que conoceros.

Tenía los ojos azules y un hoyuelo en la barbilla. El pelo era castaño, cortado a cepillo. Vestía, como Ronnie, un traje gris que no parecía caro, aunque él se movía como si lo fuera y estiraba los brazos bajo las mangas para que quedaran a la vista los gemelos plateados de sus puños, dos nudos marineros que a Nora le hicieron pensar en sogas diminutas que estuvieran ahorcando a un par de moscas.

—Sólo como aficionado, ¿sabes? La competición es otra cosa.

—Desde luego que sí —convino ella.

—Pero lo tuyo era *full-contact,* ¿no? Boxeo con patadas. Sandra nos lo ha dicho.

Nora arqueó las cejas brevemente y sonrió, poco después de mirar a su amiga y preguntarse cuántas cosas más les habría contado.

—¡Vaya! ¿Y ganaste algo? —preguntó Ronnie, que parecía ansioso por tomar parte en la conversación. Estaba casi calvo y tenía las mejillas mofletudas. Miraba a Sandra a cada momento y abría mucho la boca al hablar.

—No demasiado. Algo de dinero, algunos diplomas y un historial impresionante de lesiones.

—Te olvidas de tu apartamento —intervino Sandra, que en

el mismo momento de terminar la frase se arrepintió de ella. Nora la miró de hito en hito durante unos segundos y sonrió.

–No me olvido. Pero no lo pagué sola. Y me costó varias palizas.

A continuación les sirvieron dos surtidos de sushi con cuatro cervezas japonesas embotelladas que bebieron con relativa rapidez. Antes de terminarlas Ronnie ya se había apresurado a pedir otra ronda y nadie puso la menor objeción. Los cascos rebosaban humedad, como si el rocío les hubiera caído encima, en un aleteo soñoliento de pájaros mojados. Así se fue sintiendo Nora lentamente, como si también ella protagonizara su vuelo en espiral, porque tenía razón Sandra: disfrutó hablando de boxeo y otras cosas con Carlo y recordando la forma en que es posible que un hombre corteje a una mujer, en presencia de otros, sin hacerla sentirse incómoda.

Hablaron de las lesiones en articulaciones de muñeca y nudillos y de los posibles daños oculares. Hablaron de las heridas en la nariz y las cejas y Carlo se arriesgó a lanzarle un cumplido sobre la rectitud de su nariz. Ella respondió que nunca había recibido un golpe verdaderamente grave gracias a la suerte y a su juego de pies, y Sandra pensó entonces que su amiga estaba bebiendo demasiado deprisa, o no se explicaba que hubiera nombrado una cualidad propia. Mientras, Nora se imaginó otra vez con aquella agilidad anterior, que la hacía parecer, o eso le habían dicho algunos de sus entrenadores, una peonza en torno al adversario, acuciándolo a golpearle y esquivándolo, agotándolo y atacándole después: por un segundo se vio a sí misma lejos del restaurante y reconoció una presencia amparándola desde el rincón del cuadrilátero, con la toalla en la mano, o animándola desde la grada, sin apenas levantar la voz, y sintió por primera vez la tentación de abandonar la mesa. Sin embargo, estaba soportando la velada con normalidad, y eso le dio confianza. La evocación se desvaneció lentamente y siguieron hablando de las lesiones en la cabeza, el cuello y la cara, más el riesgo creciente de conmoción cerebral por un impacto brutal y desafortunado en el cráneo.

Carlo apuntó que la mayoría de las lesiones en la mano o la muñeca se debían a un mal golpeo, más que a una maniobra del rival. Nora lo confirmó y Sandra decidió protestar: se alegraba de que tuvieran tanto que contarse, pero no pensaba pasar toda la noche hablando de lesiones de boxeo. Ronnie, por su parte, les pidió que hicieran una exhibición.

Habían acabado la cuarta ronda de cervezas y el sushi y llevaban dos jarritas de sake no demasiado caliente que entraba maravillosamente bien. Carlo sonrió ante la propuesta de Ronnie, argumentando que nunca podría medirse con una antigua campeona profesional; pero Nora comprendió, por su manera de decirlo, que sí le gustaría cruzar puños con ella. Estaba sorprendentemente relajada: pensó que se debería seguramente al efecto vaporoso del sake. Volvió a sacar el tema del alzheimer y el parkinson para responder a una pregunta anterior de Ronnie, asegurándole que aunque el boxeo o el *full* son disciplinas de contacto, no puede demostrarse que un deportista de élite tenga que sufrirlos por necesidad, a no ser que haya sido noqueado en varias ocasiones. Ronnie añadió que cualquiera que hubiera sido noqueado muchas veces tenía serios riesgos de no terminar bien, fuera o no boxeador, para enlazar después, abriendo su sonrisa maliciosa, con las peleas de mujeres en el barro y preguntarle si también las practicaba.

Permanecieron callados mientras Ronnie les miraba lastimeramente, agitando sus mejillas, irritadas y rojizas por el alcohol y el exceso de wasabi, esperando que alguien le siguiera la broma.

16

—Ya estamos —le cortó Sandra—. No es por ti, siempre que bebe acaba hablando de las dichosas peleas de barro.

Pagaron ellos la cuenta y Sandra resolvió entonces que ellas invitarían a las copas.

Al salir a la calle, Nora agradeció el aire gélido y nocturno: por una vez, no la invitaba a recluirse dentro de una garita de cristal, junto a la máquina expendedora de tiques, el cajero y el silencio del aparcamiento.

Fueron al sitio más cercano, con unas luces verdes sobre la puerta. El estrépito de la música otorgó a Nora una excusa para la proximidad física con Carlo. Consiguieron hacerse con un hueco en la barra. El calor se había hecho tan intenso que Nora se quitó el jersey. A Sandra se le veía el bordado del sujetador y el escote, salpicado de pecas, que Ronnie acariciaba con la yema de los dedos mientras le hablaba al oído. Carlo se desprendió de la chaqueta y se aflojó el nudo de la corbata al preguntarle por el tipo de entrenamiento que había seguido con más asiduidad. Ella le respondió que no creía que eso le importase verdaderamente y un segundo después se vio obligada a empotrarse en su torso, aplastada contra él, tras la entrada de un grupo de unos veinte muchachos que taponó la puerta.

El atasco se disolvió. Pidieron cuatro copas y después cuatro más, y Nora ya no supo cuánto tiempo llevaban allí ni quién las había pagado. Ronnie estaba sentado en uno de los taburetes, con los talones apoyados en la barra metálica y Sandra entre sus muslos. Oyó, como un eco aturdido, el ruido de los hielos agitados sobre el cristal.

Bajó los párpados mientras mantenía el equilibrio con la muñeca apoyada en el borde de la barra. Pensó que con ese único punto de referencia podría recomponerse mientras Carlo volvía, una vez más, de los servicios: no había parado de ir en las últimas dos horas y Nora empezaba a dudar que se debiera a una probable incontinencia urinaria. Dejó caer el telón de sus finas pestañas y se dijo que marcharse no tendría que resultarle demasiado difícil: esos dos acababan de pasarse a un sofá al fondo de la sala, con la iluminación debilitada, y ni siquiera tendría que despedirse de ellos. Pero no le sería tan sencillo deshacerse de Carlo, porque daba por hecho algo que no iba a ocurrir y Nora comenzaba a pensar, en su nubosidad dulzona, que había contribuido a crear esa ficción, porque una parte de ella también lo había deseado.

–Ya estoy aquí. Vaya, no te habrás quedado dormida. Tenemos mucha noche por delante.

Nora abrió los ojos. Al hacerlo le pareció que iba a desplomarse, pero después descubrió que podría sostenerse. Había vivido antes la misma situación: a punto de ser noqueada, en el último momento sonaba la campana o sentía una nueva y extraña lucidez que la hacía amagar, esquivar y fintar, protegerse los flancos y lanzar la derecha tras haber engañado con un gancho de izquierda que luego reaparecía, cuando todas las fibras de sus músculos reclamaban su derecho a derrumbarse en la lona; pero bajo la piel y los tejidos, desgarrados y aún duros, ella sabía que se mantendría en pie.

–No creo que me quede tanta. Ahora me toca a mí ir al servicio.

Levantó la muñeca del filo de madera y dejó caer el peso del cuerpo sobre los botines. Varias hileras de botellas azules y blancas se multiplicaban en un fondo de espejo que le devolvió una imagen de sí misma reproducida infinitamente. Le pareció que ya apenas quedaban unas cuantas sombras, guarecidas en la corporeidad de unos sillones pardos.

El suelo se había ido revelando más sucio y escurridizo al acercarse a la puerta. La empujó y entró en un pasillo luminoso. Apoyó las manos a ambos lados del corredor y sintió la lisura del frío entrando por sus palmas. Fue avanzando despacio, para no tropezar con los vasos desparramados por el suelo, con un líquido ocre, aclarado bajo el halógeno. Su contemplación le arrancó una arcada, pero se sobrepuso y la contuvo.

Cuando entró en el aseo le sorprendió que el hedor fuera menos opresivo que en el pasillo. Abrió la puerta del primer inodoro y estuvo a punto de precipitarse sobre el pavimento de cuadrículas. Los mensajes y varios números de teléfono en la puerta, escritos o rayados, levantando la pintura, le bailaban, borrosos, mientras intentaba respirar reteniendo el aire en el diafragma, tenso durante varios segundos, para después soltarlo lentamente.

Orinó y tiró de la cadena con una mano mientras se limpiaba con la otra y después se subió los pantalones y se los abrochó con dificultad, dando un agujero más a la hebilla del cinturón: aunque la cena no había sido especialmente copiosa, el alcohol le habría hinchado el vientre. Apoyó las manos en el borde del lavabo, dejando caer la cabeza y ofreciendo al espejo el mapa de su cuero cabelludo, donde ya aparecían varias canas entre el cabello castaño, más clareado en la coronilla, mientras se deshacía el moño para volver a hacérselo de nuevo, en una especie de prestidigitación impuesta para recuperar cierta autoridad sobre sus manos, antes de inclinarse bajo el chorro.

Entonces fue empujada abruptamente, hasta que la cabeza le quedó hundida en el lavabo, torcida contra su pared frontal y encajada entre la loza y el grifo. Antes, al refrescarse, había oído un chapoteo y lo había atribuido a un goteo indeterminado dentro de cualquiera de las cisternas; pero eran pisadas, las mismas que habían llevado a esas piernas a pegarse a sus pantorrillas mientras unas manos grandes se incrustaban en el centro de su espalda como dos

19

palancas, impidiéndole que pudiera levantarse, restregándose contra ella, inmovilizada aún más al tratar de zafarse, con los hombros en cruz sobre los bordes y la boca aplastada contra el fondo, con el hilo de agua que seguía saliendo del grifo entrándole por la nariz al intentar respirar.

–Así que eres brava.

Reconoció la voz. Era más grave de lo que recordaba, con una nueva ronquera gutural, más profunda, como si la excitación la estuviera mutando mientras hundía las manos en su espalda y la obligaba a arquearse, hasta sentir una presión insoportable a la altura media de las vértebras.

No le llegaba ningún ruido del bar. Recordó el pasillo, demasiado largo como para que alguien pudiera oírla si gritaba, en el caso de que consiguiera hacerlo y no tuviera la boca llena de agua, porque su propia cara taponaba el agujero mientras se llenaba el lavabo.

Nora dejó lacios sus miembros, como si hubiera perdido la corriente vital para convertirse en un fardo, y se dejó caer, con la cintura aún clavada en el bordillo, durante varios segundos, hasta que notó que la presión languidecía en su espalda y las manos se apartaban. Las piernas que la habían empotrado dieron dos pasos atrás y volvió a oír la voz, pero algo temerosa:

–Oye, que era un juego, sólo era un juego, no te habrá pasado nada.

Ella entonces volvió a abrir los ojos. Sin apenas moverse arrastró la mano derecha por encima de la repisa del lavabo, llevó la otra al extremo contrario y flexionó los brazos para intentar erguirse. Tenía un fuerte dolor en la torcedura del cuello. Cuando se enderezó, sin decidirse todavía a volverse, no apartó la vista del pequeño remolino que estaba terminando de escaparse por el desagüe.

Dos brazos la rodearon desde atrás, esta vez más mesuradamente, para llevar las manos a la parte baja de su abdomen y enseñar los puños blancos de la camisa, con los gemelos plateados de nudo marinero, transmitiéndole un calor abrasivo mientras desabotonaba con pericia los botones del pantalón. Unos dientes seguros mordisqueaban su nuca sin llegar a herirla, pero con un atisbo de fiereza agostada que le hizo recordar cómo era ser mordida y ser tocada y el olor de su propia intimidad.

–Sabía que te gustaba ir de dura –oyó, mientras unos dedos veloces le entraban en el pantalón. Ella apenas veía la pantalla blanca del lavabo y el aturdimiento le hizo volver a entrecerrar los ojos, mientras sentía las manos masajeándole el pecho por encima del sujetador.

–Tú no tienes ni idea de lo que me gusta. Suéltame.

–De eso nada. Aquí o en el coche, lo que tú quieras.

Le levantó el sostén y dejó al aire las dos copas de carne, circulares y compactas. Ella retorció el cuello y trató de desembarazarse estirando los brazos.

–Por favor, te he dicho que me quiero ir. Vale que lo de antes haya sido un juego o lo que fuera, pero déjame irme.

–Venga, si llevas pidiéndome guerra toda la noche.

Metió los dedos en la hendidura húmeda de carne y ella se estremeció hasta paralizarse, como si acabara de despertar de un sueño adensado.

–¡Que me dejes, joder!

Flexionó las piernas cuanto pudo para sacar el codo derecho hacia atrás con toda la potencia que reunió, como el resorte de una maquinaria en desuso que hubiera vuelto a ser puesta en funcionamiento.

El codazo no le acertó de lleno, pero sí lo bastante como para que se llevara la mano al bajo vientre después de darle un palmetazo en el cuello.

Nora se incorporó. Carlo le interceptaba el camino

hacia la puerta. Pegó la espalda a la pared y lo contempló erguido frente a ella y también en el espejo, como si tuviera que enfrentarse con dos hombres para salir de allí.

–Al final vas a darme lo que quería –susurró, y su voz volvió a enronquecer como minutos antes, mientras se quitaba los gemelos y los guardaba en el bolsillo derecho de su pantalón para remangarse hasta los codos.

–Mira, no voy a darte nada. Quizá otro día, pero te pido por favor que hoy no y menos aquí –se escuchó, con un anuncio de náusea, mientras se guardaba el pecho magullado dentro del sujetador y se abrochaba la camisa, intentando parecer seductora mientras sentía el sudor anegándole las axilas y trataba de controlar el temblor de sus piernas.

–Y una mierda. Eres una puta calientapollas. Puta gorda calientapollas.

Sacudió la cabeza y se echó a reír, complacido tras su última frase. Nora supo que no iba a tener otra oportunidad: descartó el barrido lateral por no poder confiar todavía en su equilibrio y también cualquier tipo de patada con salto. Concentró los ojos en la mandíbula y trató de centrar toda su energía en el hoyuelo sin mirar del todo hacia la puerta, aunque la veía al fondo, como una placa turbia. Cerró el puño derecho, lo lanzó hacia delante y sintió su lengua más pastosa mientras ganaba impulso con la totalidad del cuerpo hasta alcanzarle.

Carlo retrocedió y movió la cabeza como si tuviera dentro un sonajero y quisiera agitarlo. Ya había ganado un par de metros, pero él le soltó un manotazo en el oído cuando la tuvo a su alcance que la estrelló contra el quicio de la puerta de uno de los urinarios. Nora sintió el impacto diagonal bajo el hombro, aunque por el tipo de dolor supo que no se había roto ninguna costilla: aprovechó el apoyo que le brindaba la verticalidad del marco, se agachó, lanzó un barrido lateral con la pierna izquierda y describió una semi-circunferencia sobre la superficie de cuadrículas blancas. Él trastabilló hacia atrás y su cabeza sonó al chocar contra el suelo como una maraca sorda, sin semilla y vacía.

Avanzó por el pasillo con pasos titubeantes y descubrió que podía moverse más rápidamente. Al salir, uno de los camareros le preguntó si le pasaba algo. Atravesó el bar casi vacío. Encontró la persiana de la puerta echada hasta la mitad, se inclinó y pasó. Al bajarla sonó como una sierra que rajara la noche.

2

Después de media hora caminando ya estaba segura de que no le seguía. Le escocía la ingle bajo el pantalón por la cara interna de los muslos y tenía los calcetines encharcados. El frío mantenía la tela húmeda sobre la piel y el olor de su propio orín le hizo sentir una súbita vergüenza al llegar a la explanada desértica del parque.

Aunque estaba más tranquila no fue capaz de cruzar por el camino de tierra entre los columpios y los aparatos de gimnasia para jubilados. Prefirió continuar al abrigo de las fachadas, con locales todavía en alquiler, sin ver del todo el cielo ennegrecido. No sabía cómo había acabado allí. Creía que había andado en dirección a su casa, pero de alguna manera involuntaria había desviado la ruta hasta seguir el camino del aparcamiento. Se pasó el borde de la manga por la frente sudorosa. Paró, tosió, se sentó en el bordillo de un portal, se llevó las manos al vientre y vomitó.

Llegó al apartamento con la boca sucia y temblorosa por la fuerza con que había apretado la mandíbula. Pasó al cuarto de baño y abrió la portezuela de la lavadora. Dio la vuelta a los pantalones al quitárselos y los metió dentro con los calcetines térmicos, el jersey, la camisa, el sujetador y las bragas azul claro. Todavía sentía la presión de esos dedos en el vientre, pero era la hinchazón en el costado lo que le preocupaba.

Al salir de la ducha observó la barriga, no excesivamente voluminosa pero abultada a ambos lados. Levantó ligeramente los brazos, con el dibujo de los músculos desvanecido bajo su flojedad, y contempló el moratón de su costado derecho, mayor de lo que pensaba. Se palpó el pliegue del principio del pubis, sobre el nacimiento del vello abundante, como si estuviera sosteniendo una bolsa de carne picada recién traída de la carnicería. Nunca había estado orgullosa de su cuerpo, y menos aún durante sus años de entrenamiento, cuando sentía que su feminidad se escurría entre el brillo de sus bíceps y el constante olor del linimento. Ahora sus tejidos se habían abandonado a la relajación, con un fondo de blandura que parecía mirar hacia la superficie de la piel macilenta.

Sólo sus piernas seguían pareciéndose a sus piernas de antes, vigorosas bajo la grasa, a pesar de que siempre había escuchado que esa musculatura era la primera en perderse. Sintió las plantas asentadas sobre la alfombrilla, salió del baño y atravesó el pasillo. Abrió el congelador, sacó el hielo, lo metió en una bolsa de plástico, la cerró anudándola y envolvió la bolsa en una toalla para aislarse de su quemadura al contacto con la piel: se la aplicó primero en el costado, luego sobre el muslo derecho y después en el izquierdo, alternativamente, sin llegar a sentir que la hinchazón comenzaba a remitir pero creyendo que sería así. Volvió al baño, se secó muy despacio encima de esas zonas, ligeramente insensibilizadas, y estrujó el tubo de crema antiinflamatoria desde la base hacia la apertura, presionando con los pulgares hasta lograr reunir sobre su palma una bolita del tamaño de un garbanzo. La puso sobre el moratón del muslo derecho y comenzó a extenderla, para hacer después lo mismo en el izquierdo y el costado. Después se lavó las manos y se quedó frente al espejo, como si estuviera contemplando el desnudo integral de una desconocida.

No saldría más a buscar lo que otros quisieran para ella. Ya lo había tenido, lo había vivido y se había terminado. Era lo único que sabía. Fuera, la escarcha rielaba encima de los coches aparcados mientras reflejaba el nacimiento pálido del sol, todavía nebuloso, pero también más cálido y honesto en su apariencia sanadora del mundo.

3

Introduce la llave por la ranura de su taquilla en la empresa de seguridad y descuelga la percha con su uniforme. Es de paño gris, abotonado, y tiene dos pequeños galones rojos en los hombros. Se abrocha el cinturón y sopesa el revólver calibre 38 especial de cuatro pulgadas. Lo abre como cada noche y comprueba que las seis balas del tambor están dentro, lo gira, cuenta los veintisiete cartuchos en el cinturón y se ajusta la porra en su cilindro de cuero. Después vuelve a calzarse sus botas de suela de goma y se anuda los cordones mientras apoya las plantas sobre el extremo del banco metálico, se revisa el moño y sale del vestuario.

Cuando llega al aparcamiento, desciende hasta la sala de control, en la que da el relevo al compañero diurno. Antes se repartían los horarios por parejas, pero desde que comenzaron los despidos los turnos son individuales. Contempla las pantallas de los ocho monitores que vigilan por zonas los tres niveles: las rampas de entrada y salida a ambos lados de la garita, junto a la barrera de brazo telescópico abatible, ajustada a la altura de turismos y furgonetas, el expendedor de tiques y el cajero, y los dos sótanos, con los aparcamientos delimitados con lindes de pintura amarilla entre la solidez de los pilares, como dólmenes ocultos bajo un manto de yeso.

Nora echa la llave por dentro y se deja caer en el sillón. Su compañero ha debido de permanecer allí toda la jornada, sin apenas hacer rondas: al echarse hacia atrás, tiene la sensación de entrar en una cama que ha sido previamente calentada por otro.

Empezó a trabajar en el garaje antes del accidente, tras decidir que pasados los treinta dejaría de combatir. Había tocado su techo como deportista tiempo atrás, cuando llegó incluso a tener algún patrocinador para luchar por el campeonato nacional y ganó algo de dinero, que junto a los ahorros de Paul cubrió la entrada de un pequeño apartamento, con un dormitorio y una cocina que daba al salón a través de un ventanuco en la pared.

Doce años después se ha acostumbrado al escenario aparentemente inhóspito y a ese ritmo vital invertido, que la obliga a mantenerse despierta durante la noche y dormir hasta la tarde. Ha llegado a encontrar una especie de sosiego en la integridad de esa rutina, que al principio, cuando Paul aún la esperaba cada mañana con un desayuno de café y tortillas de claras, le había hecho sentirse alejada del mundo de los vivos. Pero no encontró ningún empleo mejor y acabó pensando que había tenido suerte: sobre todo después, cuando la vigilancia nocturna de aquel parking se convirtió para ella en la mejor respuesta ante lo que habría de suceder, con esa sensación de anestesia ambiental cada vez que descendía por la rampa.

Piensa cosas así mientras su vista se diluye en la inmensidad fragmentaria de las ocho pantallas, evadida en la imagen líquida de los monitores, allá donde las formas maleables se sumergen en la opacidad.

4

Escucha el giro brusco de las tres vueltas de llave en la puerta de su apartamento, un ruido de pesas diminutas izadas por un sencillo sistema de poleas, como el aparato de gimnasia que su padre le instaló en el dormitorio para fortalecer sus débiles dorsales cuando se lo recomendó su primer entrenador. Al entrar, la mera visión del armario empotrado en el pasillo, frente a la estantería, le devuelve una calma que agradece, ofrecida por esas paredes como una hospitalidad anterior a la propia decoración: la sintieron cuando entraron por primera vez, al descubrir la luminosidad de la única ventana exterior.

En los últimos diez años no ha añadido nada, y desde luego no ha quitado nada, en los estantes ocupados por libros de artes marciales y nutrición deportiva, con los trofeos que fue ganando desde que empezó a competir, excepto aquellos que aún siguen en casa de su madre. Después de tanto tiempo ya no está demasiado segura de quién colocó cada cosa, y aunque alguna vez ha deseado deshacerse de todo, porque ya no tiene ningún sentido para Nora esa especie de retablo de sus modestos logros deportivos, al final lo ha mantenido. Si algo ha descubierto es que la fijación de la costumbre le sirve como un bálsamo invisible para mantener hidratada su memoria, protegida del frío y su acartonamiento: porque en algún momento tendrá que decidir qué hacer con la ropa que ocupa todavía la mitad del armario, los álbumes, las grabaciones de algunos de los viajes y los discos que no ha vuelto a escuchar pero que la acompañan, que están también con ella al proyectar la esencia de lo que se ha vivido y todavía se posee, al abrir el armario y percibir su olor, intacto en la madera, traspirando su recta intimidad.

Siente el tacto amable de la colcha, su hundimiento en la cama que nunca le ha resultado demasiado grande, a pesar de todo lo que ha oído sobre la dimensión de los colchones y la soledad. No advierte ninguna diferencia en su estado de ánimo desde que se levanta hasta que se acuesta y también cuando atraviesa las cocheras vacías de las dos plantas subterráneas del parking, subiendo o bajando del autobús o si queda con Sandra, por lo que no sabe en qué podría alterar su percepción el hecho de dormir en una cama más pequeña.

Sin necesidad de abrir los ojos, percibe la presencia del portarretratos, con los filos envejecidos y unos adornos levemente barrocos. Prefiere contemplar la fotografía sin verla, porque el mero lugar de los objetos opera sobre ella como una prolongación de los instantes que tiene algo de disciplina de supervivencia, como si en la superficie de la mesilla de noche no hubiera únicamente un marco de madera, ni tampoco un eco de la voz y del rostro que quedaron prendidos en la imagen, sino una autoridad mayor y posterior a él que no tiene que ver con el amor, sino con la determinación de mantener alejado lo mucho o poco que aún conserva de sí misma, como si sólo pudiera contemplar al hombre de la fotografía sabiéndose creadora de su perduración, porque ha vuelto a encontrarse igual que antes de conocerle, pero con un recuerdo que mantener a salvo de su desgaste.

Las moraduras de los muslos y el costado van remitiendo, aunque todavía le duelen. No ha recibido la llamada de Sandra ni ha tenido ánimos para marcar su número, pero lo más seguro es que no sepa nada. Tampoco recuerda si le dio el teléfono a Carlo. En algún momento, sobre todo en los trayectos de ida y vuelta en autobús, ha valorado la posibilidad de ir a la comisaría a denunciarle; pero el hecho de haber sido sorprendida por detrás, en una situación aparentemente embarazosa y tan bebida, siendo casi ahogada en el lavabo por un hombre que además no estaba en plenitud de sus facultades físicas ni mentales, sino seguramente enajenado, por un exceso etílico o de otra sustancia, y que encima carecía de su adiestramiento, a pesar de su abultada envergadura y de sus nociones rudimentarias de boxeo, no la iba a dejar en la mejor consideración dentro de la empresa, en la que se vienen temiendo nuevos planes de reducción de personal. Incluso dudaba, recordando cómo había hablado y reído con él, si había contribuido a su excitación, porque ni siquiera ella estaba segura de haber sido clara en su actitud. Pero luego recordó haberse negado no una vez, sino cuatro; y aunque pudiera haber habido un equívoco en los códigos empleados, por mucho que le hubiera dado a entender, sin pretenderlo, algo que no iba a ocurrir, o incluso si ella misma no había decidido si prefería que sucediera o no, estaba en su derecho a decir no y lo había dicho cuatro veces.

Descorre la puerta de cristal y sale al balconcito. Ha anochecido, pero la iluminación vaporosa de las farolas, reflejada en los escaparates, cae sobre las formas del sofá, con la pantalla del televisor vuelta un telón que absorbe la última claridad del cielo, adensada en los cojines, como si fueran cuerpos observándola. Se asoma a la ventana. Suena el pitido del teléfono. Ve pasar los coches hacia el sur de la ciudad, en procesión de luces fluidas y serpenteantes, como anguilas buscando diluirse entre las angosturas de los edificios.

5

–¡Nora! ¿Cómo va todo?

–Bien. ¿Y tú?

–Regular. Mal, en realidad. Es Ernesto. Ya sé que nunca te ha encantado, pero esto es insostenible. Acabamos de volver de París y todo le molesta. Al menos Ode está en Bruselas y no tiene que padecerlo, aunque seguramente se lo imagina, o no nos habría organizado este fin de semana sorpresa. Ojalá se le pase. Pero tengo la impresión de que busca cualquier pretexto para enfrentarse conmigo. Quizá quiere divorciarse. No sé.

–¿Qué tal en la universidad?

–Pues mira, igual. Nos van a incrementar las horas lectivas. Ya son dos años sin que se ofrezcan nuevas plazas ni contratos de interinos, y tenemos las clases que van a reventar. Creen que aumentando el número de alumnos van a solucionar la crisis educativa. Pero te estoy aburriendo, y te he llamado para preguntarte cómo estás.

–Susana, ya te lo he dicho. Bien.

La pausa le parece más tangible, como si estuviera hecha de una sustancia arenosa.

–No me he olvidado de la fecha de pasado mañana.

–Nunca lo haces –responde, y antes de decirlo ha pensado que podría intentar ser un poco más amable con su hermana.

–Pero es que pasado mañana es distinto.

–No veo en qué puede ser distinto.

–Nora, por Dios. Porque hará diez años.

–Sí, es verdad. Pero no veo en qué puede hacer que sea diferente que se cumplan diez años, nueve o doce. Para mí es igual –termina, y entonces sí se dice que su voz suena por lo menos más suave, mientras el cielo parece haberse reblandecido sobre las sombras alargadas de las azoteas.

–Tienes razón. Sólo quería que supieras que me acuerdo.

–Sé que te acuerdas. No hace falta que me llames para decírmelo, pero te lo agradezco –musita, mientras piensa en cerrar la ventana, porque el aire del anochecer es cada vez más frío: siempre le ha gustado sentirlo sobre la cara y escuchar su silbido, que puede oír por debajo de los cláxones y de los motores de los coches, y por eso la mantiene abierta–. ¿Cómo sigue mamá? Hace más de un mes que no hablamos.

–Precisamente mañana he quedado con ella para comer. Creo que quiere decirme algo. Pero está inquieta, eso es seguro. Ayer le noté la voz nerviosa. Cuando le pregunté qué le ocurría, me respondió: «Mañana, espérate a mañana.» No tengo la menor idea de lo que querrá contarme, y la temo un poco: aunque con su dulzura de siempre, últimamente habla con demasiada franqueza, como si tuviera una gran verdad dentro y estuviera esperando el momento adecuado para soltarla. Pero eso, en realidad, es lo de menos. Aquellos despistes que hemos comentado alguna vez se han convertido en pérdidas de memoria frecuentes. Más que pérdidas, lagunas. Ausencias. En mitad de la conversación, desconecta, como si estuviera en otro lugar o se hubiera perdido.

34

—Susana, eso ya suena preocupante. ¿Habéis ido al médico?

—Como si fuera tan fácil. Cualquiera la convence. No quiere ni oír hablar de eso. Todo lo que no sea salir de su casa para caminar por la alameda del paseo marítimo y llegar al hotel, no le interesa. Sin embargo, contigo ha hecho una excepción, porque quería coger el tren pasado mañana para ir a verte. Pretendía que nos presentáramos en tu casa sin avisarte, pero yo la convencí de que no era buena idea.

—Gracias. Porque no pienso ir a ningún sitio, ni haré nada especial, para qué. Ya me cansé de eso. No va a ser un día fácil y prefiero pasarlo sola.

—Te comprendo.

—Cuando hables con ella explícaselo, y quítale importancia. Dile la verdad, que no es por vosotras. Quizá más adelante vaya a veros. Pero esto es como es. Es más, tiene que ser así. Y sólo puede entenderlo quien lo vive.

—Lo haré. Aun así, mamá te llamará mañana al mediodía.

6

Águeda cuelga el teléfono, abre las portezuelas vidriadas y sale a la terraza. La claridad lechosa de la espuma se arrumba en la orilla, con una suavidad de luz disuelta al otro lado del paseo marítimo, mientras la voz distante de Nora resuena en su cabeza, como una letanía de palabras asépticas. El aire forma remolinos en los tallos nudosos de las plantas, con las salpicaduras cárdenas de los pétalos temblando ligeramente en los tiestos mientras piensa en la fragilidad de todas las cosas, en la escasa distancia hasta la playa y en el tono de su hija, entregado a la devastación, arrasada diez años después del accidente. Apoya las manos en la baranda y estira los dedos cada vez más huesudos, con la piel todavía brillante bajo el sol macilento. Tiene que ir a verla. No importa que viva en otra ciudad, interior además, alejada del mar que todavía le transmite su respiración, que la hace vibrar cada mañana con una suerte de excitación juvenil, ni que ella misma se hubiera prometido no volver a viajar; tampoco la retendrá que Nora siga insistiendo en vivir sola su duelo, porque sabe lo que puede llegar a suponer el peso de una pérdida, simulada o real, y su hija es todavía una mujer joven, acaba de cumplir cuarenta y tres años, para enterrarse en la monotonía de una desolación que parece, a partes iguales, inevitable y voluntaria, en una forma de supervivencia que se apaga a sí misma. Aprieta fuertemente los dedos, finos y estrangulados por la artrosis, al frío metal de la baranda azul, con los maceteros extendidos junto a sus pies descalzos, mientras la brisa le acaricia la hinchazón de los tobillos y le va subiendo dentro del camisón, de repente abombado en la cadera por la bolsa de aire que asciende hasta arremolinarse en la nuca, erizada bajo el poderoso pelo rojizo, sujeto por un moño. Levanta la barbilla y deja caer los párpados, sintiendo el súbito calor en la cara: hoy lo hablará con Susana, su hija mayor, durante el almuerzo que compartirán en el salón acristalado, con vistas al océano, del Hotel Pacífico, y le explicará que debe marcharse, aunque ninguna de las dos esté de acuerdo, porque siente que no le queda demasiado tiempo y Nora, pese a todo, la sigue necesitando. Ni siquiera tras el accidente, cuando la progresiva asimilación del impacto la había mantenido en un estado de languidez casi sonámbula, la había percibido así. Diez años después, Nora parece haberse abandonado a una cierta comodidad en su desolación, con la vitalidad apagada, mate, en su voz, cada vez más adelgazada por teléfono, más desdibujada, como a punto de desaparecer. Águeda ha comprendido que su hija debe volver con ellas, porque esa ciudad ya no tiene nada que ofrecerle. Esta tarde irá a la agencia de viajes a sacar los billetes de tren y reservará un par de noches de hotel.

Segura de la decisión, vuelve a entrar y deja el balcón abierto. Susana no intentará disuadirla. Si no tiene que ir a la universidad, seguramente la acompañará a la agencia. Es bastante probable que, tras haber desistido de intentar impedírselo, se ofrezca a viajar con ella; pero Águeda le responderá, tras agradecérselo, que quizá no sea la mejor ocasión para un encuentro entre las dos hermanas, sino, más bien, de la madre con la hija. Y por una vez, solas.

Frente al reto de ir, entrar en la vida de Nora y proponerse convencerla de que regrese, y todos los reparos que pondrá a instalarse otra vez, aunque sea de forma transitoria, en su antiguo cuarto, qué fácil le resultará entenderse con Susana, encontrar en sus rasgos esa serenidad convertida en escucha. Sin embargo, tampoco ha llegado a sincerarse del todo con ella. Hoy lo hará, con esa transparencia que se sale del cuerpo y de la piel de una madre, para así revelar su presencia más íntima: en la autenticidad entre dos, con una historia compartida durante una vida, pero desde un origen que solamente una de las partes conoce. Y está segura de que, cuando se lo relate, por mucho que le cueste asimilar el impacto, Susana sabrá entender, y también perdonar.

Siente cómo la brisa se ondula suavemente en las esquinas de los portarretratos. Es una pena que Susana no haya tenido suerte con Ernesto, pero así son las cosas. La contempla en la pared cubierta por un mosaico de fotografías: tan superficialmente parecida a ella, con ese mismo brillo rojizo en la cabellera abundante y, sin embargo, menos voluminosa, entregada y lacia, mansamente rendida. Junto al retrato de su hija está el de su nieta, el último que ha mandado enmarcar, fotografiada en una playa lejana, en Ostende, un día de cielo pálido: con el pelo cobrizo menos claro, pero con la misma convicción en su gesto adensado de maleza, como arcilla en las manos, creciente ante un sol débil, que parece arder en la blancura nublada del mar del Norte. A pesar de lo mucho que les han repetido, siempre, el parecido entre su hija mayor y ella, cuando nació su única nieta, Águeda supo que era la hija de Susana, Ode, quien guardaba la esencia de lo que ella había sido, la posibilidad de una plenitud que nunca había percibido en sus hijas.

Quizá por eso se había dado prisa en marcharse: en cuanto le salió esa oportunidad de trabajar en Bruselas, Ode no se lo pensó. Distingue la sirena atronadora de un barco entrando en el puerto, como una expansión ancha y familiar ascendiendo por los muros de piedra, hasta la penumbra de la habitación, gradualmente aclarada, que se va matizando hasta alumbrar el retrato de Nora el día de su boda. Nunca ha pensado en quitarlo. A veces logra abstraerse de lo que sucedió, regresar al día de la celebración y asistir al vuelo tímido del ramo, recuperando por un momento ese hondo bienestar, como si la parábola que siguen describiendo las flores al caer superara el tiempo por delante, su dolor y su pérdida. Aparta la mirada, aunque el semblante rubiáceo y relajado, suavemente masculino, le sigue reportando la misma confianza que cuando lo conoció, una tarde primaveral en que Nora llegó para contarle, tras presentárselo, que se iban a casar. Águeda supo entonces que mientras Paul acompañara a su hija, todo marcharía bien.

Junto a la estantería con los tratados de arquitectura de su padre, en la mesa del salón, ve otra fotografía, sin marco y curvada en los extremos, sobre un pequeño archipiélago de bandejitas de plata. Sobre la tarima de un escenario, con sonrisas espléndidas, los tres parecen convencidos de que la vida va a consistir en eso. Le cuesta identificar a Claudio y Josefina, como si la imagen que guarda de ellos, tan alejada de la serie de televisión en la que participaron hace unos años, fuera también distinta a esa fotografía, cuyo instante recuerda, aunque no reconozca ninguno de los rostros; ni siquiera el suyo. Siente la presencia del mar al final del pasillo, como si pudiera recorrerlo con una velocidad que ya no tiene y planear por las corrientes ventosas del océano. ¿Realmente son ellos? Tiene entendido que aún les queda un año de representaciones, y entonces, cuando acaben, se instalarán en el piso que han comprado en una urbanización levantada en las afueras, junto al nuevo aeropuerto. Quizá entonces pueda sentarse con Josefina y aclararlo todo. Pero con Susana no tendrá que esperar tanto, porque hoy, por fin, le contará la verdad.

Fue tras la muerte de su esposo cuando decidió cambiar la decoración. Entonces aparecieron los recuerdos que habían permanecido ocultos durante sesenta años: la mayoría anteriores a su matrimonio, de los días en Bruselas. Susana lo entendió o no dijo nada, pero Nora se disgustó. Águeda se mantuvo firme: guardó sus retratos matrimoniales, dejando solamente uno de su marido, para cuando sus hijas fueran a verla, y buscó en el altillo del armario. Así desempolvó los libros de poesía francesa, que había regalado a Ode en su última visita, y recuperó la copia de su cuadro favorito de Magritte. La mira ahora: con un árbol erigido sobre la oscuridad de un prado acuoso y una pequeña casa iluminada en su interior, dentro de la corteza, irradiando su luz tenue, como si pudiera contener a los ojos que observan, que también se zambullen hasta llegar al tronco, junto a la fachada de la casa, para adentrarse en ella.

Frente al lavabo, se pasa el peine de madera hacia atrás y siente el roce de las púas delineando surcos bajo la mata densa. Durante unos segundos, en un brillo fugaz sobre sus ojos, cree ver a su nieta en el espejo. Tiene estas visiones, cada vez más frecuentes, desde hace semanas, y siempre cuando menos las espera, adormecida o plácida: una especie de amplio fogonazo, como si también su nieta pudiera haberla visto en ese parpadeo, desde el tocador de su apartamento en Bruselas. La hija de Susana ha acabado viviendo, sesenta años después, en la misma ciudad en que ella pasó una temporada durante su primera juventud, con el grupo universitario de teatro. En el almuerzo, cuando Ode salga en la conversación y comenten esa curiosa casualidad, por primera y única vez, le hablará a su hija de aquellos días.

No ha encendido la lámpara antes de ducharse: tiene suficiente con la claridad de la ventana que da al patio de luces y prefiere evitarse su propia contemplación. Entrar en la bañera le supone un esfuerzo mayor cada día, que sólo está dispuesta a admitir ante sí misma, porque Susana ya le ha preguntado varias veces si no le resultaría más cómodo cambiarla por un plato de ducha, con agarres, y ella se ha negado a planteárselo. Pero está perdiendo agilidad y las piernas le parecen cada vez más pesadas, de una solidez exasperante, cuando tiene que pasarlas por encima del borde. Vuelve a ver sus muslos, pero esta vez torneados y ligeros, extendidos junto a la superficie esplendente, con el talle cubierto apenas por una blusa amarilla, con tiras en los hombros, y las motas acuosas salpicándole el cuello y las mejillas, la melena encrespada en la instantánea, con la quietud serena de sus ojos convertida en un desbordamiento frente al rostro del hombre que no ha dejado nunca de pintarla, más allá del recuerdo, porque se tuvo que imponer su olvido voluntario de aquellas sensaciones; tanto que se pregunta si es el momento el que vuelve o la fotografía, la favorita de Nora desde que la vio, con sólo diez años, cuando Águeda se la regaló el día que ganó su primer combate. Cómo agradecería ahora la fuerza de su hija pequeña, porque Nora podría izarla con facilidad: quizá sea buena idea, si no instalar la ducha, al menos sí buscar un asiento adaptable. Termina de enjuagarse y desconfía de su capacidad para salir, como si la bañera se estuviera ahondando en una profundidad que no controla y le hace cerrar nerviosamente el grifo.

Reconoce su silueta, titubeante, sobre los azulejos de la pared, con extraños volúmenes en el vientre a pesar de la relativa esbeltez, en esa nitidez difusa del vapor, mientras apoya el pie derecho sobre el esterillo, asegurándolo, y comienza a levantar el izquierdo, que pasa lastimosamente por encima, con lentitud aplomada. Frente al súbito agotamiento y el rechazo que le provoca su postura, en una paulatina impotencia, se dice que dentro de una hora estará con Susana en el restaurante del hotel y piensa en las palabras que escogerá, el tono de la voz y la cronología de la historia, en la misma mesa en la que tantas veces se sentó, hace ya muchos años, con su propio padre, también después de los episodios que hoy recordará; y de pronto vislumbra su semblante tranquilizador, tan serio y exquisito como cuando era pequeña, ofreciéndole una confianza que excedía la necesidad de ninguna explicación y aún le hace esbozar una sonrisa, antes de que el empeine tropiece inesperadamente con el borde, mientras aún intenta elevar el muslo, aunque apenas lo desplace una pulgada, y el impulso la arrastre fuera de la bañera, con el pie izquierdo todavía dentro y la pierna encogida, como un fardo colgante, temblorosa de súbito, con la fragilidad en la escasa firmeza del tobillo, progresivamente más precaria, poco antes de sentir que su cuerpo se desploma: ve pasar las junturas de los azulejos como una sola línea unificada al golpearse contra el suelo y le sorprende, después, frente al pinchazo agudo de dolor, la velocidad y el sonido de su caída, apelmazado y sordo, ajeno a la dureza antes de desmayarse, sintiendo las baldosas bajo su desnudez, estampada y disuelta, esparcida como sus ojos, con un temblor celeste hacia el trasluz lácteo de la ventana.

La blancura de la ambulancia al arrancar, encapsulada y pulcra, su estómago encajado con vaivén de palabras, el empapelado de cenefas convertido en la hierba retratada y cambiante bajo los marcos se ha roto la cadera, está helada cubridla parece que vuelve en sí, cuando la camilla se levanta y se va deslizando, se interna en el pasillo por las mareas inhóspitas de su respiración, la manta plateada con un tacto sedoso en el metal, ha debido de pasar así casi dos horas, la hija nos dio el aviso, había quedado con ella para comer, no se ha presentado y cuando ha venido la ha encontrado tendida en el cuarto de baño, el escenario es amplio y las butacas no siguen escondidas, mamá estoy aquí, pero no es un espejo, ni siquiera una imagen convertida en su prolongación, sino un gesto tan débil que parece quebrado al pronunciarse, Susana, iré con ella va a extrañarlo todo, pequeños olvidos, despistes, últimamente más, pero les aplaudieron dentro de su mirada, acaba de ocurrir: Claudio y Josefina, junto a ella, pletóricos de luz, nadando en aguas frías mientras alguien dirige su casa de muñecas, y de pronto los ve en la televisión vueltos unos ancianos, se insultan desde luego no tengo que aguantar nada de esto, y el llanto se descuelga por esa turbiedad de la escalera, el hueco cenital en el que nunca llegaron a instalar su ascensor sin que ningún vecino salga a verla, no me queda rencor, Josefina, te perdoné hace mucho aunque tú no lo sepas, se te ve tan hermosa en esta foto aunque ya no seas tú, tendrías que haber venido cuando aún podíamos sostenernos o yo haberte buscado, porque los escalones se suceden en su pendiente tosca, golpes con la pared, la iluminación de la entreplanta me abrasa el maquillaje y yo te lo habría dicho, cuidado con esos focos, pasa por el buzón y cree leer su nombre por fin hemos salido, quién ha dibujado las huellas asombradas de la orilla después de un día de pesca, aunque ya no ve lejos si no sale al balcón, nos bañamos desnudos y su piel traspiraba el vapor de los árboles, los daños más profundos se van desvaneciendo con el aire salino, cambien el decorado para el siguiente acto, llegada al hospital, consideren los riesgos del paciente después de una anestesia general, bajada por la rampa prístina del quirófano le han prohibido la entrada, es sólo una semana pero después prometo regresar contigo y con las niñas, dime qué puedo hacer si él está vivo, no he olvidado el papel ni la última frase, transformarnos los dos hasta el extremo de que nuestra unión fuera, una última mirada hacia la ceremonia de mi hija, florecillas azules para un verdadero matrimonio, sus facciones borrosas al bajar de la mesa, Nora cuelga y sigue en la ventana, ahora vuelve a cerrarla, se sienta, mientras pasan las horas con su perduración de fulgor amarillo, le iluminan la cara, te has fijado en su pelo, un incendio dormido, mira el fondo nuboso, guantes, bisturí, oxígeno, fractura de la cabeza femoral: si la vida despierta, ahora lo hará dentro de sus ojos.

7

Nora se retrepa en el sofá, sube las piernas y se las abraza, rodeándoselas alrededor de los tobillos. Aunque ha asegurado que para ella hoy es un día como cualquier otro sabe que no es así, y probablemente su madre lo sabrá también. Lleva bastante tiempo pensando, precisamente, en esos diez años. La exaspera la redondez del aniversario, la hace languidecer bajo el peso corpóreo de su rotundidad. Tanta que, en los últimos meses, ha vuelto al recuerdo de aquella noche. La sensación regresa, más viva y más hiriente, como un escalpelo de onda sónica que le trepana el sueño: cuando recibió esa llamada, con aquella voz pausada del policía de tráfico, preguntándole si era su esposa y diciéndole que Paul había sufrido un accidente.

Desconecta el teléfono. Antes de darse cuenta, todavía en la misma postura, ya se ha hecho de noche. Las palabras de su madre le resuenan en la cabeza: «Aún tienes tiempo de volver a vivir.» Sin molestarse en encender la lámpara, toma el mando a distancia. Ve la información meteorológica sobre el mapa de la región, cubierto de nubes para el día siguiente y la próxima semana. Cambia a un documental de actualidad geopolítica rodado en varias zonas de conflicto.

Después ve un reportaje sobre la nueva reforma laboral y se pregunta cuánto tardarán en despedirla. Coge la botella de whisky. Se sirve un dedo y le entra muy bien.

La voz es demasiado entusiasta y al principio no la entiende. Habla de una sartén antiadherente y cuando entreabre los ojos cree reconocer al actor de alguna serie de televisión que ahora no puede recordar, aunque quizá fuera la de Claudio y Josefina. Le entristece la mueca congelada de su sonrisa alucinatoria y se dice que lleva tantos años sin verle en ningún programa o en una película que se había olvidado de él; pero ahí está, con su mejor humor a las tres de la mañana, una camisa de flores que parece sacada de un decorado playero y la bronceada piel facial estirada hasta el nacimiento del pelo, como si estuviera cogida por pinzas invisibles, mientras se manifiesta no sólo sorprendido, sino declaradamente cautivado ante el descubrimiento de esta sartén que va a cambiarle la vida, muchas gracias Joan, ustedes también podrán probarla y además si llaman ahora mismo por el mismo precio se llevarán no una, sino dos, esto sí que es una gran oportunidad y nadie debería dejarla pasar, siempre que la noche mantenga su tapiz arqueado en la ventana como un gas estático y pendiente de la última palabra del vacío, mientras recupera el mando entre los pliegues del jersey y apaga la televisión.

Abre el cajón y saca una fotografía en color, con el papel levantado en los contornos. Muestra a una mujer joven, con una melena pelirroja cayéndole por los hombros, cubiertos por dos tirantes amarillos. Se fija en los labios, rociados de humedad, ni muy gruesos ni delgados, en la proporción exacta entre lo voluptuoso y la elegancia de una discreción que también es dueña de su sensualidad. Pero sobre todo son los ojos, azules y profundos en su mar apacible, los que ocupan su atención, las sombras oscilantes de los muebles y los rincones vacíos de la casa, como si pudieran contener su existencia.

Nora se pregunta, con un resto de lástima y de súbito desamparo, cómo sería vivir en la expresión radiante de su madre en esa fotografía, qué nuevas escenas añadidas saldrían a su encuentro si, justo desde este instante, también ella habitara en esos ojos y pudiera mirar desde la eternidad de su juventud perdida. Antes de dormirse, siente que se hunde en el retrato.

8

Los muslos y los gemelos agarrotados, las ingles hume-
decidas por un calor pegajoso y las cervicales encogidas.
Trata de distinguir algunas formas en la negrura íntegra y
no encuentra ni la más mínima grieta de claridad cobáltica,
con el cielo convertido en una única balsa petrolífera en la
que apenas puede imaginar el color de sus mareas. Se pasa
la lengua por los dientes y percibe un regusto amargo de
madera.

La noche permanece cerrada entre las cortinas descorridas, como en un sueño que quizá sucede también dentro de
otro, porque se siente protegida por la fotografía recuperada,
como si el descanso y también su despertar, y cuanto le
queda por vivir, se estuviera modificando a través de los ojos
de su madre, en su inmensidad azul, transformadora, y esa
sensación fuera también el eco de otra más amplia, que las
contiene a las dos, mientras las está pintando lentamente.

Mira la botella casi vacía y oye un ruido en la puerta, de
manojo de llaves movidas o agitadas contra la cerradura.
Sacude la cabeza como si acabaran de pegarle un bofetón y
vuelve a mirar por la ventana, todavía abrumadoramente
negra. Se marea al levantarse mientras distingue, con per-

fecta claridad, el golpe de la llave entrando en la ranura. Apoyada torpemente en la pared, piensa en ir hacia el pasillo cuando suena el tercer giro y la puerta se abre.

La iluminación del ascensor se proyecta por detrás de la silueta inmóvil en el marco, dibujada sobre la oscuridad, delineada en un quietismo exhausto, como si su único movimiento posible fuera permanecer allí, sobre el foco celeste alumbrando la planta, ante la puerta entreabierta y todavía en penumbra, con el silencio sin mácula imponiendo su peso, de plomo diluido, bajo el haz de partículas de polvo ligeramente doradas y flotantes al lado de ese cuerpo.

—No puedes ser tú —se oye decir, y su voz entra dentro del pasillo y atraviesa el salón, recorre cada una de las formas del sofá y del televisor y la mesa y también se detiene en el dormitorio, cae con suavidad sobre la cama sin deshacer, como motas prendidas de una lluvia cálida, y llega hasta las cortinas, para regresar a los labios que la han dejado salir, pasando junto a ellos, como un hilo caliente deslizado por el cauce natural de sus respiraciones.

9

Huele. Huele perfectamente. Y no está dormida, sino despierta. Puede oler y está desnuda, con los muslos pegados a su pecho trémulo. Le desconcierta descubrir el aroma a pan recién horneado dentro de las sábanas, y rechaza que esa percepción sea real. Durante los primeros años, dejó su ropa dentro de los cajones, las camisas colgadas, los trajes y las corbatas en su mitad del armario. Abría cada mañana las puertas corredizas y metía la cara entre los jerséis doblados, aspirando las sisas como quien roba al aire su porción más valiosa, hasta que comprendió que también su olor se había desvanecido. Ahora, sin embargo, encogida hacia la pared del dormitorio, vuelve a reconocerlo y se estremece: un aroma leve que es suave y total a la vez, que es el cuerpo entero de un olor. Se da la vuelta y, sin atreverse todavía a tocarlo, abre los ojos.

Se incorpora y permanece reclinada sobre el cabecero. Al principio no puede dejar de escrutar cada recoveco de su piel bronceada. Como la espuma de un oleaje remoto que se fuera acercando a unas costas pacíficas le llega el ritmo de su respiración. El pelo rubio está revuelto sobre la frente y casi impecablemente peinado en los parietales, aunque con el flequillo aplastado contra la almohada. Mira sus viejas cicatrices infantiles, ya casi borradas, en las comisuras de los labios, cerrados en una línea que no deja entrever ninguna emoción, sino una placidez sumergida en sí misma, como si su descanso y su relajación no fueran a saciarse con unas horas de sueño. Advierte un ligero temblor ocasional en el mentón, fino y recortado, con cierta apariencia de fragilidad, pero también de una inexplicable firmeza, como si estuviera llamado a mantener su criterio sin auténticos medios para hacerlo: una de esas mandíbulas que resisten a fuerza de una tenacidad de la que ni siquiera son conscientes.

–Eres tú –se escucha, en un susurro–. No puedo creer que seas tú.

Lo conduce por el pasillo. Pulsa el interruptor de las dos lamparitas del espejo, menos intimidantes que el plafón, de blancura lunar, coloca la alfombrilla en el suelo y descorre las cortinas. Él pasa fatigosamente las piernas por encima del borde y consigue sentarse apoyando sus manos en las paredes interiores de la bañera. Encogido sobre la loza, con las piernas juntas y los dedos de cada mano extendidos sobre el hombro contrario, parece una marioneta descolgada que se resistiera a perder su postura. Tiene el cabello mojado, porque él mismo ya se ha zambullido lentamente y las mejillas relucen con mínimas partículas salpicadas de luz.

Introduce la esponja en el agua. Le separa los dedos con delicadeza y enjabona despacio cada hueco, recorriendo el empeine y la carnosidad tierna de las plantas. Acaricia también las pantorrillas, con la misma dureza compacta que recuerda.

Le peina el cabello rubio con los dedos. Él deja caer los párpados, echando la cabeza para atrás. Los abre y la mira con fijeza desde esas pupilas algo dilatadas, como si pudieran contener el cuarto de baño, el apartamento y todo el edificio

51

en su abismo esmeralda, asomado al fondo de su precipicio, desde el que la contempla con una confianza desarmada. Se sumerge entero y después se impulsa desde los brazos, con cierta debilidad pero ya más seguro, flexiona las piernas y se pone en pie. Es todavía más alto dentro de la bañera, con su verticalidad morena bajo el vello dorado y mínimo en las piernas. Ella coge una toalla y comienza a secarle.

Cuando se duerme, Nora vuelve al cuarto de baño y cierra la puerta. Ahora desearía no tener esos tobillos, gruesos como puños de gelatina, ni los muslos cubiertos de una piel hinchada por encima del músculo, o esos glúteos abombados; pero también guarda aún rasgos que sugieren otras formas, como el pecho y los brazos, a pesar de los tríceps relativamente mórbidos, en su lenta molicie, y el cutis sin arrugas, aunque le cuelguen las bolsas pronunciadas bajo las cuencas, como si el llanto interior se hubiera asimilado en una contención, rígida como los pilares entre las cocheras, sosteniendo también el edificio que había de levantarse y respirar, cada amanecer, en su túnel cerrado.

Descorre las cortinas de la ducha y abre el agua caliente, derramada como una depuración cuando coge el guante de crin, en esa raspadura de los filamentos reactivando su circulación con una recuperada voluntad de firmeza y drenaje, antes de enjabonarse, de lavarse el pelo y de echarse un aceite de almendras de un bote que no abre desde hace mucho.

Se masajea la cabeza con los ojos cerrados, como ha visto hacer a tantas mujeres mucho más hermosas y delgadas; no sólo en los anuncios de televisión, sino también en los vestuarios, con sus duchas comunes, cuando incluso en su mejor momento de forma las otras chicas mostraban cuerpos estilizados, menos fortalecidos para dar o esquivar el impacto de un golpe, pero más sugerentes si aceptaban el cuenco de una mano, recogiendo sus curvas definidas y enteras: anatomías descritas para entrar en las sábanas y sentir que el calor ancestral de la noche se ha preservado en ellas, con sus signos latentes, mientras Nora encontraba su figura compacta, achatada y maciza, en el peso máximo para su categoría, hasta que él llegó.

En el gimnasio había compañeros que la apreciaban, e incluso la admiraban, por su capacidad para medirse con cualquier adversaria y mantenerse con la guardia alta, soportando un castigo superior al que podrían aguantar muchos de ellos y esperando una ocasión para descargar y retroceder, amagar, atacar y protegerse de nuevo, porque había desarrollado un estilo mental de resistencia que tendía a cercar cualquier ataque y a minar el coraje más expeditivo, agotando y bailando, aguardando y ajustando sus miembros al blindaje del tronco en su giro frontal.

En un principio ni siquiera se fijó en sus ojos, ni en los abdominales esculpidos cada vez que se colgaba de la barra y la camiseta se le subía ligeramente, ni tampoco en sus muslos, bajo los pantalones de atletismo, largos y de textura más suave que fornida, ni en sus manos grandes con los dedos largos; sino en su sonrisa, sincera y relajada en cuanto entró y la vio bajar del cuadrilátero ágilmente y comenzar a golpear el saco en la misma secuencia, pero todavía con el suficiente dominio panorámico como para advertir que él la estaba mirando.

El espejo se cubre de vaho y tiene que pasar la toalla por encima, dejando restos minúsculos de pelusa roja. Revisa las canas aleatorias en la melena castaña y contempla su cuerpo una vez más, como si al mirarlo nuevamente pudiera descubrir alguna ligera variación. Recuerda la fotografía sobre la mesita de noche, en un marco de madera avejentada y con relieves arabescos, en la que aparecen juntos en el juzgado, firmando la inscripción del matrimonio en el registro civil, ella todavía con un ramo discreto sobre el vestido y él con la expresión más serena de lo habitual, mientras parece mirar a través del acta, de la mesa y las flores menudas, en el destello azul de su regazo.

Cree oír unos pasos descalzos sobre la tarima flotante del pasillo. Abre la portezuela del armarito. Hace cuatro o cinco años su hermana le regaló un juego de belleza. Pasa las yemas por encima de la superficie púrpura, quita el precinto a la solución exfoliante, se la esparce por la cara y la retira después con un masaje mínimo que le deja un cosquilleo enarenado sobre las mejillas. Se extiende luego la leche corporal hasta los tobillos, quizá menos hinchados. Toma un sobre de perfume de muestra y se pregunta si es posible la recuperación de un cuerpo tras diez años.

10

Paul se fija en las fotografías de algunos de los combates, junto con las medallas en la estantería que él mismo recuerda haber montado. Nota un decaimiento general en la disposición de los portarretratos, las cintas descoloridas de algunas de las medallas y el tono maciento de los diplomas enmarcados. Dentro del armario, encuentra sus trajes cubiertos por grandes bolsas blancas con el nombre, la dirección y el teléfono de la tintorería. Al cerrar, las bisagras rechinan con un gemido agudo infiltrado en el fondo sombrío de la ropa. Siente una opresión creciente sobre el pecho cada vez que se asoma a la calle pendular, con su rastreo de cuerpos diluidos en la corriente de la acera. Nora, tras su parálisis inicial, revuelve papeles y toma algunas notas, como si estuviera elaborando un plan de viaje por rutas exteriores que él apenas puede imaginar. Paul va descubriendo, en su recuerdo, situaciones extrañas, sin que logre ordenarlas, ni habitarlas de nuevo.

–Es todo lo que podemos cargar –le ha dicho Nora, tras entrar en el dormitorio con dos grandes maletas metalizadas–, pero será suficiente. Ropa de entretiempo y algo de abrigo. Haz el equipaje pensando en unas vacaciones largas. Ya compraremos lo que necesitemos.

Él asiente. Nora se acerca a la mesilla de noche y toma el portarretratos blanco con la fotografía de la boda. Lo deja cuidadosamente en el fondo de una de las maletas, junto a un antiguo retrato de su madre, con un brillo solar en el cabello pelirrojo y una densidad magnética en los ojos, como si se pudieran zambullir en ellos y empezar a nadar.

Él continúa abstraído en el ligero movimiento de las nubes con su masa mercurial, y un anuncio de lluvia en cascada o granizo que no se ha decidido a reventar, como si en esa densidad se agolpara la conciencia, recién recuperada, de sus sensaciones perdidas. Las lagunas gaseosas de su imaginación surgen de un abismo al que no es capaz de asomarse: siente una presencia tenue, agazapada, que lo ha ido cercando en el sofá, contra la ventana que contempla como una pantalla líquida.

Nora le oculta algo, como si le estuviera protegiendo de un peligro abstracto, de su propia impaciencia o su ansiedad, por abandonar un apartamento que le empieza a resultar entre opresivo y calmo, porque no se le atenúa la impresión de una remota ferocidad exterior.

Se apoltrona en el sofá. Mira varios canales de series de televisión y en uno de ellos encuentra un capítulo de *La fuga de Logan,* ya muy avanzado, justo cuando Logan y Jessica, a bordo de un vehículo gris, encapsulado, llegan a unas ruinas. Están en El Santuario. Buscándolo han salido al encuentro del espacio total, mayor que ellos mismos, que su recuerdo y su capacidad para enfrentarse con sus propios temores, que no han dejado atrás; pero, antes de esperar a desaparecer, ellos han elegido arriesgarse a buscar otro escenario.

Paul se queda absorto en los títulos de crédito y se va sumergiendo en esa melodía hipnotizante. Antes de dormirse, se descubre admirando la capacidad instintiva del protagonista, a través de aquella vastedad deshabitada, de creer que es posible encontrar algo en mitad del desierto.

Antes de salir, Nora lo ha dejado todo colocado sobre la cama, para que él no tenga que perder tiempo vaciando los armarios. Mientras elige las camisas, piensa en la posibilidad de registrar los cajones y el mueble de la cocina, en el que ella guardaba la correspondencia bancaria, los recibos y otros documentos. Apila los pantalones en la parte baja de la maleta, para que las camisas no se arruguen, y mete los zapatos en bolsas de tela, entre las rebecas y la ropa interior, como si sus manos no estuvieran allí, sino separando unos papeles de otros, leyendo por encima de las letras oficiales, de los contenidos administrativos y de las postales, fijándose en el membrete de los sobres en los que sólo aparecen el nombre y los apellidos de Nora.

No sabe lo que está buscando. Descarta las facturas y encuentra un sobre grande. Un temblor le nace en la espiral de las yemas de los dedos y se le extiende al brazo, mientras saca un impreso con fecha de hace diez años, y lee, con los ojos repentinamente turbios y casi mareado, *Finalidad para la que solicita el certificado*, *Datos de la persona sobre la que se solicita*, *Lugar donde ocurrió*, *Registro civil en el que se inscribió* y *Causa de la muerte*. A continuación, su nombre y sus apellidos.

Durante unos segundos, Paul no sabe qué hacer. Piensa en salir a la calle. Siente un vértigo zumbante en los oídos. El aire helado recorre el salón. Permanece de pie. Se deja caer, de nuevo, en el sofá. Distingue el ruido de la llave entrando en la ranura, seguido del movimiento decidido de los tres golpes de mano de Nora abriendo la puerta. Se miran en el pasillo. Él entonces va al dormitorio, coge las maletas y las lleva hasta la entrada.

—¿Lo has guardado ya todo? —le pregunta, mientras le acaricia el mechón de la frente. Aunque le vendría bien algo de descanso, se siente despierta. Su sonrisa es radiante al contemplar el equipaje cerrado. Paul asiente y retiene la mano en su mejilla: sólo entonces ella advierte en él una mirada distinta, pero no dice nada.

Nora baja la persiana, dejándola a la mitad. Desenchufa la televisión y el reproductor. Desconecta la luz. Tapa el agujero del desagüe del fregadero y el de la bañera. Le da la bolsa de la basura y, cuando Paul ya está en el rellano, con las maletas, echa un vistazo al mueble de los trofeos y al fondo del salón. Al pisar el felpudo, siente el calor íntimo que tanto la abrigaba al regresar cada mañana del aparcamiento: ese polvo disuelto, flotante en el pasillo, evaporándose por el marco robusto de la puerta.

11

La urbanización está en mitad del desierto. Han atravesado una carretera lo suficientemente larga como para hacerles sentir que se alejan de la ciudad. Desde la acera sin pavimentar, rodeados por un murete de ladrillo, se distinguen los edificios del complejo, elevados hacia el cielo impasible, de lámina plomiza. Junto a la puerta principal donde les deja el taxi hay un cartel del tamaño de un folio, sobre lo que parece ser una caseta. Está vacía, con la persiana metálica echada y emborronada por unos manchurrones, como geografías de texturas ferrosas acumuladas por la lluvia. Cuando se acercan al papel advierten sus arrugas solidificadas, como si el efecto de los elementos lo hubiera unido a la pared rojiza, igual que una pintura primitiva que se agarra a la roca. Tras pagar al taxista y esperar a que saque el equipaje, leen: VECINOS VIGILAD EL HORARIO Y LOS DÍAS LIBRES DE LOS CONSERJES. EN OTOÑO, INVIERNO Y PRIMAVERA LA URBANIZACIÓN ABANDONADA. SIN VIGILANCIA. Con los ojos entrecerrados por el brillo súbito del sol, mira entre los barrotes, oxidados en las puntas, que parecen hincarse mansamente en la desapacible luz del día. Un camino de gravilla, sin césped, flanqueado por una maleza de encrespamiento plácido, se ofrece como un pajar dispuesto a la intemperie.

Saca el mando del bolsillo y apunta a la doble puerta para la entrada de vehículos. Pulsa el botón, esperando que el engranaje responda; pero no detecta ni la más mínima señal. Piensa en decir esto no funciona, o en resoplar, o en hacer cualquier gesto de fastidio, pero ni siquiera mueve las comisuras de los labios. Introduce una llave, con dificultad, en la cerradura de la puerta para peatones. Ayudándose con el impulso del codo, su muñeca tiembla bajo la manga, como si sus dientes menudos estuvieran serrando el orificio angosto del cilindro. La puerta se abre con un lamento rechinante que surca el secano lapidario del frío.

Avanzan sin desprenderse del silencio que les ha acompañado durante el trayecto: al bajar la ventanilla, apenas apreciaron el sonido del viento entre las lomas. El ligero repecho de arenisca, salpicado por algún arbusto aislado, hace que se atasquen las ruedas de las maletas. Precisamente allí debería estar el gran jardín que recuerdan a la vez, aunque ninguno lo manifieste, en las fotografías publicitarias de la urbanización El pato salvaje, con el anuncio de un estanque artificial cruzado por un puente.

Divisan los grandes cartelones en las terrazas de los primeros bloques, con el nombre de la constructora y de la promoción de viviendas junto al logotipo de un pato izando el vuelo sobre la esfera pálida y solar del horizonte. No todas las persianas permanecen bajadas: en algunas, a través del cristal, se entrevén leves indicios de vida, como macetas sostenidas en los alféizares por apliques metálicos, cactus y plantas de hojas carnosas.

Ahí parece que vive alguien, se escucha decir interiormente, como si esa frase pudiera dispensarlos del aspecto deslucido de las fachadas aún sin estrenar y de su propia imagen lastimosa. Pero permanece callado y sigue andando, mientras su pensamiento se extingue igual que un eco sordo entre los maceteros de hormigón, con los tubos del riego rotos por la falta de uso, como huesos delgados sacados a la luz.

Llegan al estanque, con un puente de gruesos travesaños. El aire de secano y la llovizna se han asentado en la rugosidad de los maderos. Mientras mira el charco estancado del fondo, Claudio fantasea con la imagen del puente, sobre el lecho de un río ya desvanecido.

—Claudio, para un momento. El agente de la inmobiliaria puede esperar un poco.

Se vuelve a contemplarla. Sostiene una maleta seguramente más pesada que la suya. Perfectamente peinada, con una felpa burdeos a juego con el carmín, el pelo le cae con una gracia suave y vertical, la misma que conserva bajo su abrigo rojo, de cuello alto, dejando entrever la falda del vestido, unos tobillos sorprendentemente finos y los zapatos con hebillas doradas.

—¿Eso es todo lo que tienes que decirme? —resopla él, con un principio de asfixia que está empezando a presionarle con rotundidad en el pecho.

Ella mira a su alrededor y frunce ligeramente el ceño.

—Ya hablaremos después. Ahora sólo me apetece llegar y ver cómo está todo.

Él asiente mecánicamente y continúa. El sonido de las ruedas sobre los huecos entre los tablones le hace recordar otro traqueteo, en el asiento de madera de un tren en el que, una vez, durante un viaje con el grupo universitario, cruzaron una estepa nevada.

Llaman. Esperan unos segundos, pero nadie responde.

—Tenía que haber llegado ya —comenta él, con fastidio, mientras vuelve a sacar el manojo de llaves. Esta vez la puerta se abre al primer intento.

El portal es amplio, con el suelo de mármol. Únicamente en cuatro de los buzones hay una tarjeta con los nombres de los moradores tras la plaquita de plástico. Del resto sobresalen los folletos de propaganda de la empresa constructora.

—¿Te has fijado en el olor? —pregunta él, mientras se echa a un lado, para invitarla a pasar primero al ascensor.

—¿El olor? Qué cosas tienes. ¿Cómo quieres que me fije en el olor?

Josefina pulsa el botón del 8.º, que se ilumina en una circunferencia fluorescente. Se miran en el espejo, como si estuvieran ofreciendo una representación y cada uno velara por la actuación del otro.

—Debería oler a nuevo, ¿no te parece? Y no. Tampoco huele a viejo. Es raro.

—Aquí lo único que huele a viejo somos nosotros —sonríe Josefina—. Hemos llegado.

Claudio también sonríe. Cuando se abre la puerta, la luz del rellano se conecta automáticamente. Casi no se distingue nada en el pasillo, porque no hay ventanas que den al exterior; pero la iluminación del techo se enciende a su paso, que deja escurrir un sonido de bisagras sin engrasar bajo las suelas de los zapatos de Claudio.

Oyen un ruido de cerradura. El corredor se ilumina no por el juego de plafones diminutos, sino por la luz natural que llega desde la tierra caliza de los alrededores al atravesar una ventana, un salón y un recibidor para caer sobre el manto de espesa negrura que señala el final del pasillo, mientras se recorta la silueta de un hombre embutido en un traje, con el cabello engominado y la voz decidida.

—Josefina y Claudio, ¿son ustedes? Perdonen que no haya salido a recibirles, pero su mudanza ha tardado más de lo previsto y hace apenas un cuarto de hora que han terminado. Además, hemos tenido un problema con la red eléctrica que afecta a los porteros automáticos, a la entrada principal y a otros servicios, y estaba comprobando el funcionamiento de la planta.

–El mando de la puerta para los coches no funciona –es todo lo que responde Claudio–. He tenido que abrir con la llave y me ha costado mucho.

Cuando iba a contestarle, al tenerla más cerca, el hombre, de unos treinta años, repara en Josefina. Abre los ojos con sorpresa.

–¡Es usted!

Ella asiente y baja los párpados en un gesto de coquetería, tras mirarle con una fijeza transparente.

–La misma. ¿Y usted es el muchacho con el que he hablado estos días?

–Sí –admite, al tiempo que les ofrece el paso y ellos atraviesan el umbral.

–Pues entonces ya lo sabía. ¿No ha visto mi nombre en el contrato?

–Perdone –se excusa, entrando tras ellos–, es que por su nombre no la he reconocido. A usted también le recuerdo –continúa, mirando a Claudio, con una duda inicial no disimulada–, aunque me ha costado un poco, la verdad. Pero usted ¡está magnífica! ¡Más joven que en la televisión!

–No tanto. Es que mi personaje representaba a una mujer algo mayor.

–Pero de eso hace varios años. Luego la serie dejó de emitirse, ¡con lo divertida que era! Aunque la han repuesto algunas veces. Después no han vuelto a hacer nada más, ¿verdad? Quiero decir, con esa repercusión.

Ante el cambio de gesto repentino de ella, con la sonrisa petrificada menguando hacia una paulatina inexpresividad, Claudio da un paso hacia delante y levanta la mano con los dedos rectos, como si estuviera señalándole una red de direcciones mientras hace una mueca y aprieta los dientes.

–Oiga, ¿vamos al asunto, o quiere usted que la señora le conceda una entrevista?

–Perdone, no quería molestarles. Es que como...

–No –le interrumpe Claudio–, si usted no puede molestar. Pero estamos cansados. Así que venga, enséñenos la casa.

12

—No creía que estas vistas pudieran gustarme tanto. ¿No te parece hermoso?

A última hora de la tarde, en la terraza, el cielo es una bruma con volúmenes sombríos ablandándose, como si un caudal en pacificación fuera a precipitarse en el páramo, con su tormenta al acecho desde la inmensidad.

—Sí. Pero dentro de poco no se verá absolutamente nada. Justo detrás de este edificio, junto a las demás urbanizaciones, deben de estar las tiendas que nos dijeron. Seguro que hay un bar. Podríamos salir.

Durante varios minutos, oyen únicamente el sonido de sus respiraciones: plácida y fluida la de ella, pero más abrupta la de él, con una ansiedad volcada en la tensión de sus piernas, involuntariamente rígidas, y en el movimiento de sus manos sobre la barandilla, como si estuviera contando cada segundo con los dedos.

—Ya nos vamos. Pero mira. Es como asomarse por la noche al océano.

Claudio asiente. Se vuelve a apoyar sobre los codos, ignorando otra vez la capa de polvo terrizo acumulada en la baranda; pero sin disfrutar la visión ni atender a los sonidos remotos de la carretera, sino imaginando cómo sería deshacerse en la oscuridad.

Al otro lado de la puerta principal encuentran una calle de viviendas adosadas con un pequeño jardín, algunas iluminadas y otras con cartelones de «Se Vende» colgados de las verjas. Tras un paseo de apenas diez minutos, llegan a una plaza con un supermercado, ya cerrado, y cinco restaurantes. Al lado de uno de ellos encuentran un 24 horas. Compran pan, mantequilla, café y un cartón de leche desnatada. Claudio estudia las botellas de whisky, no de gran calidad, pero sí lo bastante como para poder acompañarle cuando se quede solo.

–¿Quieres llevarte algo más? –le pregunta ella, con un ligero tono de reprobación que habría pasado inadvertido para cualquiera.

–No –mascula, cogiendo la bolsa y mirando hacia la calle, mientras ella saca un billete de la cartera.

Escogen el restaurante Guanajuato, porque a Josefina le llama la atención, a través de la cristalera, la fotografía enmarcada de Jorge Negrete, con bigote y cigarrillo, en su expresión galante tras una niebla líquida en los ojos. Cuando el camarero se acerca, Claudio le pregunta si hacen margaritas y el muchacho responde que cómo no van a hacer margaritas en un restaurante mexicano, los mejores de por aquí. Claudio piensa: los únicos.

–Entonces los probaremos. Además estamos de celebración, porque acabamos de instalarnos.

Pide dos, amparado en su mirada servicial y franca, sin reparar en la de Josefina, que seguramente ya resbala, con incomodidad, por los cubiertos y la servilleta de tela que estará colocando sobre su regazo. Se reconocen hambrientos y eligen enchiladas mineras, pollo rostizado y manitas de cerdo en escabeche, aunque después, al ver las cantidades de los platos, advierten que han pedido demasiado.

Josefina trata de ignorar la creciente locuacidad de Claudio, cada vez más suelto en su conversación con el camarero, mientras esperan los segundos platos en el salón vacío, preguntándole si conoce las películas de Jorge Negrete y María Félix y pidiéndole el tercer margarita, tras haberse bebido el suyo y el de ella mientras le anima a comprobar si es el intérprete del disco que suena, porque le parece reconocerlo, aunque hace mucho que no le escucha cantar. ¿Cuánto?, le ha preguntado el camarero, un chico mexicano. Toda una vida, le responde Claudio, porque aunque te parezca extraño nunca hemos tenido tocadiscos y a este señor sólo lo oíamos en el cine, y algunas veces en la radio; pero ya no lo ponen, cómo van a poner nada de eso.

El camino de vuelta es agradable. Claudio sigue hablando del cine mexicano de los años cincuenta y del impacto que supuso en Europa la belleza de María Félix. Le extraña la cariñosa atención de Josefina, como si fuera la primera vez que le oye opinar acerca de todo aquello y le interesara realmente. Cuando llegan, ella abre de un solo golpe de muñeca y él se concentra en llevar el ritmo de la respiración, tratando de acompasarla a sus pasos. Suben el camino de grava y, tras volver a cruzar el puente, reparan en la placa cárdena del cielo.

Al entrar, mientras se quitan los abrigos, ella se coge a su brazo delicadamente y susurra: esta primera noche podríamos dormir juntos. Claudio asiente, pero vuelve a salir a la terraza. Cuando se apoya en el barandal le parece casi helado y deja que el frío le atraviese la piel. El aire rasura su mentón como un papel de lija.

13

La mañana es una lámina membranosa de luz. Han sacado un par de bandejas con café y tostadas. Comen en silencio mientras disimulan la molestia directa del sol blanco. Para su sorpresa, hace calor. Josefina lleva un kimono de seda y Claudio se ha cubierto con su bata.

—¿Qué plan tienes para hoy?

—No sé.

Ella se retira la taza de los labios, paladeando el sorbo. Se ha puesto la misma felpa granate y el cabello, recién cepillado, resplandece como la palidez de sus mejillas, de una suavidad enharinada.

—Seguro que puedes hacer algo. Salir a dar un paseo, por ejemplo. Yo tengo que terminar de vaciar las cajas, ordenar nuestra ropa, ver cómo han quedado mis vestidos y, sobre todo, tus trajes. Habrá que darles algún retoque.

—Ayer no me pareció que hubiera por aquí ninguna tintorería.

—¿Quién ha hablado de eso? Sé planchar.

—De hecho, no creo que haya mucho más, aparte de la plaza de los restaurantes.

—Pues ya es algo. Pero tendremos que explorar un poco,

¿no crees? Todavía estamos recién llegados. Se me ocurre que con toda esa tierra alrededor, en la que debería estar el jardín, podrías jugar a la petanca.

Claudio levanta la vista, a pesar del brillo esplendente sobre el cristal de la mesa.

—¿Jugar a la petanca? ¿Con quién quieres que juegue a la petanca?

—Eso es precisamente lo que te estoy diciendo. Creo que es un juego muy divertido. Recuerda cuando representábamos en los pueblos y veíamos, desde el autobús, los grupos de hombres reunidos en un parque y lanzando las bolas. Parecían pasarlo bien.

—No eran grupos de hombres. Eran grupos de viejos. Sí, es verdad: lo que somos nosotros. Pero tú lo has dicho: grupos. No, si ahora tengo que jugar a la petanca. Lo que me faltaba.

—A lo mejor resulta que te gusta una barbaridad.

—¿Cómo me va a gustar, si no sé? Y aunque supiera, ¿qué juego, conmigo mismo?

—Eso te estaba diciendo. Que nunca es tarde. Si te lo propones, puedes aprender.

—Si hubiera querido aprender, hace ya mucho tiempo que lo habría hecho, ¿no te parece? Me gustan otras cosas. No tengo que cambiar ahora, solamente porque nos hayamos venido a vivir aquí.

—De eso no hay duda —responde Josefina, arrastrando la silla al levantarse.

Claudio permanece sentado unos minutos. Recuerda la fotografía de Jorge Negrete y le apetece fumar. Pero no se levanta, aunque en su maleta guarde un paquete de tabaco sin abrir, escondido desde hace dos años en uno de sus bolsillos laterales. Le viene a la memoria una canción y tararea los primeros versos: *por la lejana montaña, va cabalgando un jinete,* sin apenas despegar los labios, pero convencido de que aún es capaz de entonar. Pone el plato de ella, con la tostada de mantequilla mordisqueada únicamente en uno de los bordes y la taza de café medio vacía, con el azúcar todavía sin remover, en su misma bandeja, y después la deja en la cocina.

Mira el buró que compró para escribir a los amigos que han dejado atrás, otros actores que no han tenido la suerte de trabajar en una serie de televisión y ahorrar lo suficiente para comprarse un piso. Les enviará las cartas a las pensiones en las que han coincidido tantas veces, durante sus giras por teatros de segunda categoría, casi siempre en pequeñas capitales. Sabe dónde encontrarles, porque han pasado más de la mitad de sus vidas hospedándose en ellas.

Tarda casi tres horas en terminar de escribir y preparar los sobres. Sale de su habitación y pasa por el dormitorio de Josefina. Su cama está hecha. Mira en la cocina y en la tercera habitación, todavía con varios paquetes sin abrir. Sale a la terraza: tampoco la encuentra, y deduce que habrá ido al supermercado a hacer el primer pedido. Todavía no es la hora de comer y piensa en regresar a la plaza de los restaurantes, pero la posibilidad de cruzarse con ella le hace desistir y quedarse en mitad del salón, meditabundo, contemplando la colección de abultados álbumes de fotos y recortes de prensa, dispuestos sobre el grueso tablón de madera de cedro. Josefina los ha desembalado. Hay por lo menos veinte, en distintas tonalidades, tamaños y grosores, sin contar los que quedan en las otras cajas. Durante más de cuarenta años de teatro no han acumulado muebles, pero sí fotografías y notas de periódico, programas de mano, retratos de estudio, críticas en diarios provinciales y algunas entrevistas, sobre todo de la época en la serie de televisión.

No han tenido nunca estanterías ni Claudio ha podido

mantener una biblioteca, porque los libros se iban como llegaban, prestados o directamente regalados. Apenas ha conservado un centenar de volúmenes que, a pesar de su número reducido, le ha costado varias confrontaciones con el espíritu práctico de ella, porque moverlos les resultaba cada vez más costoso. Los álbumes se convertían, entonces, en su principal argumento de defensa: por qué tengo que deshacerme de los libros mientras seguimos cargando con todos esos fardos de viejas fotografías que no van a interesar a nadie, las enterrarán con nosotros o acabarán apiladas en los sótanos de cualquier tienda de antigüedades. Me interesan a mí, respondió Josefina en la última discusión, temblorosa, con los ojos irritados: esos álbumes representan todo lo que hemos sido y lo que somos, porque nuestra vida está ahí. Eso es lo que no entiendes, replicó él, también mi vida está dentro de mis libros y por eso no puedo desprenderme de ellos, es lo único que ha sido verdaderamente mío, así que no se hable más, he cedido siempre en todo pero en esto no pienso hacerlo, los libros se quedan: si yo no me meto con los álbumes, haz el favor de dejar en paz mis libros.

Vuelve a oír cada palabra y le araña su propio tono en la pared interna del esófago, como si todavía no hubiera digerido ese enfrentamiento y, sobre todo, la fragilidad de Josefina, inestable y creciente en los últimos años, pero disparada si aparece, en sus conversaciones, algún comentario que pueda asociarse al estado de salud de Águeda. Claudio tiene la precaución de evitar nombrarla, aunque haya pasado más de un año desde que se rompió la cadera y todavía no hayan ido a verla. Le estremece sentir a su mujer tan vulnerable, pero está seguro de que ha colocado los álbumes tan a la vista por alguna razón. Los deja así, cuidadosamente dispersos.

Exceptuando el vacío de los maceteros, con apenas un fondo de arena apelmazada y el sistema de riego sin utilizar, y el césped abrasado por la falta de agua, la construcción está terminada. Desde el centro del estanque se disponen cuatro corredores, a modo de avenidas interiores, que estructuran la urbanización. Sobre el suelo de losetas hay una pérgola de cemento, en cuyos travesaños se enrolla un ramaje de troncos retorcidos entre sí, aferrados a las vigas con desespero nervudo, como si buscaran, en la pintura blanca, una porosidad imposible que pueda mantenerlos en tensión, a pesar de su sequedad, como fosilizados, a punto de crujir para romperse en astillas estériles que apenas darían para alimentar una hoguera.

Podrían haber ido juntos al supermercado. Él habría empujado el carrito sin ninguna objeción, pensando en regresar cuanto antes para seguir con sus lecturas, que ha ido posponiendo entre las últimas actuaciones, la despedida de los compañeros y la llegada al piso. A lo largo de más de cuatro décadas, sólo en contadas ocasiones se han establecido en un domicilio transitorio, después de alguna gira demasiado larga tras la que han alquilado un piso, ganando la intimidad que les restaba la convivencia con los demás actores. En aquellas contadas ocasiones, cuando llevaron una vida de joven matrimonio que aún espera hijos, Claudio la había visto no solamente más feliz, sino con una rara plenitud que le enternecía por un lado y por otro le hacía presentir una especie de ahogo bajo la mesa camilla que ella colocaba en el salón, con enagüillas y brasero, primero junto a la radio y, años después, en algún otro piso, frente a un aparato de televisión.

Es cierto que Josefina había llegado a alcanzar cierto grado de sofisticación, en una elegancia adelantada a su propio momento, para instaurar el siguiente con la seguridad de quien lo reconoce: desde la manera de llevarse el cigarrillo a los labios hasta la reivindicación del simbolismo francés como matriz de la modernidad, una pasión poética que le descubrió Águeda, como tantas otras, durante los días en Bruselas. Josefina se esforzó en volverse mundana cuando se conocieron, siendo las dos primeras mujeres que se incorporaban al grupo, antes de ganar aquel concurso nacional para participar en un festival europeo de teatro universitario. Pero lo que en la muchacha que terminaría siendo su esposa había sido la construcción de un personaje, más o menos voluntaria, en Águeda resultaba natural, y además sin alardes, como si la fascinación que despertaba fuera tan evidente como su intensidad. De hecho, Claudio había ido comprobando, cuando Águeda se apartó de ellos y se fue volviendo un rostro menos frecuente, aunque la siguieran visitando para ver a las niñas, que en sus muchos hogares pasajeros no hallaban su sitio ni esa locuacidad noctámbula ni aquella voluntad de estilo presuntamente transgresora. Porque Josefina, a pesar de su fuerza sobria en los escenarios, de su capacidad para asimilar la naturaleza de distintos papeles, cómicos o terribles, con más o menos texto, o por muy atractiva que pudiera resultar, sobre todo en su primera época, y de lo mucho que ella se creía, interiormente, influida por un recuerdo que aún no había llegado a comprender, a Claudio nunca le había parecido tan luminosa, tan plácida y tan llena de una serenidad abarcadora como cuando habían compartido un espacio común, en la costumbre doméstica sin representación.

Sin embargo, no ha conseguido imaginar a Águeda en un papel parecido, a pesar de haber llevado una vida más convencional: fue madre muy pronto, después de abandonar Bruselas y casarse. Le sigue sorprendiendo que su recuerdo íntimo de Águeda se haya mantenido en aquella viveza pura y espontánea, casi adolescente pero segura, contagiosa en el vértigo de una autenticidad sin artificio o gesto, al margen de su existencia posterior. Incluso después de quedarse viuda, Claudio nunca ha dejado de encontrar en sus pupilas ese raro magnetismo, como si en el fondo de sus ojos aún latiera ese fulgor marino, tan corpóreo como su melena, aunque menos visible. Por eso mismo nunca ha llegado a pensar en ella como en una mujer casada y madre de familia, aunque lo haya sido, con una existencia más o menos conservadora en su ciudad costera; aunque él conoce las excepciones que han ido sitiando esa apariencia, porque en la tranquilidad, sobre todo si es forzada, se pueden ir abriendo unas grietas profundas. De cualquier forma, Águeda se ha mantenido entera en su memoria durante décadas; también en la de Josefina, como una presencia demasiado invasiva, especialmente en algunas épocas, hasta que los años le hicieron aceptarla, como lo aceptan todo.

Pero lo que él mismo se niega a admitir, un año y medio después de su accidente, es que Águeda esté impedida, en un estado de inconsciencia cercano a la demencia senil. Tras la operación de cadera, no llegó a despertar con lucidez de la anestesia general. Desde entonces continúa en un sueño cada vez más hondo, al cuidado de Susana, que apenas le ha oído, según le ha contado por teléfono, tres o cuatro frases con sentido en los últimos meses. Con el pretexto de la gira de despedida y la llegada al piso nuevo, aún no han ido a visitarlas. Pero ahora, con la urbanización a sólo unos kilómetros de la ciudad, por mucho que perturbe a Josefina, no pueden seguir posponiendo el encuentro.

Se sienta en un banco. Piensa en regresar a por un libro, pero podría encontrarse con ella y no tiene ganas de volver a discutir. Recibe el baño de calor sobre las mejillas afeitadas. Se afloja la corbata, permitiendo que le entre por el cuello el aire que se escurre entre los maceteros, las escaleras de los portales, los otros bancos y la hierba seca. Se reclina y cruza las piernas, con las manos en los bolsillos del abrigo. El sol le acaricia la frente, extendida hacia atrás por la calvicie, y cierra los ojos unos segundos.

14

Al regresar, Josefina se ha encontrado el piso vacío. Ha esperado durante la media hora que ha tardado en llegar el chico del supermercado. Le ha dado una propina, ha cerrado la puerta y se ha quedado en el salón, absorta en los álbumes expuestos sobre la mesa. Ha salido una vez más a la terraza para asomarse y mirar hacia la calle, por si acaso lo veía aparecer por la puerta principal. Ha vuelto al restaurante, por si había decidido tomarse otra ronda de margaritas. Pero estaba cerrado y en los otros tampoco sabían nada de él.

Ha ido colocando el pedido cuidadosamente, con algunas pausas, porque en los pasillos del supermercado, cogiendo los artículos y dejándolos dentro del carrito, ha aparecido la punzada del lumbago. Ya en el piso, ha tenido que tomarse las pastillas y acostarse. Luego, el dolor le ha remitido y ha vuelto a moverse con una prudente lentitud, colocando los paquetes.

Ha tumbado las botellas de vino en la repisa baja de la despensa: durante años, cuando alquilaban provisionalmente un apartamento, las noches que no habían tenido tiempo o ganas de cocinar, a Claudio le había gustado descorchar una botella de tinto, coger la tabla de madera y cortar porciones de distintos quesos, alternados con paté. Era quizá la única costumbre que habían conservado del lejano primer viaje, cuando su grupo de teatro fue seleccionado para participar en un festival europeo. De esa temporada en Francia y Bélgica les quedó el gusto por cenar queso y un poco de pan, con el paladar raspado por el vino. Josefina recuerda una *brasserie* perdida por Montmartre y un sitio pequeño de Sainte-Catherine, en Bruselas, alumbrado por velas diminutas.

No está habituada a hacer la compra y le ha sorprendido su capacidad de evocación: al coger una porción de *brie* y ponerlo en el carrito, ha vuelto a sentir el tacto aterciopelado de la corteza y ha visto los ojos cobrizos de Claudio a través de la llama, con una viveza que resplandecía como su cuerpo, joven y espigado, mientras se apartaba el entonces muy abundante pelo castaño de la frente y ella percibía, de nuevo, la humedad del canal.

Casi es la hora de comer. Duda si volver a salir a buscarle y decide una solución intermedia: preparará algo rápido. Hace una ensalada de espinacas frescas salpicada con tacos de roquefort y nueces, con crema de mostaza y yogur, y la deja tapada dentro del frigorífico. Aunque antes ha llegado a tener algo de calor, toma de nuevo el abrigo de pana.

Está tan convencida de que se va a encontrar con él que cuando no lo ve en la plaza se extraña ligeramente. Pero ahora el restaurante Guanajuato está abierto.

–No he visto a su marido desde ayer. ¿Necesita usted algo?

El joven camarero se fija en su cabello, tan claro que las canas apenas se distinguen, al descubrir la preocupación en sus labios perfilados con un carmín rojizo y los ojos pardos, de repente rasgados, como si trataran de atravesarle, mientras se frota ambas manos, imitando el gesto de extenderse una crema hidratante.

–Si viene, haz el favor de decirle que le estoy esperando en casa. Me imagino que habrá salido a dar un paseo, pero se está entreteniendo más de la cuenta.

–Señora, por aquí no hay muchos sitios en los que entretenerse. No es que quiera preocuparla, porque seguro que el señor se encuentra perfectamente; aunque si no anda por la plaza, en los otros restaurantes o en el supermercado, pues no sé. Ya sabrán que las obras del aeropuerto llevan meses terminadas; pero está todavía sin funcionar, así que tampoco debe de estar ahí. Otra cosa es que se haya marchado a la ciudad a pasar la mañana, quizá ha ido a ver a alguien y el autobús se ha retrasado. ¿O tienen coche?

–No –titubea, algo más alterada, con verdaderos esfuerzos para contenerse–, ni siquiera creo, ahora que lo pienso, que haya renovado el permiso de conducir. Por favor, si lo ves díselo. Que le estoy esperando en casa.

Pregunta en los demás restaurantes, un italiano, un griego, un chino y un *tex-mex,* aunque antes de entrar en todos ellos tiene la certeza de que no estará allí. A mitad del regreso advierte la humedad pegajosa en las palmas. Vuelve a cruzar la verja, recorre el sendero hasta el puente y el charco barroso, con ramas y botellas de plástico vacías. Sube en el ascensor, pisa otra vez el suelo de mármol con vetas grises, como arterias marcadas bajo una piel muy pálida. Cuando revisa el piso y sigue sin encontrarlo, regresa la punzada del lumbago con una incisión dura tan certera que a punto está de hacerle perder el equilibrio, al inclinarla violentamente, como el disparo de una catapulta: se apoya en la mesa por los codos, clavados entre los álbumes, y aguanta unos segundos antes de retirar una silla y conseguir sentarse.

Después de media hora puede ponerse de pie. El teléfono sigue sin sonar y nadie ha llamado a la puerta. Cuando logra erguirse, sólo es capaz de andar con pasos muy medidos, inclinado el torso hacia delante y llevándose la mano izquierda a los riñones, mientras con la derecha se recoloca el abrigo.

Doblada sobre sí misma, se va agarrando a los barrotes de la puerta principal. El rato que ha pasado volcada en la silla, sin poderse mover, la ha mortificado lo suficiente como para saber que, en cuanto pudiera levantarse, no se iba a quedar esperando su vuelta. Pero necesita descansar, porque el esfuerzo de atravesar el camino de grava la ha dejado exhausta, aumentándole la sensación de pinchazo. Después de unos minutos vuelve a echar a andar, cogiéndose al murete con la mano derecha mientras mantiene la izquierda en los lumbares, esta vez en la dirección contraria a la plaza, hacia la parada del autobús que va a la ciudad: si ha ido sin ella a ver a Águeda no podrá perdonárselo. Vuelve a detenerse para coger aliento y aparece un coche de la policía local. Se detiene y baja uno de los agentes.

—¿Se encuentra usted bien?

Ella le cuenta que su marido no aparece, que acaban de mudarse y no conoce a nadie en la urbanización que pueda ayudarle, y que sufre un ataque severo de lumbago.

—Ya sé que tienen que pasar setenta y dos horas para denunciar una desaparición, pero es que yo todavía no necesito denunciar nada, sino que me ayuden a buscarlo, porque sola no puedo.

El agente consulta con la conductora, que también se ha bajado del vehículo.

—Señora, no se preocupe, deje que mi compañera la lleve a su casa, porque en este estado no debe seguir en la calle. Yo daré una vuelta con el coche. Hágame una descripción de su marido, si es tan amable, y dígame cómo se llama.

—Claudio —responde Josefina—. Me preocupa porque es muy despistado, a veces se extravía, nunca se ha orientado bien pero es que últimamente se pierde con facilidad.

15

–¿Es usted Claudio? –consigue oír, como un eco ascendente desde profundidades terrosas, mientras siente su hombro derecho sacudido por una mano sólida, y a través del hombro también todo su cuerpo al despertar, arrecido en su postura mendicante sobre el lecho del banco, inmóvil como el parterre, con las piernas encogidas por la destemplanza y la mejilla izquierda marcada por los huecos entre los listones–. ¿Es usted? –oye de nuevo, y consigue asentir, porque durante unos segundos la sensación de parálisis ha precedido al anquilosamiento, como si necesitara un baño de vapor o un caldo caliente para recuperar su capacidad locomotriz–. Le he encontrado –oye, sin todavía abrir los ojos, en un tono bajo, como un susurro o una confidencia–. Di a la señora que no se preocupe, ahora se lo llevo, no, aquí mismo, en la urbanización, en un banco, está justo a la vuelta, detrás del bloque, y por eso no lo había visto antes.

Claudio levanta los párpados y se encuentra con el uniforme del policía, que habla por la radio que lleva sujeta al hombro de la cazadora.

–Parece que perfectamente, sólo un poco aturdido. No, creo que podremos nosotros dos solos. –Entonces mira a

Claudio, sonriéndole con un gesto de complicidad que le hace intentar recuperar la postura–. Espero a que se recomponga y vamos. Sí, supongo que ahora me lo explicará. Se ve que el pobre hombre se ha quedado dormido.

16

En cuanto entra percibe el temblor de los muslos. No es fácil: hace falta un aprendizaje minucioso para distinguir, por debajo de la falda plisada, con los zapatos de tacón bajo y hebilla dorada estáticos y juntos, y las manos sobre las rodillas, sosteniendo un vaso vacío, ese ligerísimo vaivén bajo la tela, de minúsculas sacudidas, apenas unos pálpitos que Claudio reconoce, a pesar de la apariencia sosegada, al descubrir el hieratismo de su media sonrisa y la tensión en su mandíbula, con esa palidez verdosa de los pómulos, y el imperceptible movimiento del pelo, con el cepillado algo revuelto, de un rubio casi transparente; el brillo ausente de los ojos, como si no estuvieran pendientes de la pareja de agentes ni del hombre que acaba de entrar en el salón y se dirige hacia ella, tratando de encontrarla en el vacío de sus pupilas, sin reparar en algunos de los álbumes que yacen a sus pies, abiertos, sobre la alfombra.

Claudio cierra la puerta y se sienta a su lado, manteniendo aún en la retina la expresión del agente al atravesar el marco, tras agradecerle, una vez más, que hubieran sido tan amables con su esposa y con él, mientras el policía se llevaba una mano a la frente a modo de saludo formalista, ofreciéndole su mirada compasiva: como si ese hombre, para él un muchacho, también hubiera aprendido a predecir la crispación latiendo en esa imagen de impostado control más allá de la escena, porque quizá su vida o su trabajo le han enseñado a reconocer cada argumento y sus posibles desenlaces antes de asistir a su escenificación.

–Perdóname –se escucha, mientras le coge la mano, inerme, manteniéndola sobre sus rodillas–. Me he quedado dormido, ya has oído al policía. Qué jóvenes, ¿verdad? Me ha encontrado en el banco, y ya ves, no me he llevado un libro ni nada y no me he tomado ni una sola copa, cómo iba a hacerlo si era tempranísimo. Simplemente me quedé sentado allí, con los ojos cerrados. Pensé que el baño de sol podría sentarme bien.

El movimiento entonces se hace más visible y ve también cómo su propia mano se agita en la rodilla con una vibración en aumento.

–Podríamos ir mañana –sigue, tratando de calmarla–. Te gustará, el calor es de lo más agradable y se está a gusto. En serio, no te pongas así. ¿Tampoco vas a creer a la policía? Ya le has oído. Me he quedado dormido. Por favor, mírame.

Su respiración comienza a adelgazarse mientras baja la vista para identificar los álbumes a sus pies, uno con el lomo azul marino, agrietado y ennegrecido, como si viniera de la turbiedad que ha empezado a ocupar la mirada de Josefina, su expresión de plomo embalsado y ausente: ha sabido lo que podría suceder en cuanto ha llegado y por eso se ha dado prisa en despedir a los policías; no porque pudieran reconocerla, si ya casi nadie se acuerda de aquella serie y menos todavía de ninguno de los dos, sino porque ha temido que su estado pudiera dispararse en presencia de los agentes.

–Pregúntame por lo menos cómo estoy, me duele mucho la espalda y no he comido. Debo de haberme enfriado.

La agitación le ocupa todo el cuerpo.

–De verdad que lo siento pero no es para tanto, cariño. Le podría haber pasado a cualquiera.

Ella gira el cuello y por primera vez en toda la secuencia lo mira a los ojos mientras su mano derecha le vuelve la cara de un guantazo, que resuena en el salón como un chasquido, con toda la flexibilidad de su cintura impulsando el movimiento antes de volcarse sobre él para seguir abofeteándolo.

Apenas acierta a llevarse las manos a la cara y cubrirse. Ella le clava las uñas en la carnosidad de las palmas, pero él concentra su escasa fuerza en mantenerlas ahí. Oye su respiración ahogada y los jadeos al intentar separárselas de la frente y las mejillas, mientras se las golpea con los puños cerrados y siente el dolor agudizado sin mirar por las grietas mínimas entre sus dedos, porque ya conoce lo que va a encontrar y prefiere ahorrarse la visión: los primeros puñetazos sobre los cartílagos de las orejas le producen un daño aplastante y se da la vuelta, tratando de proteger la cabeza entre el respaldo del sofá y el cojín del asiento. Ella le muerde hasta hacerle gritar y él entonces no huele la excitación, sino su sangre: abre los ojos bajo los dedos y logra discernir el brillo plateado del reloj saliendo despedido de la muñeca de Josefina tras sacudirle varios manotazos por el cuero cabelludo, con las manos abiertas y cerradas, los filos cortantes de los dientes atravesando la piel de sus nudillos, justo antes de que Josefina se precipite de nuevo; pero ya sin señales de fiereza, sino con un suave abatimiento en el brillo diluido de su ojos mientras cae, desmayada, sobre él.

Se la quita de encima y comprueba que respira con normalidad. No tiene fuerza para tomarla en brazos y llevarla hasta su cama, así que le sube las piernas al sofá y la descalza. Tiene la frente bañada en sudor. Coge una toalla, la empapa bajo el grifo y la escurre en el lavabo. Le limpia la frente, pasándosela por las sienes, la nuca y el cuello, mientras le desabrocha los botones de la blusa. Le reconforta su gesto algo más plácido.

Abre el armario y encuentra la manta de cuadros, rojos y verdes, enrollada y sujeta por unas cintas de cuero, que llevaban, hace ya muchos años, a las excursiones campestres. Antes de extenderla sobre ella percibe el aroma a suavizante y le vuelve a sorprender, una vez más, su empeño en conservar los escasos objetos que puedan ligarles a un recuerdo.

Se mira el rostro y las manos. La cara está perfectamente, exceptuando la rojez creciente de los ojos: en uno de ellos, más vidrioso de lo habitual, un capilar parece haber reventado. Los nudillos de la mano derecha todavía le sangran. Los coloca bajo el grifo, apretándose con los dedos de la otra mano. Abre un bote pequeño de alcohol y lo inclina sobre un trozo de algodón. Se lo aplica sobre la herida, hasta que deja de sangrar. Luego saca una tirita cicatrizante, cierra la mano y se la aplica, antes de volver a extenderla, comprobando que puede abrirla sin que la piel le tire. Mira sus manos, extendidas ante el espejo, con los dedos deformados. Las venas se han inflamado por la tensión y se marcan bajo el vello, como ramas nudosas.

Josefina continúa dormida. Busca otra manta y se la pasa por encima, despacio, temeroso de que el más ligero crujido de sus articulaciones pueda despertarla. Parece relajada y su cuerpo, todavía encogido, ha dejado de temblar. Recoge el reloj de pulsera ovalado y los álbumes. Entonces los mira: hinchados, repletos, con las fotografías asomando por los bordes. Vuelve a tomar el más grueso, con la piel azul, amoratada. Va a la cocina y abre el frigorífico. Está hambriento.

Nada más levantar el plástico que cubre la fuente percibe el aroma a roquefort. Ni siquiera se molesta en coger un plato y servirse: empieza a pinchar y deja que la crema de mostaza y yogur se deshaga bajo su paladar, mientras el sabor crujiente de las espinacas frescas se mezcla con los trozos de nueces. Es su ensalada favorita. Josefina la ha preparado para ese primer almuerzo en el piso. Seguro que ella también lo había previsto diferente.

Puede imaginarla, inquieta todo el día, saliendo a la calle a buscarlo, recorriendo los únicos lugares que conocen, aunque duda que haya muchos más, el restaurante mexicano y los otros, llamando a la policía y pidiéndoles ayuda: al principio dueña de sí, pero más angustiada a medida que el sol ha ido cayendo, mientras él se enfriaba sobre el banco con un sueño profundo, navegando por un líquido espeso, en su propia absorción, llevándole a regiones ignotas de sí mismo que había creído olvidadas durante mucho tiempo, pero que le han hecho evocar, en su sensibilidad recuperada, que comieron esa ensalada por primera vez en la plaza de Sainte-Catherine de Bruselas, todavía muy jóvenes, pero ya alejados de Águeda, cuando él empleó toda su capacidad de convicción para asegurarle, mientras los ojos castaños de Josefina vibraban bajo las velas, entre el llanto y la furia, que a partir de esa noche sólo estaría con ella.

Una vida después, Claudio se encuentra en esa cocina, comiendo la misma ensalada de espinacas frescas mientras Josefina duerme en el sofá. Abre una botella de rosado, se sirve una copa y toma entre sus manos el álbum azul marino, más desencuadernado de lo que recordaba. Siente el peso en sus palmas. Pasa las yemas por la piel agrietada, casi áspera. Lo abre.

Tiene preparada su medicación, aunque quizá no haga falta. Vuelve sobre sus pasos y se acerca a Josefina. Las facciones han recuperado su gesto infantil de confianza. Piensa que así, durmiendo y respirando tan profundamente, no parece que haya superado los setenta, ni que toda una existencia haya pasado por encima de su ánimo brillante y su primera beldad. Su cabello se extiende sobre el cojín como una gavilla de cereal apagado que conservara, aún, la última luz trémula del día.

17

Cuando entreabre los ojos está sobre la colcha y le duele la espalda no sólo por la mala postura y por haber dormido destapado, sino por la humedad que cogió en el banco el día anterior. Josefina se ha sentado en el borde de la cama y le mira atentamente, como si le estuviera reconociendo tras un largo viaje. Debe de haberse levantado pronto, porque tiene el pelo recogido y toda ella exhala un aroma a lavanda, con los primeros botones del vestido abiertos, dejando ver las manchas parduscas de su cuello. Le tiene cogida la mano derecha y le pasa los dedos suavemente por encima de la tirita.

—Te has quedado dormido con la ropa puesta. Esta mañana te quité los zapatos.

—Muy bien —responde, mientras echa trabajosamente los hombros hacia atrás, tratando de recomponer la rectitud imposible de su espalda. El paladar le devuelve un regusto pastoso y remotamente amargo que le irrita los labios, cortados y pegajosos.

—Ayer por la noche abriste una botella y te la terminaste. ¿Qué tal el vino?

—Estupendo —masculla, incorporándose y recuperando el escozor en los nudillos.

Josefina extiende la caricia al resto de la mano. Abre mucho los ojos.

—¿Quieres decirme algo? Porque yo sí tengo algo que decirte. He visto el álbum. En la cocina. Al lado de la botella. Creo que lo dejaste encima de la mesa a propósito.

Claudio no puede terminar de reclinarse sobre el cabecero y se queda postrado en una postura incómoda sobre su codo izquierdo, con la cabeza hacia atrás.

—Sí, lo estuve viendo mientras cenaba. No hay nada de malo en eso. Solamente es un álbum. Me quedé en la cocina para no despertarte.

Ella le vuelve a coger la mano, con cuidado, como si temiera apretársela.

—¿De verdad que no hay ninguna otra razón? Hacía tiempo que no lo abrías.

—Fuiste tú quien lo sacó ayer. Primero lo pusiste sobre la mesa del salón. Luego, cuando volví, estaba en la alfombra. Como si quisieras que me tropezara con él.

Josefina baja la vista y después mira hacia la ventana, con la persiana a la mitad.

—Hay café recién hecho. Puedo prepararte unos huevos revueltos.

Se fija en el brillo oscilante de sus ojos y advierte una ligera impaciencia en torno a su mano, como si no estuviera del todo segura y temiera que Claudio la apartara bruscamente, con toda su preocupación concentrada en retenerla ahí.

—Ayúdame a levantarme.

No le apetece salir a la terraza. Josefina llega al salón con la bandeja. Claudio come los huevos revueltos y se bebe el café sin hablar. Ella se ha servido uno con leche: le echa una cucharada de azúcar que no remueve, dejándola caer, mientras mira a Claudio como si fuera la primera vez que ve desayunar a alguien.

–Sí que tenías hambre –susurra, animosa–. ¡Cómo me alegra que te haya gustado!

Él mira su plato y se queda abstraído en la taza vacía de Josefina, con la circunferencia del azúcar en el fondo.

–¿Has decidido ya lo que vas a hacer hoy?

Claudio mantiene la mirada dentro de la taza, en la porosidad granulada del azúcar tiznado, mientras piensa en el efecto que puede causar la elección de cada palabra y se imagina atravesando esa capa arenosa que ha adquirido el tono del café, como si él pudiera hundirse, de súbito, en sus profundidades movedizas. Resopla y comprueba, de soslayo, que la tirita continúa sobre sus nudillos.

–No sé. Si quieres te ayudo a ordenar algo. También podríamos ir a la ciudad. Hace un año y medio de la caída de Águeda y de su operación. Ya sabes que está muy mal. Antes teníamos la excusa de la gira, pero ahora que estamos tan cerca ya no hay justificación para que no vayamos a verla.

El efecto no es inmediato. Al principio, Claudio se dice que ha reaccionado sorprendentemente bien, afirmando con un suave movimiento de la cabeza, sin despegar los labios, como si le surgiera de muy adentro.

Sigue hablando a través del pasillo, mientras lleva la bandeja a la cocina. Cuando vuelve al salón la encuentra tumbada en el sofá, con los ojos cerrados y la mano sujetándose la frente sobre el cabello revuelto.

–¿Se puede saber qué te pasa?

–Nada, no me pasa nada, no te preocupes, es sólo una jaqueca, debe de ser la resaca por el disgusto de ayer.

–¿El disgusto de ayer? –contesta Claudio, sintiendo un ligero tirón en los nudillos cuando cierra el puño derecho, apoyado en el filo de la mesa.

–Nada, te he dicho que no es nada, me tomo una pastilla y se me pasa. Por favor, ayúdame a ir al dormitorio, si vuelvo a quedarme aquí echada el lumbago va a terminar conmigo.

Claudio pasa el brazo derecho por detrás de su espalda para incorporarla y aprecia esa ligera ofuscación en sus ojos. Abre la cama y la ayuda a reclinarse, cubriéndola después.

–No sé qué me ocurre, Claudio, pero seguro que se me pasa.

Suena lastimera, quejosa, con la voz timbrada en ese decaimiento contraído de las pupilas, como si un aguijón invisible punteara sus sienes con mínimos pinchazos. Le toca la frente y la nota templada, pero sin febrícula.

–Voy por una pastilla.

–Están aquí, en el cajón de la mesilla –responde quedamente, conteniendo una arcada–. Tráeme un vaso de agua, por favor. Creo que voy a seguir aquí, tumbada. Ve tú si quieres, y no te preocupes. Me gustaría ver a Susana. Dile que iré otro día, cuando me encuentre mejor.

Él la mira, va a la cocina y regresa con el vaso. Abre el cajón y encuentra el pastillero. Le introduce el comprimido en la boca. Tiene los labios finos, vacilantes.

–Ahora trata de dormir, ya verás como te hace efecto.

–¿Entonces te quedas?

Ella se reconforta al advertir el movimiento del mentón, afeitado con la misma exquisitez meticulosa que habría empleado una noche de representación, mientras entorna los ojos, todavía consciente, pero asomándose a un estado en el que no existen ni el temor ni el dolor.

18

Sentado en el sofá, se fija en la lámina macilenta, como una enorme yema diluida, de la mañana deslumbrante. Rememora sus previsiones, meses antes de llegar, de cómo serían sus primeros momentos de lectura en ese piso. Se había contemplado en la terraza, recibiendo un sol suave en la frente y las manos, mientras sostenía un tomo de Ibsen de la colección de clásicos universales y volvía a leer *Casa de muñecas* o *El pato salvaje*. Tres años atrás, habían empezado a interesarse por esas nuevas promociones de viviendas. Cuando descubrieron que había varias construcciones proyectadas cerca del naciente pueblo dormitorio, en el entorno del nuevo aeropuerto y bien comunicadas con la ciudad, repararon en el nombre de la urbanización: como la obra de Ibsen, había dicho. Ibsen, Ibsen, siempre Ibsen, le había recriminado Josefina, pero tienes razón, parece coqueta, y viviendo en «El pato salvaje» habían terminado: ella acostada y él en un sofá recién estrenado, con un libro en las piernas y sin ninguna intención verdadera de abrirlo, mientras acariciaba la encuadernación de piel ligeramente cuarteada, como si sus dedos, en ese movimiento imperceptible y circular, pudieran adentrarse en el papel.

Mientras se hunde en el respaldo, piensa en el puente con maderos que cruza el estanque vacío, con su fondo mugriento, y recuerda una imagen de la obra: el pato aferrándose al lodazal en la laguna, sin capacidad para salir y dejando que el fango lo sujete, pero también lo arrastre, mientras rememora la frase final de uno de sus personajes, el doctor Relling: *La vida podría ser bastante agradable si nos dejasen en paz esos acreedores insoportables que van de puerta en puerta reclamando el cumplimiento de los ideales a pobres hombres como nosotros.* Cambia el libro de posición sobre sus piernas y mira a través del cristal, con una palidez límpida. Trata de recordar sus propios ideales. Fueran los que fuesen, los perdió hace mucho, no sabría reconocerlos o quizá se han mezclado tanto con la voz sugerente de Josefina, de suavidad incisiva, que se han diluido en sus palabras.

Durante muchos años de nomadismo teatral, viviendo en casas de huéspedes, Josefina había querido tener un hogar propio y Claudio se había sumado a ese deseo con relativo entusiasmo. ¿Se parecía eso a un ideal? Quizá, pero no para él. Podía constituir una aspiración, pero no un sueño. Una vez firmada la escritura de compraventa, había empezado a imaginar esas largas tardes de lectura ante las vistas de la ciudad, no tan distante, tomándose un whisky mientras miraba los despegues y los aterrizajes de los aviones. Luego comprobaría que ni el entorno se había desarrollado como había previsto el plan urbanístico del pueblo dormitorio junto al nuevo aeropuerto, terminado hace varios meses y todavía sin inaugurar, ni tampoco la cercana ciudad se distinguía en la planicie desierta, en esa extensión árida, sobre los kilómetros de terrenos sin edificar.

Hasta donde él conoce, ningún acreedor ha llamado aún a su puerta, más allá de su fabulación, y nadie le ha exigido el cumplimiento de unos sueños que ha terminado por olvidar, si es que alguna vez los ha tenido. El día anterior, cuando acabó de escribir a dos de sus antiguos compañeros, se había preguntado qué carta le habría enviado a Águeda, tanto tiempo después, suponiendo que ella hubiera podido leerla o escucharla. Se habría remontado a los primeros tiempos, antes de todo, durante el viaje de tren que los llevó a París. Cuanto se habían confesado entonces, viendo pasar el manto de luces punteadas en la inmensidad nocturna del cristal, fue el punto de arranque de las vidas que no habían tenido. La conoció después que a Josefina, pero había ido descubriendo en ella algo más que la misma osada ingenuidad que derrocharon en el salón de actos, preparando apasionadamente el estreno de *El pato salvaje*, aunque solamente él, que oficiaba también de director, conocía bien la obra. No se reconoce en su recuerdo de aquellos días, cuando pensaban que cualquier existencia podía decidirse, porque era el eco de su puesta en escena: entonces todavía se sentían dueños de una sustancia tan indeterminada como definitiva, tan imaginada como real, que les hacía sobreponerse a cualquier limitación y creer que su tiempo les pertenecía.

19

–Tú no tienes ni idea de lo que fue porque no puedes saberlo. La has visto un par de veces y crees que la conoces, pero eres demasiado joven como para valorar a una mujer, para entender más allá, y además sería raro que lo hicieras, que supieras mirarla. Sería extraordinario y perdóname, pero no veo nada en ti que me haga suponerlo, porque en ese caso seguramente no estarías aquí. O quizá eres más listo que nosotros y por eso has venido, para ser testigo directo de este disparate, de todo este vacío en mitad del desierto, de las casas sin gente. Eso sí, intenta observar: no por aprender, que eso no le interesa verdaderamente a nadie, sino para reconocer. No creas que es cuestión de tiempo, porque hay gente que se pasa los días sin enterarse de nada, sin que le importe lo más mínimo. Y la vida les cruza por delante o por encima, como nos supera a todos, es cierto; sólo que unos nos enteramos y otros no. Que no te suceda a ti lo mismo.

Piensa, por ejemplo, en esa fotografía de ahí. Alguien la pondría, quizá tu jefe, pensando en darle un poco de color al local. Pues no te puedes imaginar el parecido. Con tu edad, o quizá algo mayor, cuántos años tienes, veintitrés, pues sí, pero poco más, representábamos en ciudades pequeñas y la gente las confundía. Iban a verla al cine por la tarde y después se la encontraban encima de un escenario, esa misma noche, y no lo podían entender. Decían que se había teñido el pelo y la llamaban la María Félix rubia. Hay alguna crónica de provincias que la menciona así, La Doña rubia. Pero eso no duró mucho. —Paladea la sal en el reborde circular de la copa y el jugo del limón en la garganta, azulado al trasluz del tequila–. Oye, este margarita te ha salido buenísimo, tienes toque, deberías trabajar en una coctelería, algo con clase. También ella la tenía, la tiene aún: mucha. Sus rasgos angulosos nunca fueron tan comunes como lo son ahora, aunque el tiempo ha dulcificado la fuerza de su cara, igual que nos iguala a todos en la dulzura o en la frustración: si no has visto *Doña Bárbara, La mujer sin alma* o *La devoradora* no podrás entenderlo. Era una reina india.

Nunca hicimos cine. Ni siquiera como figurantes. Y cuando llegó la serie ya había pasado demasiado tiempo de todo aquello: estábamos muy mayores, y aunque el público no había olvidado a María Félix, cómo esperar que quienes la habían visto recordaran a su desconocida doble rubia. Pero es que tampoco sabes lo que era esa mujer, y eso que estoy hablando con un mexicano: por más que pertenezcas a otra generación, tienes que saber de ella. Si digo Agustín Lara, ése te suena, menos mal, fue su marido; o si digo Sonora, porque era de Sonora, eso lo conoces, porque es tu país, pero no tienes ni la más remota idea de que María Félix nació en ese territorio tan herido y salvaje. No, yo no estuve allí, ni falta que me hace. Me habría gustado, sí: varias veces casi la convencí para cruzar el océano y buscar allí suerte, porque aquí no había nada como tampoco ahora lo hay, aunque no nos dé la gana de entender que no queda esperanza, sino agresión y páramo, no la ha habido nunca y acaso nunca la tendremos; pero nos engañamos y pensamos que sí, o algo muchísimo peor: estamos tan embrutecidos que ni siquiera nos molestamos en intentar engañarnos, para qué, cuando en el acto de engañarse hay cierta voluntad y aquí sólo tenemos estulticia, rencor y una jarana engañosa que jamás nos ha llevado ni nos llevará a ninguna parte: sólo hace falta comprobar lo que ve la gente en la televisión. No la convencí y nunca nos fuimos, pero siempre he sabido que México es un estado de ánimo, no entiendo qué puedes estar buscando aquí, no me creo lo de la música, cómo vas a querer ser trompetista y trabajar en medio de ninguna parte, si nadie vendrá a este restaurante a escucharte tocar. No me digas que también te has creído esa patraña de que la ciudad está cerca, te diré la verdad: no hay ningún autobús que lleve allí, porque la ciudad entera ha desaparecido.

Cuando sale del restaurante comprueba que otra vez llegará a su casa sin cruzarse con nadie. Levanta la palma, pegada al muslo, para ir rozando los muretes de las casas adosadas y mantener el equilibrio a lo largo de la calle. Las luces de las ventanas parecen temblar, o quizá son sus párpados, con ese espesor frío por su espalda gibosa, mientras contempla su silueta por encima de los setos, como una enorme mancha recortada bajo las farolas.

Empiezan a caer unas gotas tímidas que, un instante después, se convierten en una gran cortina de granizo acribillando la grava del sendero, la acera y el asfalto, con las agujas de hielo golpeándole en la calva, entrando por el cuello de la camisa, sacudiendo también sus pantalones, hiriéndole en las mejillas, sonando contra el suelo como un repiqueteo, rebotando en el muro. Continúa bajando la calle, porque quiere saber dónde está la parada del autobús, si es que existe, si es que no le engañaron los de la constructora y la urbanización no es un mundo cerrado, sin apenas habitantes, del que resulte imposible escapar, una especie de islote rodeado por corrientes de arena.

20

Se levanta a las seis y lo primero que hace es comprobar que su madre sigue viva. Hace un año y medio, después de la caída, la operación y el traslado, Susana necesitó programar el despertador durante las primeras semanas; pero después de un mes ya se despertaba sola. Se incorpora, retirando la manta, y deja caer los pies, colgantes desde el borde del colchón, hasta las zapatillas, que se calza sin resto de somnolencia. Alarga el brazo para alcanzar la bata, que se pone sobre los hombros. La primera sensación, antes de cruzar el marco de la puerta, es de temor. El silencio le angustia y siente una opresión en el pecho aún cálido, reteniendo el abrigo acumulado del sueño, porque durante las escasas cinco horas que ha logrado dormir ha estado separada de ella, la ha dejado sola: en el cuarto de al lado, pero sola. Sabe que cualquier mañana puede encontrarla muerta, aunque se dice que hoy no será ese día. A pesar de las ranuras de la persiana, no consigue percibir su respiración: porque no siempre la oye, no siempre es ese ahogo que la despierta en mitad de la noche y le hace acudir y tratar de incorporarla trabajosamente, con la almohada anatómica bajo la nuca para favorecer la fluidez de sus vías respiratorias.

Le gusta verla dormir: ha interiorizado su ritmo cardíaco y cree poder oírlo. Comprueba que respira y vuelve sobre sus pasos. Deja la cafetera en la vitrocerámica, regresa al dormitorio, se tranquiliza al verla bien y rememora otra mañana: cuando, al volver por el pasillo, antes del silbido del café, percibió un sonido repiqueteante que no localizó, porque entonces no lo conocía, hasta que se acercó a su boca temblorosa y descubrió que eran sus dientes los que rechinaban. Recordó la advertencia de la enfermera y supo que iba a darle una convulsión: encendió la luz, preparó su medicación y llamó a urgencias.

Al lado del teléfono tiene los algodones, las gasas, las vendas, el gel, el talco, la colonia y los pañales. Al limpiarle las comisuras de los labios descubre que está extrañamente sonriente, mirándola con los ojos muy abiertos, como discos vibrantes de azul líquido. Le pasa los dedos por el cabello pelirrojo, con una mata de pelo todavía espesa, y le habla:

—Luego te peinaré.

Le gusta cepillarle la melena, porque percibe en su mirada un brillo remoto de satisfacción. Tiene aproximadamente tres horas para sí misma. Apenas acompaña el café con una galleta. Emplea más tiempo en la ducha, porque aprovecha la sensación relajante, activándole el cuerpo, para hacer un listado mental del resto del día.

Tras la primera convulsión, le costó mucho no entrar en el dormitorio cada cinco minutos para asegurarse de que seguía descansando normalmente. La enfermera le advirtió que no podía vivir así: ten claro que si se queja es porque le pasa algo, aseguró, porque nadie en su situación se lamenta por gusto. Es bueno que la escuches, pero también debes estar pendiente de ti misma, aunque sólo lo hagas por ella: date un poco de tiempo para asumir esta nueva realidad. No puedes seguir siempre comprobando cómo sigue, dedicándole cada instante, porque tú también necesitarás descansar, desconectar un poco. Me has dicho que eres profesora. Tendrás que preparar tus clases o corregir los exámenes, por ejemplo, aunque te cueste, sin que ocupe toda tu atención; porque si no lo haces, cuando de verdad te necesite, vas a estar reventada.

Vuelve al dormitorio, pero sólo por el gusto de verla dormir, con el semblante tranquilo y su pelo ganando matices cobrizos con el sol. Mientras la mañana abre y asoma la luz, amoldándose al borde del somier y la colcha, subiendo por la manta hasta su rostro blanquísimo, con su brillo suave remontándole el cuello, tocando sus mejillas, si respira plácidamente, por un momento cree poder recuperarla.

21

Al salir del quirófano, después de la anestesia, Águeda había quedado absorta en un mutismo calmado; pero según le diagnosticaron, antes del accidente ya había comenzado su degeneración neuronal. Aunque se recuperaría de la fractura de la cadera, no volvería a andar, a valerse por sí misma o a ser la persona que había sido antes de caerse en la bañera. El empeoramiento sería paulatino, porque era una mujer fuerte y su cuerpo se resistiría a entregarse. Tendría episodios de retorno, como hablar súbitamente con una apariencia de normalidad o reconocer rostros, voces y situaciones, antes de regresar a su abismo velado. No habría mejoría, sino un deterioro progresivo; y ese desvalimiento cerebral iría precipitando la paralización de sus demás funciones vitales, hasta llegar al colapso.

Independientemente de lo que decidieran hacer más adelante con su piso de alquiler, y con todos los muebles y sus cosas, había que resolver la nueva situación. Susana se la llevó a vivir con ella. Para ayudarla a mantener algunas referencias, la rodeó de objetos que pudieran resultarle familiares. Tenía espacio, porque cuando Ernesto la abandonó se había llevado todas sus cosas. Le acondicionó su propio dormitorio y ella se trasladó a la habitación de Ode. Más tarde, convirtió el cuarto de estudio en otro dormitorio y se hizo instalar allí una cama nueva, para que su hija pudiera disponer de su habitación cuando volviera. Valoró los distintos diagnósticos y comprendió que había extremos sobre los que los propios médicos no sabían mucho más que ella, acerca de lo que podía estar ocurriendo en la cabeza de su madre, con su mirada, aún viva, en permanente extravío. Preguntó a uno de los doctores sobre la conveniencia de recrearle su entorno, y su respuesta la desalentó. Seguramente le hará bien, tardó en responderle, sin demasiado entusiasmo, pero sería más efectivo si no se encontrara en una fase tan avanzada. Lo razonable sería que lo notara aunque fuera mínimamente, pero no se lo puedo asegurar, porque desconocemos si, en su estado, puede relacionar su percepción y el recuerdo. Pero si posee capacidad sensorial, le había objetado Susana, eso ya es algo; y acercarle, por ejemplo, sus fotografías puede contribuir a estimularla. Porque yo estoy con ella cada día y nadie puede decirme que ahí dentro no sucede nada.

En teoría, le había respondido; pero aunque únicamente lográramos ralentizar el proceso, de por sí irreversible, ya sería un gran logro, porque cada nueva grieta en su consciencia es irrecuperable. No se puede aspirar a más: estamos ante una dimensión casi desconocida, con una profundidad neurológica prácticamente imposible de rastrear.

Evoca la conversación algunas mañanas, mientras toma el café con la enfermera, que hoy no ha llegado aún. Susana encuentra un atisbo de fortalecimiento al terminar de lavarla, tras haber aireado el piso, con cuidado de que no se enfríe, hasta que el aroma de la colonia llena la habitación. A veces, antes de irse a la universidad, se inclina sobre la cama y le besa la frente: tiene la impresión de que puede identificar ese movimiento, que su porosidad responde al tacto de los labios, porque respira con una cadencia algo más relajada. Pero también por eso al despedirse, portando una cartera a menudo muy cargada, con láminas y libros, Susana nota en su madre un súbito desvalimiento, con un temblor sutil desde el fondo movedizo de sus ojos, cuando la ve internarse por el pasillo, como si fuera capaz de distinguir que no se dirige hacia la cocina o al salón, sino que va a marcharse del piso.

Está apartando la cafetera de la placa cuando suena el timbre del portero automático. Abre sin molestarse en preguntar por el telefonillo, porque es la hora de llegada de la enfermera. Tiene que preparar las clases de la tarde y le vendrá bien que ella se encargue de darle el desayuno. Se mira fugazmente en el espejo de la entrada, asegurándose de que el moño está recogido sobre la nuca: lo recompone en dos toques livianos y se ajusta el cuello de la blusa con una rápida puntada de los dedos. Durante unos segundos, mientras oye el sonido del ascensor, se queda absorta en el mueble de las películas, la mayoría viejas cintas de VHS, con algunos DVD sin abrir, que no se ha molestado en reordenar desde que Ernesto se llevó una parte: los títulos le traen escenas olvidadas, como si las palabras pudieran ofrecerle una clave interna de su vida.

Tira del pomo sin asomarse a la mirilla, con súbita impaciencia. Completa el movimiento y algo en su paladar se encoge como un nudo repentino que le oprime la garganta, en una sequedad sobrevenida, cuando abre la puerta y se encuentra con Nora.

22

Al cruzar el umbral, Nora se ve a sí misma minutos antes, tirando del equipaje por la acera. El edificio tiene dos entradas: la de vehículos, por la alameda de la playa, y la principal, al otro lado, junto a un parque en cuyo centro se eleva, como un faro erigido tierra adentro, una de las viejas torres de vigía que solían construir, sobre sus propias casas, las familias de comerciantes, que oteaban la extensión marítima para controlar la llegada de sus barcos al puerto. Cuando el edificio que había coronado apenas constituía una sombra en viejas fotografías, al fondo de algunos cuadros del museo provincial, el ayuntamiento decidió restaurar el conjunto y proyectar un nuevo parque a su alrededor, para revitalizar la zona, por entonces bastante deprimida, en un cierto abandono, como si desde su antigua atalaya pudieran trazarse, una vez más, los radios invisibles de una ciudad redescubierta, y casi rodeada, por el blanco relieve del océano.

Aparcó el coche en el paseo y volvió a encontrarse con el mar. Abrió el maletero y todavía se sorprendió al encontrar, en su interior, una sola maleta: grande, de un color gris metalizado que parecía un espejo reducido del oleaje prístino en la orilla, agolpado sobre la lentitud de la arena, enmudecida bajo la naciente claridad. No había desayunado, pero tampoco tenía hambre. Se encontraba como si acabara de despertar, aunque tenía conciencia de haber estado conduciendo durante toda la noche, o quizá más aun, dejando atrás una ciudad subterránea, cada vez más oscura y más vacía.

Tras la sorpresa, Susana la abraza y se apresura a cogerle la maleta. La introduce en la entrada, apartando el fino felpudo con los pies para evitar su atranque con las ruedas. Se miran durante unos segundos sin pronunciar palabra. Susana cierra la puerta y la conduce al dormitorio. Al entrar enciende la luz. Nora elude mirar a su madre directamente, hasta que ve izarse sus cejas, mientras estira las comisuras de los labios.

—Mira, se ha puesto contenta de verte.

—Pero no sabe quién soy, ¿verdad?

—Yo diría que sí. O al menos no le pareces una extraña, después de tantos meses.

Se acerca a ella y la besa despacio en las mejillas. Aspira y reconoce el olor.

—Su champú.

—Claro. ¿Para qué iba a cambiarlo? También le compro el gel de siempre y sus pastillas de jabón. Viene una peluquera a peinarla. Y continúa siendo una coqueta: al acabar, cuando la chica le enseña con un espejo de mano cómo le ha quedado por detrás, sigue el movimiento con los ojos: sólo por ese instante merece la pena hacerla venir. La peluquera está encantada, dice que de todas las señoras que atiende en domicilios, mamá es la que mejor huele. Y a ella le cae bien.

—Todavía tiene una mata preciosa.

—Eso dice la peluquera. Que nunca ha visto este pelirrojo tan intenso.

A pesar de estar postrada, del decaimiento en las mejillas o la hondura marcada de las cuencas, con el gesto perdido, le sigue sorprendiendo la presencia que despliega, llenando la habitación. Nora observa a su madre y después a Susana, que ha aprovechado para alisarle el embozo. Por un momento, su hermana le parece una silueta desprendida del cuerpo bajo las sábanas y siente que las está mirando por primera vez.

23

—Por supuesto que te quedas. El tiempo que te apetezca. Todo ha cambiado un poco por aquí. Ode sigue trabajando en Bruselas. De ninguna manera vas a dormir en el hotel: te instalas en su dormitorio. Así estás más independiente, con tu propio baño. Incluso si mi hija apareciera ahora mismo nos arreglaríamos, porque el sofá del salón puede convertirse en una cama; además, no suele quedarse más de dos o tres noches y sólo viene en diciembre. Tiene pocas vacaciones porque las gasta durante el año, en pequeños viajes de fin de semana y puentes, con distintos amigos. En eso no ha cambiado: no le he conocido un solo novio desde que entró en el instituto, pero nunca la he visto sin dos o tres muchachos revoloteando a su alrededor. Según creo, ya conoce bastante bien Bélgica y Holanda. No está especialmente contenta con lo que hace, como siempre, pero eso es otro tema. Me parece que su relación con el tiempo es distinta a la nuestra, o por lo menos a la mía cuando tenía su edad, porque sigue actuando con una provisionalidad que no está marcada por ninguna directriz. Aunque, bien mirado, de qué nos ha servido, ni a ti ni a mí, prefijar nada. No puedo decirte que eche especialmente de menos a Ernesto, ni siquiera creo que sea una buena persona. Pero estaba acostumbrada a él, y ahora todo me cuesta el doble. Fíjate que podría haberme acogido a una prejubilación y he preferido no hacerlo, porque la universidad, por lo menos, me saca a la calle. Y encima con mamá, porque siempre estoy deseando volver para comprobar cómo sigue. De no ser por las clases, después del divorcio, me habría encerrado con ella entre estas cuatro paredes. Tampoco tienes que preocuparte por el dinero, aunque te lo agradezco. Sus ahorros son más que suficientes para cubrir los gastos que ella misma genera, y aún nos sobra. Ten en cuenta que nunca quisieron tener una vivienda en propiedad: las cosas de papá. Pero el caso es que, los últimos años, el alquiler que pagaba era ridículo. Mamá tiene todavía bastante en su cartilla, además de la pensión de viudedad. Alguna vez lo he pensado: incluso impedida, sigue manteniendo su independencia: al menos, la económica. Antes de la operación me había autorizado el acceso a su cuenta, porque la ayudaba con algunas gestiones: salía poco de su piso y yo iba al banco, generalmente con sus indicaciones anotadas en una libreta. Todavía la conservo, con su letra preciosa. Así que no hay de qué preocuparse; y aunque así fuera, tampoco, porque yo tengo pocas necesidades, esta casa está pagada y con mi sueldo hay más que suficiente, ajustándonos un poco, si decides quedarte. Ella siempre decía que ese trabajo no era para ti, estaba deseando que lo dejaras. Seguramente sentiría que te hayan despedido, pero en el fondo se alegraría, para qué vamos a engañarnos: cuando salías en la conversación, cada vez que pensaba en ese sótano se ponía de mal humor, apesadumbrada, porque la deprimía imaginarte en ese garaje. Y de noche. Eso era lo que más le preocupaba. En cambio, cuando se acordaba de Paul, aunque también le sobreviniera la tristeza, siempre decía lo mismo: el tiempo que lo tuvo, pudo y supo disfrutarlo. Y eso es algo que no está al alcance de la mayoría de las personas. A veces se reprochaba no haber sabido comunicarse mejor contigo. Yo le decía que te llamase. Pero luego, cuando lo hacía, no te decía nada. Creo que por teléfono no le salía. En parte por eso estaba tan empeñada en ir a verte, hace año y medio, cuando se cumplió el décimo aniversario del accidente de coche. Pero, más allá de eso, la tranquilizaba saber que tú lo habías gozado, que no habías sido como esa gente boba, y utilizo sus mismas palabras, que tiene la felicidad en su casa y no la sabe apreciar. Aseguraba que ésa también era tu desgracia: haber sido tan consciente de la plenitud que habías compartido con Paul se había convertido en un obstáculo para que pudieras sobreponerte a su pérdida. Estas cosas me las repetía, en los últimos tiempos, con bastante frecuencia. Y también que tenías que volver con nosotras, porque en esa ciudad ya no quedaba nada para ti. De hecho, lo recuerdo, justo un día antes de su caída me dijo que iba a intentar traerte de vuelta, alejarte de aquello. Incluso había pensado ir a buscarte, aunque eso ya te lo conté. El caso es que aquí estás, como ella quiso. Perdóname que insista, pero puedes quedarte el tiempo que quieras. Como si te planteas venirte con nosotras indefinidamente. A mí me encantaría, para qué andar con medias verdades. Me siento a veces muy sola. Si no fuera por ella, y eso que apenas ha salido alguna frase suelta de su boca en los últimos meses, y por las llamadas de Ode, creo que no podría soportar el silencio. Por cierto, en algún momento tendremos que decidir qué hacemos con el piso. Hasta ahora lo he mantenido por respeto a ella, pero la verdad es que no tiene sentido seguir pagando ese alquiler. Respecto a los muebles, están muy desvencijados, y conozco una asociación solidaria que se haría cargo de ellos gratuitamente. Luego los restauran y los venden en su local. A

110

ella le gustaría. Pero ahora que estás aquí, podríamos ir juntas. Alguna vez me he preguntado si, en aquel almuerzo que no llegamos a celebrar, iba a explicarme qué secretos guardaba en todos esos armarios. Ya sabes: antiguas fantasías de niña. Porque, además de hacerte volver, también quería hablarme de algo. Creo que te lo he dicho: se puso muy enigmática. Y además en el Hotel Pacífico, con lo que significaba para ella. Ya sabes que no dejaba ningún detalle al azar. Pero después vino la caída y todo fue muy rápido: la ambulancia, la operación y, especialmente, su salida de la anestesia. O su no salida, porque una parte de ella se quedó dentro del quirófano. Sabía que estaba empezando a tener pérdidas de memoria y momentos de relativo desconcierto, pero nadie imaginaba, ni siquiera los médicos, que fuera a salir tan trastornada. Entonces cambió todo. Yo ya estaba mal con Ernesto, pero él no soportó la idea de que mamá se viniera a vivir con nosotros. Alguna vez he pensado que quizá le di la excusa perfecta, pero me da igual. Porque la opción de una residencia, lo sabes, no la barajé en ningún momento, y llevarla contigo tampoco era posible, con los horarios que te imponía tu trabajo. Así que lo vi claro. Ernesto también: Tu madre o yo, me dijo. Y ya ves, no me costó mucho decidirme. O lo decidió él: como me sugirió Ode, que desde entonces no se habla con su padre, seguramente ya había decidido dejarme, porque no creo que la relación que tenía con esa mujer fuera realmente nueva. En cualquier caso, no importa. Además, a pesar de todo, en cierto sentido disfruto de mamá. No creas que está tan, tan ausente. Es capaz de mostrar emociones, más allá del dolor o de la angustia. Cuando percibe que me voy a marchar por la tarde a las clases parece una niña asustada. Pero otras veces, si llego tarde y lleva todo el día con la enfermera, aunque no me reconozca, también se alegra, como si me recuperara después de un largo viaje, porque el tiempo no existe para ella. Y, sobre todo, está su mirada. Puede traspasarte incluso más que antes. Sigue teniendo esa profundidad que no hemos heredado ninguna de las dos: aunque Ode quizá sí. Y creo que ha ganado una agudeza distinta, impredecible, que aún no he conseguido entender. Cuando recupera su expresión, es como si el mar hubiera despertado dentro de sus ojos.

24

Al día siguiente, al pasar por el hotel, Nora mira a través de la ventanilla. Tras desayunar juntas, han decidido empezar a vaciar el piso de su madre. Aparcan en una calle estrecha, frente al portal. Cuando salen del coche, instintivamente miran hacia la tercera planta: los maceteros languidecen en el balcón, con los tallos desnudos entre los barrotes, como raíces que hubieran sido desenterradas y puestas del revés, cimbreadas por la brisa de la playa. Van hacia la puerta, de listones metálicos pintados de negro. Los azulejos azules se extienden por las escaleras, alrededor del hueco vacío, en el que nunca se llegó a instalar un ascensor.

El interior se vuelve sombrío a medida que suben, mientras un frescor salino, matizado por el estancamiento, otorga a las paredes una cualidad íntima de humedad cerrada. La única ventana, entre el segundo y el tercero, da al patio de luces, con su porción recortada de brillo diurno. Distinguen sonidos familiares, de cacerolas sobre los fogones: son ruidos metálicos recubiertos de una rara armonía, como si pudieran entonar su propia percepción ritual del silencio.

Llegan al tercero y permanecen delante de la puerta. Ninguna de las dos se siente con ánimos para encontrarse

113

con una vecina y tener que responder a las preguntas, por otro lado comprensibles, sobre el estado de su madre. Susana no se molesta en buscar las llaves en el bolso, porque las lleva en la mano, apretadas con fuerza, desde antes de bajar de la furgoneta.

A Nora le impresiona, antes de pasar y recibir la primera bocanada de polvo, acumulado en el último año y medio, volverse a encontrar frente a la entrada y saber que ya no estará allí, tras esa pulcritud anaranjada de la madera lisa. Aunque acaban de dejarla con la enfermera, junto al ventanal, con las cortinas descorridas, tiene la impresión de que su madre las sigue esperando tras la puerta.

La penumbra del recibidor parece establecida en todo el piso, con su espesura estática adensada sobre el mueble con la bandeja de las llaves, en las repisas y los portarretratos. El aire embalsamado asciende desde las alfombras para irse deshaciendo, poco a poco, en la claridad de la escalera, desfondada sobre las figuritas del tapete, como si estuvieran despertando, en su quietismo, para una función propia. Así se sintió Nora dos días antes, sentada en una mesa, frente a un plato con frijoles, mientras el camarero, un muchacho, reclamaba su atención tocando una trompeta al otro lado de la barra. Ella seguía esperando que alguien volviera de los servicios y, de pronto, tuvo la certeza de que nadie regresaría. Empezó a dudar si su despido era una fabulación y ese viaje, en cambio, a través de un borroso mapa de carreteras secundarias, bordeando el litoral, que podía estar durando varios meses o un único instante, el rescoldo agazapado de un sueño destinado a perdurar sin dejar una huella.

Recordó el interior de la maleta y ese retrato de su madre, tan hermosa, joven y distinta a ella misma, con los tirantes amarillos recorriendo sus hombros delicados, de una finura transparente bajo la voluptuosidad del pelo, y se dijo que al final de los corredores en los sótanos y de la hondura turbia de los túneles que atraviesan montañas por la noche, aún podía encontrar un destello rojizo en una fotografía dentro del maletero. Sin reconocer el restaurante mexicano en el que se encontraba ni saber qué hacía allí, volvió al coche, aceleró y lo dejó atrás. Aún podía sentir otra presencia, pero estaba sola. Pronto amanecería. Atisbó los puntos luminosos en los montes y condujo hasta la costa.

25

Susana empieza a toser. La acumulación de un ahogo seco, en un piso cerrado durante tantos meses, es una raspadura en sus gargantas. Abren las ventanas, pero se mantiene el sofoco.

—Deberíamos salirnos a la calle mientras la casa se ventila —resuelve Susana, devolviendo la cubertería a uno de los cajones del mueble—, o vamos a asfixiarnos aquí dentro.

—Podemos esperar en el balcón —sugiere Nora, y su hermana asiente.

Al pasar junto a la mesa, cubierta por un tapete circular, bajo una red de bandejitas de plata, Susana le hace reparar en una fotografía en blanco y negro con los bordes levantados. Es una instantánea divertida, que transmite una sensación de alegría despreocupada: aunque al principio duda, Nora consigue distinguir el rostro de su madre, jovencísima, entre otra chica y un muchacho. Cogidos por la cintura, sobre lo que parece ser un escenario, los tres se inclinan ante el objetivo, que los retrata sonrientes, bellos y radiantes. No identifica a la pareja: él parece alto y luce brillantina y bigote fino; ella es rubia, con carácter, tras los atractivos rasgos angulosos.

—Son Claudio y Josefina —le descubre Susana, y Nora arruga la frente, como si le hubiera venido a la cabeza una sucesión rauda de imágenes remotas, narradas por otros, con regalos vistosos, cánticos y fiestas sobre ese mismo sofá, en un carrusel de escenas sobre el empapelado verde de las paredes.

—Recuerdo la serie de televisión. Y unas cajas de bombones muy llamativas.

—Mamá guardaba esas cajas, tan bonitas. Tú has jugado con ellas. Cuando venían era una auténtica fiesta. Josefina me parecía una dama, muy atractiva, y se notaba que tenía un cariño especial por mamá. Claudio cantaba, y entonaba bien imitando a Jorge Negrete. Pero algo debió de pasar, porque dejaron de venir. Y no creo que papá tuviera nada que ver: se llevaba bien con ellos, teniendo en cuenta su timidez y que, la verdad sea dicha, el mundo que traían Claudio y Josefina le resultaba demasiado difuso. Lo respetaba, pero no lo comprendía, como le sucedía con casi todas las cosas de mamá. No, tuvo que ser algo entre ellos tres. Fue un mes de diciembre. Me habían traído muchos regalos, porque eran bastante espléndidos. Tú no habías nacido todavía y yo tenía diecisiete años. Lo recuerdo porque, unos días después de aquella última visita, sucedió algo que me sigue pareciendo extraño: mamá se marchó una semana a Bruselas. Sin papá. No había vuelto a ir desde antes de casarse.

—¿Una semana sola, en Bruselas, sin papá? ¿A qué fue allí?

—Jamás me lo contó. Y tampoco se lo pregunté. Pasaron seis días. La casa parecía un velatorio, imagínate. Una tarde, papá recibió un telegrama: mamá llegaba al día siguiente. Fuimos a esperarla a la estación. Él le llevaba un ramo de rosas blancas. Cuando se bajó del tren, se lo dio y la abrazó. Yo nunca los había visto abrazarse. Más que el viaje en sí, su ausencia o el hecho de que papá lo aceptara sin ninguna queja, algo que también me sorprendió, recuerdo aquel abrazo. Unos meses después, naciste tú.

A Nora siempre le ha provocado una incomodidad originaria que sus padres la concibieran siendo Susana casi una mujer: al quedarse embarazada por segunda vez, la maternidad debió de ser para Águeda una sensación recuperada a marchas forzadas: había sido una madre primeriza, a los veinte años, y se estaba acercando a los cuarenta cuando la tuvo a ella.

—Le he cogido el teléfono más de una vez a Claudio —continúa Nora—. Es verdad que tiene una voz grave muy bonita. Con su mujer no he hablado nunca.

—Porque es Claudio quien nos llama, y se cuida mucho de dar siempre recuerdos de Josefina. De hecho, en los últimos meses, lo ha seguido haciendo para interesarse por mamá. También me pregunta por ti, y siempre de la misma manera: ¿Y cómo está la karateka? Me gusta hablar con él. Precisamente hace unos días me llamó para decirme que iban a venir, porque no ven a mamá desde antes del accidente. Yo diría que incluso desde mucho tiempo atrás, pero tampoco me pareció oportuno decírselo. No sé, me resultó un poco raro. Como si hubiera tenido que salvar una carrera de obstáculos para marcar mi número.

—No les he vuelto a ver en la televisión. ¿Siguen en el teatro? Ya deben de ser muy mayores.

—Están jubilados. Se han comprado un piso en una urbanización nueva, junto a la carretera del nuevo aeropuerto.

La brisa se aposenta en la baranda como una caricia de partículas, anillándose a los dedos y subiéndoles por las muñecas. Nora se fija en los tres rostros de la imagen.

—Y esta fotografía, ¿de dónde ha salido? No recuerdo haberla visto antes, ni siquiera después de la muerte de papá, cuando a mamá le dio por cambiarlo todo.

Susana la mira con fijeza, como si se asomara a otra realidad.

—La encontré aquí, sobre la mesa, el mismo día que se cayó en la bañera. Mamá no apareció en el restaurante y tampoco contestó a mis llamadas, así que vine corriendo. Al verla desnuda y tirada en el cuarto de baño llamé a la ambulancia. Todo eso ya lo sabes. Fue horrible. Es curioso: ella odiaba los móviles, se negaba a tener uno, y mira que le insistí. Pero en ese momento yo no reparé en el mío, sino en el fijo de la mesilla. Fue entonces cuando vi la fotografía, sobre las bandejitas. Pero sólo después de ingresarla, cuando regresé a por unos camisones, su bolsa de aseo y su documentación médica, reparé en la foto con más detenimiento. Aunque aparezcan tan jóvenes, los reconocí. Es extraño.

—¿El qué? —pregunta Nora, mientras siente un regusto salado en los labios.

Susana mira sus manos sobre la barandilla y piensa en otros dedos, más filosos.

—Mamá me adelantó que tenía algo importante que decirme. Y la verdad es que la noté nerviosa. Pero después de la caída y de la operación ya no pudo contarme nada.

Nora siente la brisa serena del mar, con el salitre envuelto en una sensación porosa de llovizna que le cae en los labios, bajo el manto pletórico del cielo. Mira a su hermana.

—A lo mejor quería hablarte de ese segundo viaje a Bruselas, antes de nacer yo.

—Podría ser. Pero, en ese caso, ¿por qué no lo hizo antes? Desde aquella tarde, no he movido esta fotografía de la mesa. He rememorado la escena un millar de veces, porque seguramente fue una de las últimas cosas que hizo: antes de desnudarse y entrar en la bañera la tuvo entre sus manos, la miró y la colocó justo aquí encima, en esta posición.

26

Subida en la escalera, tras abrir las puertas del altillo de la habitación del fondo, Susana saca una caja de latón. Sopla sobre la tapa, que muestra el dibujo en relieve de un hombre de largos bigotes, con frac, sombrero de copa, monóculo y bastón en el aire, sobre un fondo malva de hojas volantes. Es una marca de champán francés. Cuando la abre, se encuentra dos mapas de París y Bruselas, con el papel finísimo, como si las líneas de las calles y las avenidas pudieran cambiar su recorrido al trasluz.

—Esto debe de ser del viaje teatral, el que hizo antes de casarse con papá.

—Nunca nos lo contó. Cuando le preguntábamos, ella le quitaba importancia. Supongo que después fuimos perdiendo el interés.

Susana sigue moviendo paquetes. Durante un rato ninguna de las dos vuelve a hablar.

—Tampoco lo ocultaba. Hacía alguna alusión, pero nada, es verdad. Está claro que no quería despertar nuestra curiosidad: sobre todo, delante de papá. Aunque tuvo que ser importante para ella. Imagínatela, tan joven: entonces no era normal que un padre permitiera a su hija viajar así, y menos aún si era para representar una obra de teatro en París, aunque fuera en un festival universitario. Estaban muy unidos, porque la abuela murió siendo mamá una niña y el abuelo la crió solo. Cuando volvamos al piso, fíjate en su expresión en el retrato que colgué frente a su cama: desprende mucha personalidad, como si inundara el dormitorio con una mezcla de seguridad y calidez. Estoy segura de que tuvo que ser un hombre especial.

–Me imagino que en aquellos tiempos no habría tantas chicas en la universidad que hablaran tan bien francés –añade Nora, minutos después, como si hubiera estado fabulando sobre el perfil de su madre, tan joven como en el retrato que todavía guarda en la maleta, desarrollando su personaje ante una multitud de cabezas, declamando en un idioma que ella, a diferencia de Susana, no ha llegado a aprender, aunque empezó a estudiarlo; pero en cuanto fue ascendiendo de categorías, los exigentes entrenamientos diarios le dejaban cada vez menos tiempo para cualquier otra actividad. Más allá de la imagen, ve a su madre moviendo la melena, lo único que es capaz de fabular en color: porque el resto de la estampa, la disposición de la platea, el anfiteatro, los palcos y el pasillo entre las butacas, con su alfombra extendida, la imagina en tonos sepia graduados.

–Y además tan guapa. Supongo que no le costó demasiado ser seleccionada para el papel –continúa Susana, metiendo la cabeza dentro del altillo, estirando los brazos y revolviendo papeles, cajas de cartón cubiertas de polvo y libros apilados–. Aquí arriba parece haber de todo. Acabo de encontrar nuestros cuadernos escolares... Sujétame la escalera –resopla, mientras comienza a descender con la caja metálica pegada al pecho.

Nora continúa en el dormitorio: los cajones de la cómoda, el armario con los vestidos de su madre, la cama en la que siguió durmiendo después de enviudar. Ha estado yendo y viniendo entre las habitaciones, con ese caudal firme de energía que Susana siempre ha admirado: porque esa fuerza de su hermana, de la que nunca le ha visto alardear, tan evidente durante su carrera deportiva, resulta poderosa una vez que abandona su natural envoltura de ensimismamiento: así, viéndola abrir las puertas de los muebles y resguardando los platos de la vajilla de porcelana con plástico de embalar, ordenando los camisones o vaciando el mueble del salón para guardar la cristalería, la mantelería y el juego de té, todavía impecablemente dispuesto en el tapete de la bandeja, sobre la camarera, tiene la impresión de que su hermana podría seleccionar, apilar y cargar por sí misma el resto de las cosas, y también los objetos más pesados que se llevarán, al día siguiente, los operarios de la mudanza.

Susana, en cambio, necesita prestar una atención morosa a cada objeto. Antes de revisar los altillos ha estado examinando, con cierta dificultad, por el tamaño poco manejable de las cuidadas encuadernaciones de tela, los grandes tratados de arquitectura de la estantería del salón, con bellas láminas coloreadas. Editados en los años veinte, pertenecieron a su abuelo, y algo en su interior le evoca los amplios salones del hotel, como un juego de espejos que la condujera, suavemente, a través de esas mismas estampas preciosistas, por el tiempo alargado en las formas esbeltas de los materiales: dentro de esas páginas aún es posible subir las amplias escalinatas en espiral, con los brillantes pasamanos bajo los lucernarios.

Susana abre el estuche de la cubertería. Coge un tenedor y lo sopesa, consistente y sólido entre sus dedos, y trata de imaginar, también, los dedos finos y fuertes de su abuelo, valorando esa cubertería en detrimento de otras, al recibir varias muestras en su estudio de arquitectura. La eligió como regalo de boda para su hija, cuando no había transcurrido todavía un año desde su regreso de Bruselas. Pasa las yemas por el extremo grueso y acaricia la curva terminada en cuatro puntas, con su vientre de plata. Entonces cuenta a Nora la sorpresa de su madre, adormilada primero, pero de pronto despierta, un año y medio atrás: cuando, después de la operación, Susana había vuelto a ese mismo piso para llevarle algunas de sus cosas. Entre ellas, un retrato.

Su madre se había quedado embobada, como si hubiera despertado de súbito, en la contemplación de la fotografía en la que su propio padre aparecía con traje de paño y corbatín, la nariz pronunciada sobre el bigote, acabado en un rizo final, y el impecable corte del cabello salpicado de canas, pero representando a un hombre joven en su madurez, con una expresión llena de convicción rasante, desde una honestidad que parecía otorgarle un sentido panorámico de la percepción: como si pudiera distinguir el horizonte más allá del objetivo, de la pericia del fotógrafo en su cámara oscura, de la calle y también de su tiempo y del cristal que cubría la lámina, y estuviera mirando esa habitación o pudiera escrutarla, como había hecho con el muestrario de cuberterías y, mucho antes, también con las posibilidades de un solar para erigir el primer hotel de la ciudad que integraría el mar en su gran terraza, dándole a toda la planta baja, con el restorán, el piano bar y el salón de baile, la disposición acogedora de una bahía.

Fue lo primero que recuperó, el retrato que su madre había tenido sobre su tocador durante las últimas cinco décadas. Su semblante irradiaba un magnetismo que se hizo presente en cuanto se lo llevó a su nuevo dormitorio. Lo colocó frente a ella, repentinamente nerviosa en el colchón abatible, junto al ventanal. Hizo un agujero con el taladro, puso un taco y una alcayata y lo colgó en la pared. Entonces descubrió que estaba llorando. Fue hacia ella y le secó las lágrimas con un pañuelo, sin esperar que pudiera responderle, porque ya entonces llevaba varias semanas sin hablar.

—Mamá, ¿qué te pasa?

—Tengo una pena muy grande —le contestó, cristalina y nítida, sonora, con la dicción perfecta que Susana casi había olvidado, tanto que quedó paralizada cuando volvió a oírla: incluso había levantado levemente la mano, con las venas marcadas bajo la piel, intentando retener la suya.

—¿Por qué, mamá? ¿Qué te ha entristecido?

Su madre la escrutó durante varios segundos, impávida, como si alguien acabara de presentarlas, con los labios apretados, mientras entornaba los párpados, asintiendo lentamente, hasta que abrió los ojos.

—Perdóneme, pero es que acabo de enterarme de que se ha muerto mi padre.

27

Mientras Susana, como un reflejo blando de su madre en la cristalera del balcón, le relata el episodio de la fotografía y la reacción de Águeda, cuando ya llevaba varias semanas sumida en su mutismo, como si realmente alguien acabara de darle la noticia de la muerte de su padre, el abuelo de ellas, fallecido cuarenta años atrás, con una percepción del tiempo diluido en una balsa fundida en sus corrientes, Nora piensa en su propio padre. Lo ve en ese sillón, con sus diarios deportivos sobre la mesita, mientras le habla de los resultados futbolísticos y de los campeonatos de lucha grecorromana, que practicó en su juventud.

A Nora le sorprende que su imagen regrese, junto al mismo pasillo por el que le vio deambular, tantas veces, como la sombra andante de un púgil sonado volviendo a su rincón. Bajo, achatado y romo, con los ojos pequeños y la frente despejada, lo recuerda deslizándose por las habitaciones sin terminar de encontrar su sitio cada vez que llegaba de esos largos viajes comerciales, como si la presencia rutilante de su esposa le forzara a recluirse en una cavidad sumergida. Era uno de los amigos jóvenes de su abuelo, el famoso arquitecto: había intimado con él tras ayudarle a encontrar unos vidrios biselados especiales para el *hall* del hotel. Siempre se ha preguntado, aunque nunca lo haya comentado con su hermana, qué motivos llevaron a su madre a fijarse en un hombre con tan pocas virtudes destacables, aunque no le faltaran auténticos valores: una sobria prudencia y una infinita capacidad de comprensión. Así, frente al temperamento de Águeda, cercano al fogonazo imprevisible, en los ojos calmados de su padre habitaba esa complicidad prudente que, años después, reconoció en los ojos de Paul, como si no existiera ningún comportamiento fuera del alcance de su capacidad para entenderlos.

Al contrario que Susana y su evidente parecido con su madre, ella supo desde pequeña que esa semejanza no era compartida, como tampoco lo eran la gracia o su esbeltez. Nora era distinta, estaba hecha de otro material no tan armónico o menos reconocible, en una singularidad que únicamente su padre supo percibir. Sólo tenía diez años cuando envió a la enfermería, con el labio hinchado, a una muchacha de dos cursos por encima. El director llamó para pedir una cita con sus padres, porque iban a expulsarla. Águeda pensó en reprenderla, pero permaneció en silencio. Su padre la miró y le preguntó: Hija, ¿quién ha empezado? Tras escuchar la respuesta, Sixto se dirigió a su esposa: Águeda, coge el bolso. Nos vamos. Ella asintió, desconcertada. A través de la alameda y la avenida, su padre no le soltó la mano. En cuanto se sentaron frente al director, bajo las miradas expectantes de Águeda y la niña, que creían haber descubierto a un hombre distinto, por la convincente determinación de su paso, ponderó la actitud de su hija y su derecho a defenderse. Usted cree que entre las niñas es diferente, pero no es así. ¿O estaríamos teniendo esta conversación si mi hija fuera un chico y el asunto una pelea de muchachos? También inquirió, en un tono susurrante, cada vez más corpóreo, que fue inundando la estancia como un

126

mazo invisible, qué sistema educativo castigaba a la más débil cuando se protegía de una agresión. Evitado el expediente sancionador, ni su mujer ni su hija volvieron a cruzarse con ese hombre seguro y decidido tras salir del colegio, como si se hubiera quedado dentro de aquel despacho. Sixto regresó a su amable introspección y a sus lejanos viajes de negocios. Pero durante esos minutos fue capaz de exponer, ante ellas, una visión ética del respeto y la fuerza que luego constituyó, al competir, el ideario íntimo de Nora.

Fue entonces cuando le buscó un deporte. A pesar de que ella le había insistido, animada por la costumbre dominical de leer juntos las crónicas, su padre ni se planteó la lucha grecorromana. Pero ya comenzaban a abrirse las primeras academias de artes marciales en la ciudad y Sixto preguntó si había posibilidad de que aceptaran a una niña de diez años. Nora fue la primera en inscribirse.

Ese mismo sillón está ahora vacío, con el respaldo calentándose bajo la luz del mediodía. Cuando su padre falleció, nadie volvió a sentarse ahí. Su madre se afanó en quitar todas sus fotografías de las paredes y las repisas, dejando únicamente la del recibidor, que parecía saludarlas, a Susana y a ella, cada vez que llegaban, y decoró el piso con unos cuadros viejos, carteles teatrales y objetos rescatados de una época remota, muy anterior a ellas y a su padre, en un empeño que Nora no ha entendido todavía y a Susana, en cambio, nunca ha parecido molestar. Por eso le sorprendió, unos meses después de su muerte y de esa nueva decoración, encontrar a su madre ocupando ese asiento, ligeramente dormida, dejando que el brillo que entraba por el balcón fuera iluminándola despacio, alcanzando al tocar el nacimiento del pelo unos tonos cárdenos vibrantes, ondulados en una mansedumbre que parecía haberse adueñado de los brazos del sillón, acogiendo la curva de su espalda en el avance sólido del sol.

127

28

Susana abre la caja con delicadeza quirúrgica. Al fondo, encuentra un librito desencuadernado. Es una edición popular de *El pato salvaje,* de Ibsen, con la cubierta apergaminada. Se sienta en la mecedora de su madre, junto a la estantería con novelas y la lámpara, con el pie simulando un tronco fino y terminada en unas hojas punzantes de laurel, mientras ojea los diálogos subrayados a lápiz. Siente el papel suavísimo, como si una sustancia invisible pudiera penetrarle por las yemas, transportándole al tacto de otras situaciones. Lo deja sobre la mesa. No le sorprende nada encontrar unas fotografías en blanco y negro de algunos de los cuadros más famosos de René Magritte. Tras casarse, su madre había mantenido intacta su fascinación por él. Fueron tantas las tardes, incluso después del nacimiento de Nora, que pasaron disfrutando las antiguas y enormes copias, guardadas en el carpetón verde que se había traído de Bruselas, que con los años Susana también había ido desarrollando su propio gusto por esa plasticidad enigmática, con un simbolismo que le hacía imaginar otros mundos ocultos bajo las sombras de la habitación. Se ensimismaba contemplando esas reproducciones, cuyo origen su madre no le había llegado a desvelar, aunque Susana siempre fantaseó con la idea de que eran obra del mismo Magritte, a quien Águeda, según le contó, había llegado a conocer durante la inauguración de una galería. Sin embargo, incluso antes de ingresar en el primer curso de Historia del Arte sabía lo suficiente de la obra del pintor belga como para estar segura de que aquellas formas coloristas que su madre y ella habían mirado tantas veces, aunque profundas, en el mejor caso sólo podían ser obra de un copista habilidoso.

Ahora, en su mirada íntima, diluida en la penumbra de la habitación, cuando la ausencia de su madre se revela incluso más tangible, llegando a las cortinas y dejándose envolver por ellas, descubre la carpeta y siente por la espalda un latigazo eléctrico. La abre y los contempla, como si esos lienzos hubieran sido pintados para ella, desde un viaje lejano, ahora sumergido en unas aguas pantanosas. Pero esta vez Susana, al volver a mirarlos, tiene la impresión de estar adentrándose en un espacio nuevo, como si el trazo familiar y los colores desvaídos, tantas veces analizados con su madre, pudieran revelarle los claros del vacío.

—Nora, por favor, ¿puedes venir otra vez? Necesito que me ayudes.

Su hermana aparece poco después con varios vestidos primorosamente doblados y un gesto de relajación. Se sienta en el sofá y se queda mirando las pinturas, con tonalidades que le parecen chillonas y figuras esféricas sobre un cielo fragmentado.

—Los cuadros que os gustaba mirar a mamá y a ti. Me siguen pareciendo raros.

—Es que lo son —musita Susana, sin asomo de condescendencia, como si estuviera hablando para sí—. De hecho, después de tantos años, hoy es la primera vez que me lo han parecido. Como si los estuviera viendo por primera vez.

Nora se sienta junto a su hermana y le deja la ropa sobre el regazo.

–Mira. Son los vestidos de verano. Me ha gustado encontrármelos. Éste –levanta uno de ellos, azul marino, con un dibujo de cenefas naranjas y pequeños volantes– era mi favorito. Me encantaba cuando se lo ponía. Todavía puedo verla en el paseo marítimo. Fíjate –se lo pasa por las mejillas–, el tejido es muy fresco.

Susana recibe la caricia en los pómulos, bajo las manos recias de su hermana. Durante un momento, olvida para qué la ha llamado. Baja los párpados y se concentra en la suavidad que le cubre la cara, delineando sus labios, el contorno delgado de la barbilla, y siente que la piel de su madre respira al otro lado de la tela, desde un espacio nuevo que es posible ocupar, porque lo ha descubierto con el gesto de Nora.

–¿Necesitabas algo? Si me doy algo de prisa puedo terminar el dormitorio.

Susana vuelve a abrir los ojos. Cuando encuentra el rostro de Nora tan cerca, en el sofá, tiene que apretar los párpados de nuevo, porque le asalta la impresión de haber vivido ya esa escena, con una certeza física que la deja aturdida. La memoria del cuerpo se levanta y regresa una rápida mueca de cansancio, con la punzada en la rodilla derecha, poco antes de repetir las palabras que ya han sonado antes dentro de su recuerdo, como si el instante sólo se completara rescatando todos sus fragmentos.

–No he terminado con el altillo. Necesito que me vuelvas a sujetar la escalera.

–Se está haciendo de noche –susurra Nora–. Si quieres seguimos mañana.

–No. Puedo acabar de vaciarlo hoy.

Su hermana mira la habitación. La luz de la lamparita está encendida y entra la última claridad por la ventana del patio interior. Distingue los lomos de las novelas, ordenadas por autores: varias de Louis Bromfield, Pearl S. Buck, Frank Yerby y Frank G. Slaughter, aunque la mayoría son de Vicki Baum y Somerset Maugham. Nora se acerca al estante, toma *Los que vivimos*, de Ayn Rand, y abre por el capítulo primero:

–«Petrogrado olía a ácido fénico. Una bandera de un rosa grisáceo, que en otro tiempo había sido roja, ondeaba en medio del armazón de hierro.» –Hace una pausa y cierra el tomo–. Me encantaba este comienzo. Recuerdo perfectamente a mamá leyendo la novela. O releyéndola. Siendo yo una niña también intentó hablarme de pintura, pero no funcionó: yo no conseguía ver nada en esos cuadros. Quizá tuvo poca paciencia, no sé. Pero me encantaba verla leer. Y también que me leyera a mí.

–¿En serio? Conmigo nunca lo hizo.

–Porque no lo necesitaste. Según me contó, aprendiste a leer muy pronto. Decía que casi habías empezado sola.

–Eso no es verdad. Me enseñó ella. Ya sabes lo exagerada que era algunas veces.

–Puede ser, pero a mí me costó. Eso también lo puedo recordar.

–Es curioso que nunca me lo haya comentado. Y te leía en este sofá, supongo.

–Sí. Pero lo que más me gustaba, aunque no se lo dije, era escuchar su voz. Luego comencé a entrenar y perdimos el hábito. Pero un día volvió a leerme.

–¿Y cuándo fue eso?

–Un año después de tu boda me lesioné, ¿te acuerdas? Ode ya había nacido.

–Vagamente. –Susana mira a través del ventanuco–. Te lesionaste varias veces, pero siempre solías recuperarte con relativa facilidad.

131

–Sí, pero aquella lesión fue más grave. Un desgarro de ligamentos. Tuve que permanecer en cama varias semanas antes de la rehabilitación. No podía hacer nada y estaba muy nerviosa, enfadada con todo. Fue entonces cuando mamá comenzó a leerme, otra vez.

–¿Dónde estaba papá?

–De viaje. Vino en cuanto se enteró, pero luego se tuvo que volver a marchar.

La mira fijamente, con una tristeza recién recuperada que le duele por dentro, en la retina: se ve entregada a Ernesto y los primeros meses de la vida de Ode, tras pedir su excedencia de tres años; por primera vez, le asalta una punzada de culpabilidad por no haber estado más cerca de su hermana.

–¿Y cómo hacía? Porque no me imagino a mamá a los pies de la cama, sin más.

–Pues así fue. La lesión me pilló en las semifinales. Yo estaba hundida. Quizá no lo recuerdes. Pero podía haber tenido una oportunidad de disputar el título. Fueron unas semanas muy duras. Aunque ahora, conforme te lo estoy contando, sólo me vienen buenas sensaciones... Todo fue muy sencillo. No me preguntó. Llegó con *Los que vivimos* y comenzó a leer.

Los últimos tiempos, le seguía gustando sentarse en la butaca o en ese sofá, junto a la mesita en la que aún reposan las gafas de lectura y los cuadernos de crucigramas, sin encender todavía la lamparita, permitiendo estirarse a la negrura por los recovecos de la estantería, sobre la sombra voluminosa y muscular del armario y bajo la silueta flotante de la máquina de coser, recortada sobre los visillos y entre los cortinajes, como un lince al acecho. Le parece imposible no encontrarla allí, quitándose los anteojos con lentitud.

Mientras vuelve a encaramarse, apoyando prudentemente los pies en los tablones de la escalera, mira hacia atrás y encuentra la franqueza en el rostro de Nora, sujetando la barra. Los diecisiete años de diferencia entre ellas han dado lugar a dos vidas distintas en esa habitación. Una palidez difuminada ha comenzado a aclararse, con el brillo postrero de la tarde lanzando sus destellos ocres en las paredes, cubiertas con dos grandes daguerrotipos, casi de tamaño natural y con cierto aire lúgubre, del padre y de la madre del abuelo arquitecto, como si estuvieran interpelándoles desde el rudimentario estudio fotográfico en que habrían sido retratados para ese instante pleno de mutismo: no para el momento posterior al fogonazo, ni tampoco para su contemplación en la sala del palacete, derrumbado hace décadas, en el que por entonces aún vivía el joven Eladio, antes de ser aceptado en el colegio universitario de otra ciudad; no, esas dos enormes figuras esculpidas en el plomo asentado de su pose espectral, que apenas suscitan, en Susana y Nora, más significación que el parentesco con hilo de relato, parecen sonreírle en su propio ascenso hacia el ascenso, como si al fin pudieran liberarse de su aire germinal.

29

Durante su adolescencia, tras su paso por varias academias, Susana comprendió que aunque manejaba correctamente la técnica, imitando con exactitud cualquier estilo, carecía del instinto y la ambición para desarrollar una obra. Entonces abandonó la pintura. Cuando tuvo que elegir sus estudios superiores se decantó por Historia del Arte con el propósito de hacerse profesora. Lo decidió tras una conversación con su madre, en la que no logró convencerla de que, para pintar, además de saber, hacía falta estar dotada de un mundo singular, un imaginario personal, que en ella sólo era una repetición.

—Creo que es el único caso que conozco de la típica conversación entre una hija con veleidades artísticas y su madre, pero invertida –le cuenta a Nora, apoyada en el último tablón, mientras sigue revolviendo montones de papeles cubiertos de polvo–. En lugar de la hija tratando de explicar a la madre que su vocación es importante, una madre intentando convencer a su hija de que siga ese impulso. Ya sabes que papá o no estaba en casa o, si estaba, nunca se metía en esas cosas. Ella me insistía en que me iba a arrepentir: «Estudia lo que quieras», me dijo, «pero no dejes de pintar. Y olvida toda esa memez de que no eres brillante.» Fue una de las pocas veces que la vi enfadada, aunque como era ella, tú lo sabes, sin levantar la voz ni descomponer el gesto: «Porque yo te digo que sí, que lo eres, pero tu punto débil es la desconfianza. Eres capaz de desvivirte por los demás, por tu hermana o por mí, pero si se trata de ti misma te resulta imposible dar un paso. Cómo vas a tener un mundo singular con apenas dieciocho años, criatura. Acaba la carrera, pero que no te pase como a mí. Vete y tarda en volver. Pero que no sea para quedarte, no te encierres en tus debilidades: tienes que salir, salir fuera y pintar.» Y yo, sin embargo, replicándole que sólo llegaría a ser una buena imitadora, con facilidad para reproducir la obra de los demás, pero sin nada original, propio, que pudiera tocar el contorno de una idea íntegra. «Es inútil, mamá, te agradezco mucho que trates de darme ánimos», o algo así debí de responderle, «pero yo sé lo que puedo y no puedo hacer. Y pintar, pintar de verdad, estoy segura de que está reservado a otros.» Entonces apareció una ráfaga en sus ojos y tuve la impresión de que me había querido contar algo, pero se contuvo.

Nora afianza el pie en la barra de abajo. Parece firme. Susana entonces respira profundamente, con los brazos hundidos en el fondo, y los deja caer entre dos grandes cajas alargadas, con el dibujo de unas botas altas en el lateral.

—Después me dijo una frase que no me gusta recordar, porque hace que me sienta incómoda. Como si en esas palabras ya estuviera encerrado el resto de mi vida.

—¿Por qué no te bajas de ahí y me lo sigues contando mientras nos tomamos una cerveza? Creo que esta tarde nos la hemos ganado. Casi no queda luz.

—Espera. Sólo un poquito más y nos vamos. Entonces se me quedó mirando y negó con la cabeza, como si ya hubiera tenido esa conversación: pero no conmigo, sino con otra persona. Y me contestó: «En cierto sentido, no puede sorprenderme.»

Nora permanece callada y el silencio se extiende como una segunda oscuridad.

—Entonces recordé sus días teatrales. Es verdad que nunca contó nada, y apenas comentaba alguna anécdota de Claudio y Josefina cuando venían a visitarnos. Lo único que sabía era que había estado en un grupo universitario y que había viajado a París. Eso era todo. Estábamos ahí sentadas. Todavía usaba con frecuencia la máquina de coser y había hecho unos tapetes para los brazos del sofá. Le pregunté por qué me insistía tanto en que siguiera una vocación que amaba, sí, pero para la que yo misma estaba convencida de no valer, si ella no había perseverado en la suya. Tú tendrías poco más de un año, Nora, y no habías hecho un solo ruido en toda la tarde. Empezaste a llorar y a ella se le suavizó la mirada. Me acarició el pelo. Yo lo llevaba largo, igual que ella. «Nunca he tenido una verdadera vocación. Es cierto que actué, pinté. Pero nada me atraía de verdad. O todo, según se mire.» Eso me dijo. Luego me cogió las manos: «Ya irás descubriendo cómo hacerlo. Pero, mientras, sigue pintando. Precisamente porque tienes verdaderas cualidades te insisto tanto en que no las olvides.»

»Está visto que nadie escarmienta en cabeza ajena: estudié, saqué mi plaza, me casé, tuve a Ode, la crié y Ernesto me dejó. Nunca he vuelto a coger un pincel y me he pasado la vida interpretando la pintura ajena. Ya lo ves: al final, ni siquiera he sido una copista. Mamá y yo hemos seguido hablando de arte hasta el día de antes de su accidente y nunca he sentido que me reprochara lo más mínimo. Es como si ella siempre hubiera sabido, incluso desde antes de aquella conversación, que las cosas tenían que ser así.

–Nunca imaginé que las había conservado. –Nora enciende la luz y le enseña a Susana, que acaba de entrar en el dormitorio, un manojo de medallas con cintas descoloridas–. Te prometo que no lo entiendo –continúa, con los ojos enrojecidos–. Toda la vida sin venir a un solo combate y resulta que guardó todo esto. Si son baratijas. No valen nada.

Susana se ha bajado de la escalera sin haber encontrado nada significativo, además de la inicial caja metálica de champán, un par de botas blancas, estilo años sesenta, con las puntas redondeadas y los tacones altos y estilosos, y unos cuadernos de anotaciones de ingresos y gastos, con la letra morosa de su madre. Se ha detenido en la revisión de unos libros, la mayoría folletines, sin cubiertas y cosidos, como *La dama de las camelias* y la trilogía formada por *Los tres mosqueteros*, *Veinte años después* y *El vizconde de Bragelonne*. Nora ha continuado afanándose en la cómoda y en los cajones de los muebles del comedor, antes de entrar en el cuarto al final del pasillo, que no llegaron a compartir por su diferencia de edad pero que fue, sucesivamente, el dormitorio de las dos.

Al lado de sus primeros trofeos, sobre la balda central, la fotografía de Nora, con el pelo recogido en un tocado sobrio y el ramillete de flores de pétalos diminutos y azules, junto a Paul, con la misma sonrisa de gravedad tierna, mientras firman el acta matrimonial, refleja el anochecer verdoso sobre el empapelado de cenefas de la pared.

–La habías visto ya, ¿verdad? –le pregunta a su hermana, de pronto entre sus brazos, mientras Susana abraza la espalda fornida de Nora.

–Claro que la he visto. Es una foto preciosa. Yo también la tengo, en un marco de alpaca: pero después del accidente, tras pensarlo mucho, la metí en un cajón, por no incomodarte cuando vinieras a casa.

Aunque han terminado de llenar el coche, vuelven a subir para dar otro repaso. Nora ha quitado de la estantería, cuidadosamente, todos sus trofeos, la mayoría pequeños, y los ha guardado en una bolsa de deportes que ha encontrado en el armario de su dormitorio. Se la echa al hombro y vuelve a mirar en las demás habitaciones. Su madre siempre quiso a Paul. Deja a su hermana atrás y empieza a bajar las escaleras sin mirar hacia arriba, apretándose al pecho el portarretratos con la fotografía de su boda. Una asociación se hará cargo de los muebles, la mayoría estropeados, y una empresa de mudanzas les llevará los pocos que desean conservar y las cajas que ya han dejado cerradas, porque no quieren que otras manos manipulen determinados objetos de su madre, especialmente su ropa. Han rescatado la materia esencial de una vida común. Cuando pasa por los buzones los mira fugazmente y oye, como un golpe compacto, el cierre de la puerta.

30

Mientras Nora conduce, Susana pierde la mirada por la frondosidad de la alameda, entre las copas espesas y los troncos enlazados a los arbustos, tratando de distinguir una señal en el mar cerrado, ese parpadeo súbito de una salpicadura refulgente; pero sólo encuentra la iluminación gaseosa del paseo, espolvoreada en las fuentes y sobre los macizos de flores, como si una figura tenebrosa, enhebrada de urdimbres incrustadas, se hubiera ido adueñando de los márgenes entre las avenidas de la costa.

Escruta la lejanía cambiante, cada vez más voluptuosa, como un cuerpo deforme de alquitrán derramándose en el océano. Ha puesto sobre sus piernas la caja metálica, con el pequeño librito de pastas grises. Poco antes de que Nora la llamara para enseñarle la estantería del dormitorio ha descubierto, en la última hoja, tres sobres, tan solapados con las páginas que casi parecen una extensión del papel, una anomalía de la imprenta que hubiera ido creciendo, lentamente, para escapar de los límites de la encuadernación.

–Nunca me has contado cómo te organizaste después de lo de Paul.

Nora mantiene los ojos fijos en el retrovisor y tarda unos segundos en contestar.

—Te he dicho lo que tenías que saber. ¿A qué te refieres exactamente?

Susana pasa los dedos por las formas en relieve de la tapa, como si pudiera separar la silueta del hombre que parece un bailarín, con sombrero de copa, frac y guantes blancos, de la superficie de lata, sobre violentos volúmenes rojizos y azules.

—Perdona si te he incomodado.

—No lo has hecho. Sólo me has sorprendido. Dime.

—Hablo de los espacios, los objetos. Cómo se sigue conviviendo con todo eso.

Nora toma la curva lentamente, como si estuviera marcando el giro entre los labios, unidos en una línea recta, mientras alumbra el asfalto con las luces cortas. El aire recorre el antebrazo izquierdo, apoyado sobre la apertura de la ventanilla bajada.

—Con dificultad. Fue una especie de viaje y duró mucho tiempo. Todavía dura.

—Me lo imagino. Pero, mientras tanto, las primeras semanas abres un armario. Y ahí está todo. Puedes elegir entre conservarlo o desprenderte de eso. ¿Qué haces?

—En mi caso, ya que me preguntas, no había ninguna posibilidad de elección. ¿Me vas a decir ya adónde quieres llegar? Si fueras más directa, podría concretarte.

—Estoy pensando en mamá. En todas esas copias de Magritte. En este libro, *El pato salvaje*, seguramente una de las obras de teatro que representó, que lleva sesenta años en el fondo de esta caja. Nunca nos lo enseñó. Y lo tenía muy bien guardado.

—A lo mejor hasta se le olvidó que estaba ahí. Tú lo has dicho: son muchos años.

–Mamá no olvidó nada hasta que empezó con la demencia senil; por desgracia, antes de que nos diéramos cuenta. Incluso ahora, estoy segura de que sigue recordando, pero de otra forma, mucho más confusa o complicada: tú la has mirado a los ojos. Pero hablo de antes. De mucho antes. No, no se le pudo haber olvidado. Simplemente decidió ocultárnoslo.

–Sólo son recuerdos, Susana. Todo el mundo los tiene. Debe de haber miles de cajas como ésa, incluso con el mismo hombre del sombrero de copa y el bastón, olvidadas en otros tantos altillos.

–Pero ¿tanto tiempo? Venga, mamá no era tan reservada. Todo lo contrario.

–A lo mejor mamá no era tan transparente como tú creías, ni siquiera para ti.

–Es posible. Pero también puede ser que hubiera querido protegerlo. Salvarlo.

–Salvarlo, ¿de quién? ¿De papá? Susana, eso es una tontería. ¿Qué iba a hacer él? ¿Arrancar las páginas del libro? ¿Quemarlo? De sobra sabes que papá no era así.

Nora aparca, subiendo el coche a la acera. Apaga el motor, se desabrocha el cinturón de seguridad y se vuelve hacia su hermana, esperando que continúe.

–No quería decir eso. Creo que lo protegía de ella misma. De su matrimonio, pero no de papá. Incluso de ti y de mí. Lo metió ahí arriba, donde nosotras no llegábamos y él no iba a molestarse en mirar. Como si lo escondiera de su propia vida.

–Me parece que le das demasiada importancia a esa caja y a lo que tiene dentro. Sólo es un libro, Susana. Subrayado, sí, con todo el valor sentimental que quieras. Y a lo mejor guarda un relato propio, porque es evidente que pasó por las manos de mamá. Y seguramente sería apasionante des-

141

cubrirlo, pero también podría ser tan vulgar como las vidas de todo el mundo, si decidiéramos hurgar dentro de sus armarios. No siempre hay un cuento fascinante esperándonos detrás de la puerta, aunque los cuadros de ese pintor que tanto os gustaba traten de eso. En las películas todo tiene una explicación, pero la vida no funciona igual. A veces te pegan una paliza porque has tenido la mala suerte de pasar por el sitio equivocado; y si no puedes hacer otra cosa, tienes que aguantarla.

Susana asiente y sube la ventanilla. Está refrescando. Se vuelve hacia Nora.

–¿Tú qué hiciste con las cosas de Paul?

–Pues qué iba a hacer. Dejarlas en su sitio. Tampoco eran muchas, y me gustaba encontrármelas. No sólo me gustaba: me hacía bien, aunque me resultase doloroso la mayoría de las veces. Porque me acompañaban. Me consolaban. De pronto alguna gente empezó a recomendarme, me imagino que con buena intención, que me deshiciera de todo. Pero yo no quise. Aunque los motivos que pudiera tener mamá para esconder esa caja, si me preguntas por eso, seguramente eran otros.

–¿Como cuáles?

–No tengo ni idea. Pero no podían ser los míos. Ten en cuenta que yo lo conservé absolutamente todo. ¿Sabes la razón? Porque nunca conseguí hacerme a la idea de que él no iba a volver. Alguna vez intenté regalar su ropa. Muy al principio. Pero fue imposible. Cuando cogía sus jerséis me preguntaba: Si viene y hace frío, ¿con qué le abrigo? Si viene y hace frío. Ya sé que suena absurdo, pero era lo mismo con todo. Y en parte sigue siendo así. Porque no lo comprendes, ¿sabes? No lo puedes comprender. Yo no lo he logrado: Paul no está y yo sigo aquí. No lo concibo, es muy difícil. De hecho, además del dolor, o la soledad, aún me sigue pareciendo, sobre todo, algo increíble. A veces, antes de despertarme, siento su respiración, su calor en mí. Hasta puedo olerle.

Susana extiende las manos. Abre la guantera y ve unos mapas de carreteras. Se pregunta por el viaje en coche que condujo a su hermana hasta su puerta la mañana anterior, cuando apareció tan temprano, en la escalera, agotada y con el gesto sonámbulo.

–Hay una razón para que guardara esto ahí arriba. Tiene que haberla.

Nora vuelve a ponerse el cinturón, gira la llave de contacto y arranca.

–Probablemente. Pero son historias. Nada más. Hay millones de ellas, comunes o interesantes: y no importa, porque todas terminan perdiéndose de la misma manera. Sirven a sus protagonistas mientras las viven. Y deja de obsesionarte con eso que mamá iba a decirte. Tampoco creo que fuera tan importante.

Cuando suena el teléfono, Nora piensa que ya difícilmente será para Susana. Ha pasado una hora y media, o más, desde las doce, todavía están sentadas a la mesa y han abierto la segunda botella de vino, con el mantel señalado por los contornos de las copas en circunferencias granas sin cerrar. Las observa mientras trata de contener el nerviosismo súbito en sus piernas, como si fijando la mirada en esos trazos los segundos pudieran estirarse dentro de los pitidos. Por eso, cuando su hermana se queda prendida del silencio con el auricular pegado al oído, sin pronunciar palabra, Nora comienza a impacientarse.

–Seguro que se han equivocado –dice Susana, con un gesto de indiferencia.

Pero el teléfono vibra otra vez. A Nora le cuesta conte-

143

nerse y permanecer en la silla, mientras se aferra al borde del asiento. Tras la segunda llamada, contempla el gesto extrañado de su hermana.

–Han vuelto a colgar.

–Déjame a mí –decide, mientras va hacia el teléfono–, porque si hay una tercera vez voy a contestar yo. Qué pesados. Verás como dejan de molestar.

–Tampoco es para tanto –ríe Susana, con un atisbo de derrumbe asomando brevemente en su gesto abatido–. Por lo menos alguien marca el número de esta casa.

–No digas eso, mujer. Si hace un rato estuvimos hablando con tu hija.

Ode les ha llamado después de la cena, a través de un programa de videoconferencia en Internet. Sabía, por su madre, que esa tarde habían visitado el piso de la abuela. Ellas le han preguntado si quería algo en especial y Ode les ha respondido que le gustaría tener una fotografía de la abuela a su misma edad.

–Hay una maravillosa –le ha contestado Nora–. Se la daré a tu madre para que te la lleve cuando vaya a verte. Te va a parecer que te estás mirando al espejo.

Han brindado con ella a través de la pantalla y le han preguntado por su trabajo en Bruselas, en un estudio de arquitectura internacional, al que decidió cambiarse, renunciando a su puesto mejor remunerado en un estudio local. Luego han comentado la casualidad de que su abuela pasara allí unos meses antes de casarse, montando obras de teatro. Ode, el primer año, también se inscribió en un grupo aficionado y llegaron a representar *La casa de Bernarda Alba,* pero después lo dejó. No lo sabía, se ha sorprendido Nora. Es una pena que siempre lo abandones todo, le ha recriminado Susana, y ante la expresión de hastío de su hija en el plasma del ordenador ha lamentado no haberse mordido la lengua. Pero, más allá de su gesto repentino, Ode ha pasado suavemente por encima del comentario y les ha insistido en que vayan a visitarla, porque tiene un piso con espacio de sobra y Bruselas da para un buen fin de semana. Está claro que no es París, pero no está tan mal como la gente dice: hay cosas interesantes. Susana le responde: Ya me gustaría. Además, dentro de una semana empiezan mis vacaciones. Pero ¿quién va a cuidar de tu abuela? Nora la interrumpe: Ahora que estoy yo aquí, si me lo explicas todo, yo creo que con la ayuda de la enfermera podría arreglarme hasta que regreses. Es que me han despedido, le ha aclarado a su sobrina, y Ode lo ha lamentado; pero ha invertido mucha más energía en animarla y convencerla de que el cambio seguramente será para bien. Nora se lo ha agradecido y ha acabado riéndose: Es lo mismo que me habría dicho tu abuela, porque ella odiaba el trabajo en el aparcamiento. Luego le ha reiterado a Susana su disposición: Después de tanto tiempo entre las clases y el cuidado de mamá, te has ganado un viaje de descanso. Susana ha prometido pensárselo y ha conseguido callarse lo que habría querido decirle a su hija, antes de despedirse, sobre su corte de pelo, hasta las orejas, y la pérdida de su hermosa melena pelirroja, con la misma ondulación briosa de su abuela y esa tonalidad de llamas musculares.

—Va a ver —susurra Nora al acercarse al teléfono, tras la tercera llamada—. ¿Diga? —exclama, en un tono que ella misma nota quebradizo, tratando de aparentar una especie de hartazgo mientras su expresión se vuelve dura, con un arqueamiento de las cejas que, sin embargo, parece involuntario, como si escapara de su gesto, junto al temblor en la muñeca, porque le cuesta mantener el auricular, tamborileándole mínimamente en el lóbulo, como un repiqueteo sobre la carne, contraída de pronto, inquieta por el silencio entrecortado en un lento zumbido.

Al colgar comprueba que su hermana se ha desentendido del teléfono y ha encendido el televisor, pendiente de la actuación de un dúo de canción melódica que acaba de sacar la enésima recopilación de antiguos éxitos: uno de ellos, con evidente peluquín, no para de sonreír mientras el alto, que sigue siendo el más atractivo de los dos, además del letrista, parece estar a kilómetros de allí, como si le sobrara el plató, el presentador y el intento de recuperación de un tiempo acabado, sin angustia de pérdida.

–Qué bien se conservan. No sabes lo que fueron, sus canciones eran muy pegadizas, yo tenía todos sus discos aunque no eran de mi época, sino un poco mayores.

Nora no consigue oírla, apoya las palmas en el mantel de hilo y se deja caer sobre la silla, evadiéndose de la escena que ocupa la habitación.

31

Nora acaba de acostarse, pero Susana no tiene sueño. Las palabras de su hermana en el coche le resuenan como si rebotaran entre las paredes, bolazos progresivos de hondas sónicas que trazan líneas curvas a través del vacío. Se sienta en la mecedora, junto a la vieja lámpara, con el pie simulando un tronco esbelto que acaba en un doblez metálico de hojas, cubriendo las bombillas bajo la mampara macilenta. A Susana, como a su madre, le gusta leer rodeada de un cierto sombreado, levantar la vista y advertir el matiz del volumen, bajo esos niveles progresivos de luz, delineando los contornos. Abre la ventana. El aire fresco recorre las librerías con monográficos sobre el cubismo, el surrealismo, la abstracción y la tradición simbolista europea, antes de deslizarse por su nuca, erizándola como un roce labial.

Siente la sal acuosa en las mejillas, rezumada en el aire. Imagina que está con los pies descalzos, sobre la caricia granular de la arena. Piensa en las cartas que ha encontrado al final del libro, sin atreverse a abrirlas, como si temiera romper el papel al tocarlo. No lo ha comentado con su hermana. En el remite ha distinguido el nombre del abuelo, Eladio Halffter, sobre el membrete del Hotel Pacífico, escrito a mano, primorosamente, junto a las antiguas señas del estudio de arquitectura, en la calle Columela, que su madre ya vendió, tras su muerte, hace años.

Ha cogido la caja. El océano es la promesa del amanecer. Todavía no tiene sueño, pero se acostará pronto. Por la mañana, cuando regrese la enfermera, dará un paseo por la playa. Saca el libro con pastas grises. Vuelve a leer el título, *El pato salvaje*, impreso en letras mayúsculas, pero ni se plantea abrirlo: conoce perfectamente el teatro de Ibsen, que su madre le hizo leer siendo adolescente. Los sobres se asoman entre las últimas páginas, adelgazados y enteros, con una escualidez compacta evidenciada al sacarlos de la encuadernación.

Evoca el retrato de su abuelo, al que apenas llegó a conocer, más allá del recuerdo de su madre. Se pregunta si algo de aquel hombre enérgico, que entendía la arquitectura como un arte plástico habitable y había integrado el salón de baile del hotel en el mar, podrá permanecer en sus palabras.

Coge el papel, lo desdobla y lo extiende sobre su falda. Repasa la caligrafía inclinada y modélica, en ocasiones con rasgos apremiantes, como si su aparente calma natural, segura en esos largos caracteres, reclinados en un trazo melodioso, revelara también una pulsión, contenida en los rasgos cordiales del decoro, que pudiera esconder, en ese ladeamiento firme, restallante de brío, su pasión de vivir.

> *Hotel Pacífico, 25 de marzo*
> *Querida Águeda: Llevo muchos días pensando el contenido de esta carta. Desde que conocí la noticia del viaje —que te iba a separar de mí, por primera vez, durante varios meses—, supe que iba a necesitar escribirte algunas cosas, aunque no estaba seguro de cuáles debía detallarte, porque siempre he valorado tu intuición y no voy a dejar de hacerlo ahora. He intentado*

imaginarme qué te habría dicho tu madre, y tampoco lo sé con certeza: mientras vivió, estuvimos tan unidos que ya difícilmente puedo distinguir sus ideas de las mías, o las mías de las suyas, por lo que creo que, te diga lo que te diga, aunque quizá no sea de la manera en que ella lo habría hecho, de alguna forma tu madre estará presente en estas líneas. Porque eso sí: necesitaba escribirte, más allá de las palabras que hemos intercambiado en las conversaciones de las últimas semanas, con un nivel de sinceridad que quizá sólo se alcanza en el papel.

Como me precio de conocerte, te diré que siempre he sabido que este día iba a llegar. Ha sido por el teatro, pero podría haberse debido a cualquier otra causa. Esta ciudad, y su entorno, aunque antes no lo advirtieras, son escasamente estimulantes. Y aunque no me lo hayas dicho, sé que ya empezabas a notarlo, porque la capacidad de desarrollo de alguien como tú aquí está seriamente limitada. Tampoco creo que Francia sea el paraíso del que hemos hablado algunas veces y Bélgica me parece una desconocida; pero es un buen comienzo. En ese sentido, estoy contento con tu marcha.

Tengo la sensación de entregar al mundo, a pesar de tu juventud, una mujer plena en muchos sentidos, y sobre todo a un ser humano extraordinario. Cuando pienso en aconsejarte, sólo puedo decirte que te guíes por tus propios principios: que no dejes que nadie, incluido tu padre, te convenza de lo que debes pensar. Ahora que vas a abrazar un grado mayor de independencia, tendrás la oportunidad de encontrarte contigo misma en muchas situaciones que aquí, seguramente, serían imposibles. No me cabe duda de que sabrás afrontarlas con honestidad: sobre todo a ti misma, la única importante. No pienses en mí, ni lo que yo haría en tu lugar o lo que no: preocúpate, querida hija, de descubrir lo que deseas, lo que quieres, en el fondo de tu conciencia, escuchando tu voz por encima del resto y atreviéndote a descubrir tu propia verdad.

Se supone que hay toda una serie de consejos que un padre debería exponer a una hija en estas circunstancias, pero no voy a darte ninguno de ellos. Creo haberte enseñado ya lo necesario, y además confío en tu criterio. Sólo puedo decirte que, aunque te haya entregado antes de lo que habría querido, estoy muy orgulloso de ti.

Siento que hoy emprendes un camino en el que cada vez me necesitarás menos; pero, a pesar de eso, ten siempre presente tu habitación «secreta», la de los cuentos de cuando eras niña, que seguirá existiendo en el Hotel Pacífico y en el corazón de tu padre: guarda su llave dorada, porque siempre podrás volver y refugiarte en ella. Ahora, hija, te está esperando la vida. Ya irás descubriendo el tamaño de tus sueños.

Creo que serás feliz: porque existe la belleza, y la vas a encontrar.

Tu padre

Por la mañana, le despierta el timbre de la puerta. Se ha quedado dormida en la mecedora. Vuelve a fijarse en la fecha de la carta: no aparece el año, pero no pudo ser mucho antes de su nacimiento. Abre a la enfermera y atraviesan el pasillo. Cuando entra en el dormitorio, encuentra a Nora apoyada en el colchón, acariciando las mejillas de su madre. Susana se acerca al cabecero.

—Comprueba que respira normalmente y cógela por debajo del cuello, muy despacio, retirándole el cabello sobre la sábana —comienza, susurrante, y Nora reacciona con inmediatez, inclinándose sobre su madre—. Así, muy bien. Ahora abrázala por debajo del torso, levántala con cuidado, y vuelve a dejar su cabeza en el centro de la almohada. La cama es articulada: tienes que controlar el grado de inclinación con esa manivela de ahí. Exacto, gírala un poco hacia la izquierda —Nora ejecuta el movimiento con seguridad, mientras su madre sigue atentamente todo el proceso, sin apartar de ella su mirada cristalina–: es para evitar el riesgo de encharcamiento en los pulmones. Un poco más, hasta dejarla reclinada.

–Para eso del encharcamiento, ¿no puede tomar nada? –musita Nora, tras soltar la manivela, pasarle los nudillos por los pómulos marcados y acariciarle la frente.

–Un antibiótico. Pero le empezó a formar unos bultos muy grandes en los brazos y el doctor se lo quitó de la medicación. La única medida es mantenerla así, esté despierta o dormida, ligeramente incorporada, para prevenir el ahogo.

Nora asiente, todavía somnolienta. Susana cree ver algo distinto en sus ojos. No es satisfacción, pero por un instante cree que su pesadumbre podría desvanecerse, como si en su brillo más profundo, durante un parpadeo, hubiera aparecido una luz nueva. Después se fija en su madre: nadie puede impedir que, en cuanto se duerma, mientras descansa, ese cuerpo siga generando su propio movimiento, porque no hay manera de controlar los espasmos, antes más episódicos, y ya de una frecuencia amenazante.

La enfermera ha traído el preparado de farmacia. Se lo dan por la sonda y Nora la desviste. Extiende las manos por el cuerpo, aparentemente calmado, mientras su madre la mira con una hondura casi nebulosa, como si pudiera abismarse en los ojos de su hija y mirarse a sí misma, mientras Nora le lava los pechos por primera vez, con la piel esparcida bajo los pezones hundidos, entre las estrías y las arrugas, y levanta la llave dorada, que mantiene cogida unos segundos, separándola del cuello, más brillante al contacto con el sol a través del cristal, para pasarle la esponja, ya escurrida. Susana asiente, en silencio, ante sus movimientos. Sabía de su delicadeza, pero no esperaba esa naturalidad. En el rostro de Águeda aparece un atisbo de sonrisa cuando Nora le enjabona el vientre, en pasadas circulares, y de pronto tiene la impresión de que su madre la está mirando con atención, alertándola de una importancia grave, instantánea, presentada con más intensidad cuando la ven levantar la ceja izquierda. A Nora siempre le han gustado sus cejas, tan expresivas, de un tono más caoba que el cabello, con una extensa gama postural de sorpresa o cariño, de indignación o gusto, de súbito rechazo o comprensión. Lleva tanto tiempo sin alzar, ni siquiera mínimamente, ninguna de las dos, que cuando Susana la descubre no puede evitar hablarle: Mamá, le dice. Nora vuelve a coger la llave minúscula, tan pequeña que podría ocultarla entre los dedos, y la pone al alcance de su vista, por si puede repetir el estímulo. Pero Águeda relaja el gesto y pierde la mirada por el espacio vacío entre las dos, en sus ligeras partículas de polvo.

32

A través de la ventana de la cocina, el día se ha asentado sobre la torre de vigía del parque, con una densidad de malla eléctrica, como si una coraza maleable se hubiera ido adaptando a las almenas, con un brillo arenoso en los sillares y en sus grietas, heridas por el salitre. Nora corta el pan en rebanadas sobre una tabla de madera con una tapa de varillas y una cavidad extraíble, para que las migas vayan cayendo dentro.

–Ten cuidado con el tostador –le advierte Susana, mientras aparta la cafetera de la vitrocerámica–, porque es demasiado rápido y en un momento se queman las tostadas.

Nora asiente y las coloca entre las rejillas, mientras sigue mirando el doble fondo de la tabla de madera. Efectivamente, el pan se tuesta en pocos segundos.

Lo pone sobre los platos. Susana sirve el café. Desayunar en la cocina, cuando están juntas, es una vieja costumbre. Hoy habrá que regresar al piso para abrir la puerta a la empresa de mudanzas. Han contratado un servicio auxiliar para los escasos muebles que desean conservar. Uno de esos objetos es la mesa de la cocina, con el pie de madera compacta, unido por gruesos travesaños entre las patas, totémicas y blancas, bajo un gran rectángulo de mármol. Su madre la tuvo siempre en la cocina, y también la madre de su madre, durante su corta juventud, y su madre a su vez. Su solidez ha sobrevivido a través de distintas décadas, ciudades y cocinas, y ahora le espera una nueva existencia en el piso de Susana. Águeda había desayunado ahí con su padre desde pequeña: a pesar del enorme comedor, por la mañana preferían ese rincón íntimo, uno al lado del otro, con los codos rozando las junturas frescas de los azulejos, degustando el café negro para Eladio y la leche manchada para ella; después, tras el paréntesis de su estancia en Francia y en Bélgica, Águeda había vuelto a desayunar ahí, hasta que se casó, y esa mesa entonces se había quedado sola, durante los años siguientes, con el viejo arquitecto. Cuando murió, Águeda la trasladó al piso que hoy acabarán de vaciar. Susana piensa en la fugacidad de cuanto concebimos como inamovible, en lo variable de los escenarios y las situaciones, con ese mismo espejo mercurial de ritos enfrentados, mientras mueve el azúcar en su taza y contempla a Nora dejar caer sobre la tostada, todavía caliente, un chorro de aceite de oliva, bajo un ligero espolvoreo de sal: el desayuno de su madre, que ella ha visto tantas veces en ese mismo gesto, ahora repetido, con una naturalidad que aísla la imagen, en una abstracción que aleja a Nora de la cocina, sacándola del pan reblandecido, en su balsa de aceite, como si pudiera elevarse y sumergirse en la planicie fundida del sol, que llega de la playa con una turbación de ardor metálico.

–Va a ser un día complicado. Tengo que terminar de corregir los exámenes, y si pudiera dedicarles la mañana y la tarde aún me seguiría faltando tiempo. Encima hay que ir al piso de mamá para abrirles a los de la empresa de mudanzas, recibir a la gente de la asociación y esperar al hijo del casero, para acompañarle en la inspección de las habitaciones, firmar los documentos y entregarle los juegos de llaves.

—Si quieres me encargo yo —le responde Nora, mientras emerge de la profundidad olivácea en la hendidura que ha ido abriendo sobre el pan, como si regresara de escalar un abismo—; precisamente iba a preguntarte si me podía ocupar de algo o si me quedaba con la enfermera, para fijarme en cómo cuida de mamá.

—Esta mañana lo has hecho muy bien. Lo único que tienes que aprender son sus medicamentos, el Nutrisón, por ejemplo, y los preparados de farmacia que le damos por la mañana, la crema que le aplicamos en los codos, los brazos y los tobillos, para evitar que se los dañe por el roce de las sábanas, la libreta con los teléfonos de sus médicos, cosas así. Pero eso lo controlas en un par de días con Úrsula y conmigo. Me he fijado en cómo te ha mirado mientras la limpiabas. Por un momento, he tenido la impresión de que sucedía algo, aunque no lo hayamos sabido interpretar. Sé que tú también lo has sentido. Esto ocurre cada vez con menos frecuencia, pero a mí me sigue impactando, me deja aturdida. Porque estás acostumbrada a su mirada ausente, mate, y de pronto hay un cambio: parece que puede taladrarte, que se está metiendo dentro de ti, como si te arrastrara con ella a un precipicio al que apenas podemos asomarnos, en ese brillo líquido que aparece unos segundos, con una fuerza desesperada, como si quisiera exclamar algo y el propio apelmazamiento de su rostro se lo estuviera impidiendo, con un gesto enyesado que le ahogara el grito. Ella se rebela contra la máscara, pero después se agota, se calma y se va relajando, como has visto, hasta que vuelve a entrar en su sueño despierto.

Susana coloca los montones de exámenes en el lado izquierdo de la mesa y toma el primero de ellos. Reconoce el nombre de la chica, voluntariosa, con una letra infantilmente redondeada, y comienza a leer el ejercicio. Durante los últimos ocho meses, se ha ido perfilando en su cabeza un retrato académico, con sus matices de personalidad, de cada uno de sus alumnos. Ha ido edificando una ficha interior de todas esas caras, asociadas a sus intervenciones en clase, sus respuestas durante las prácticas y el timbre emocional de sus distintos tonos, cuando ha creído distinguir, en alguno de ellos, cierto decaimiento o entusiasmo; porque, al avanzar el curso, todas esas facciones y sus voces se han ido acomodando a su percepción íntima, generando los rasgos de un carácter. Incluso ha fantaseado con la idea, no del todo inexacta, de haber empezado a conocerlos realmente, justo cuando se acercan las calificaciones tras la última prueba escrita y esos rostros empezarán a desdibujarse, al acabar el verano, aunque se los siga encontrando en los pasillos los cursos siguientes: cada vez más difusos, cada vez más ajenos a sus nombres, como un eco venido a diluir una cercanía prolongada, que durante unos meses casi habrá alcanzado la familiaridad.

En el lado derecho ha puesto una carpeta roja con el contrato de arrendamiento firmado por su padre hace sesenta años, y renovado por su madre tras su fallecimiento, aunque manteniéndole la misma renta antigua, ya casi insignificante, a pesar de que podrían habérsela aumentado. Sin embargo, no lo hicieron. Le ha escrito el teléfono del hijo del casero. También le ha adjuntado, impreso, el presupuesto de la empresa de mudanzas, recibido por correo electrónico la tarde anterior. Encima de la carpeta ha dejado un sobre con el dinero para pagarles y una gratificación para la gente de la asociación solidaria, que acudirá para recoger los muebles más destartalados.

—Esto es para ti —le dice a Nora, señalando la carpeta, cuando aparece en el recibidor—. Contiene toda la documentación y el dinero del pago.

—No hace falta que me des dinero —responde su hermana—; de hecho, quería decirte algo. Vaya —mira los montones de pliegos—, ¿tienes que leerte hoy todo eso?

—Si quiero que las notas se publiquen mañana, sí. Leerlos y ponerles nota, lo que no siempre es rápido. A veces tardo más en calificar un ejercicio que en terminar de revisarlo. Tengo otras cosas en consideración, como el trabajo de clase, porque lo que sacaré en la vitrina del departamento será la nota final. Suele coincidir con lo que me demuestran aquí, pero no es una ciencia exacta. ¿De qué querías hablar?

Nora mira a través de la ventana, no tan amplia como el balcón del piso de su madre, pero también abierta al océano, que se ofrece nítido en su tranquilidad.

—Para empezar, no sé cuánto tiempo voy a estar aquí. Y estoy segura de que, aunque realmente fuera así, tú nunca admitirías si te viene mal acogerme...

—Nora, creo haberte dicho claramente —le interrumpe, y por un segundo le parece estar adoptando un tono vagamente profesoral, que ni siquiera emplea con sus alumnos, y lo dulcifica— que no sólo puedes quedarte el tiempo que quieras, sino que me gustaría mucho que lo hicieras. Nos gustaría, en realidad, porque mamá también cuenta en esto, como en todo. Ella quería que volvieras. Yo quería que volvieras. Hace un año y medio, cuando se cumplió el décimo aniversario de la muerte de Paul, lo sabes, estábamos dispuestas a ir a buscarte, a convencerte de que dejaras aquello y te vinieras. Hasta Ode, ya lo viste ayer, está encantada con la idea de que te instales en su cuarto. Todas sentimos mucho lo que pasó hace diez años. Pero después de aquello tu sitio está con nosotras.

Nora sonríe con una placidez que hace recordar, a su hermana, un gesto parecido en su madre al terminar de lavarla, secarla y cambiarle el camisón, perfumada y fresca.

–No sabes cuánto te lo agradezco. Me gustaría contarte algunas cosas, pero no quiero entretenerte y además debería irme, por si llegan los de la mudanza.

–Tendremos tiempo. Para lo que quieras. Y no olvides la carpeta.

–También eso quería decirte. Estas cosas es mejor hablarlas desde el principio. El tema del dinero.

–¿Te refieres al de la mudanza? Ahí está todo. El resto es para la asociación.

–No, me refiero a que si voy a vivir aquí tendremos que compartir gastos.

–Nora –Susana se levanta levemente del sillón anatómico, vuelve a encajarse en el asiento, apoya las manos abiertas en los brazos y estira la espalda–, por favor. Eso sí que lo hablamos más adelante.

–Pero es que no hace falta que me des este sobre. Ya lo pago yo.

–Mira, ese dinero es de mamá. Ella es una más en esta casa. Y te aseguro que si pudiera intervenir, no dejaría que pagáramos ninguna de las dos. Menuda era, acuérdate. Ya te dije que ella sigue siendo independiente, al menos en el aspecto económico. No te preocupes más y encárgate de coordinar a la gente de la mudanza y de la asociación. Si tienes alguna duda, llámame: me sé de memoria lo que hay en cada habitación. Antes de entregar las llaves, vacía el buzón y revisa bien el piso. Y no olvides quitar la plaquita con su nombre –concluye, arqueando el cuello, mientras respira hondamente–. Me habría gustado tirar de esa puerta contigo.

33

Después de dos horas de esfuerzo y de tensión, con el pensamiento volando continuamente al piso de su madre, llegando hasta la calle, subiendo a la terraza, imaginando a Nora en el pasillo y las habitaciones semivacías, Susana ha conseguido concentrarse en la corrección de los exámenes. Ha sido consciente de alcanzar un nivel de atención lo bastante afinado después del mediodía y ha decidido volver a revisar los exámenes que ha ido apilando, desde las nueve de la mañana, en la parte derecha del escritorio, desocupada desde que su hermana se llevó la carpeta con la documentación del alquiler. No ha recibido ninguna llamada, así que supone que todo marcha bien. Vuelve a coger el primero de ellos, lo lee otra vez, exhaustivamente, y le tranquiliza constatar que la nota sigue siendo la misma. Repite la operación, a un ritmo más ágil, con el resto de los ya calificados, reafirmándose en las mismas evaluaciones. Continúa tres horas más y hace una pausa de veinte minutos para comer un sándwich. Va al dormitorio y comprueba, con la enfermera, que su madre está pasando un día sereno, en una secuencia de respiración relajada. Se pone una cafetera pequeña y, con el café humeante sobre la mesa, vuelve a la corrección hasta las seis. Entonces le empiezan a bailar los renglones en los ojos y se concede una pausa. Saldrá a dar un paseo y aprovechará para ir a una tienda de fotografía: quiere dar una sorpresa a su madre, y también a Nora.

El día anterior, antes de marcharse del piso de su madre, volvió a entrar en el salón. Recogió la foto de la superficie de bandejitas y la guardó en la caja, con el libro. Ahora, en el mostrador de la tienda, la vuelve a contemplar, con el contorno ligeramente enhiesto y el tono pardo borroso en las esquinas, bajo la expresividad festiva de los tres cuerpos jóvenes, abrazados entre sí por la cintura, con su madre en el centro, sobre un tablón con cortinas a los lados, ofreciéndose ante el foco con la seguridad osada y apremiante que se cree poseedora de su prolongación, como si al saludar al público invisible pudieran contemplar también a la propia Susana, por un pasadizo fulgurante que ahora ha culminado en su retina, mientras distingue el peinado de Claudio, hacia atrás, con fijador, y también el semblante distanciado y nervudo que luce Josefina, bajo la caída rubiácea del pelo, con su madre sonriente entre los dos, ligeramente bronceada en las facciones delicadas y grandes, absorbiendo el brillo natural, latente entre los pliegues del telón.

—Me gustaría ampliarla, manteniendo el mayor nivel posible de resolución.

El muchacho, con tres pendientes en una de las orejas, la toma entre sus manos y la examina con desgana. Después parece reparar en ella con más interés.

—Es muy antigua. No creo que lo consiga sin perder en definición. De todas formas, lo vamos a intentar. Lo que podemos hacer seguro es colorearla.

—Eso ni lo había pensado. Pero es una buena opción. Venía con la idea de agrandarla, para que mi madre pueda verla desde la cama.

—¿Su madre está en la fotografía?

160

Susana asiente. Debe de tener unos veinte años, aunque intenta aparentar más.

—Es la chica del centro.

—Vaya, menudo bombón. Usted se da un aire a ella.

—Hombre, muchas gracias. Hacía mucho tiempo que nadie me decía un piropo.

—No es un piropo, es una evidencia. Su madre estará ahora muy mayor, ¿verdad?

—Verdad. Pero, incluso muy mayor, ha seguido siendo guapa.

—Pues intentamos ampliarla y colorearla, manteniendo un nivel aceptable de resolución. Luego me dice si le gusta el resultado.

—Muy bien. Y a ver qué puedes hacer con ésta.

Susana le extiende otra fotografía de la misma época, con un coche de caballos delante de la entrada principal de la fachada del Hotel Pacífico, el día de su inauguración, sobre el fondo de un mar blanco.

—Pues también lo intentamos —responde, con cierta suficiencia—. Ésta tiene algo más de nitidez, quizá pueda quedar mejor. También es una foto bonita. Es el hotel del final de la avenida, ¿verdad? Aunque lo noto distinto, más pequeño.

—Era así al principio. Luego lo fueron ampliando. ¿Para cuándo crees que pueden estar?

—Si no viene nadie, esta misma tarde. Cierro a las ocho. ¿Podría pasarse un poco antes?

—¿Hoy? Claro que puedo. Por cierto: para cuando la colorees, la chica del extremo es rubia platino. Y mi madre pelirroja.

Susana se fija en unos marcos metalizados.

—Ya me había dado cuenta —responde, con cierta desenvoltura.

–¿Sí? –Susana sonríe–. ¿Y cómo lo has sabido, si está en blanco y negro?

–Más que blanco y negro, sepia. Hay una diferencia. Y en cuanto al pelo, me imagino que algo se aprende después de haber visto muchas fotos viejas. Una belleza tan espectacular, con una melena así, sólo puede ser de una pelirroja.

Se ha puesto un café cargado y ha conseguido volverse a centrar en los exámenes, como si su cerebro pudiera desplegarse en varias percepciones de sentido, unidas y distintas, más allá de las preguntas, las redacciones de las respuestas y el despliegue, ya acumulado, del calendario lectivo: objetivos, conferencias quincenales, lluvias y vientos ásperos, trabajos en grupo para análisis prácticos, algunos seminarios, turbación, pocas intervenciones voluntarias y lentas frustraciones, la vuelta de su hermana, reconociendo en cada reflexión la boca de su protagonista, asentada en los términos de familia que se han reproducido, en una espiral cíclica, durante años, cursos y semblantes, como si pudieran permear esa luz calmosa en la silueta espigada de su estilográfica, sobre el sonido alejado de las tardes en la tercera planta de la facultad, cuando las copas de los árboles languidecen en un tono rojizo de aguafuerte.

Las corrientes azules que parecen llegar desde la playa, en sus rotulaciones de cobalto, se han ido perfilando mientras se han encendido las farolas del parque. Siempre ha tenido para ella un vago perfil crepuscular la corrección de los últimos exámenes, como si la memoria de esas horas en el aula, con el eco de su propia voz flotante junto al proyector de las viejas diapositivas y el murmullo de los folios al ser recogidos sobre las bancadas, o el chasquido de algún bolígrafo al caer en las losetas blancuzcas, la hicieran diluirse en la ventana, con su tacto apacible de inmensidad habitable, en esa aparición de otros alumnos tras los pliegues nubosos, con su tinte naranja, formando un coro abierto sobre el limbo de una conversación en el aire caliente. Largas mesas rumiantes en la cafetería, con una sucesión de tercios de cerveza verdes y vacíos cuando se pasa, al final de la tarde, y están fregando el suelo: pide un café, lo toma en una esquina de la barra, con el portafolios arrumbado junto al mostrador con los pocos dulces de chocolate, y de pronto está dentro de una mirada más abarcadora desde el fardo del colchón, como si Águeda pudiera abandonar el quietismo y comprender su paso y su intención, cuando la ve entrar en el dormitorio, subiéndole el embozo hasta la barbilla, desde el largo tejido silencioso de todos esos cursos de suave juventud.

34

Al volver, entra en el dormitorio. Su madre continúa en la misma disposición apacible, con los ojos abiertos; pero cuando le enseña la fotografía enmarcada, grande y en color, comprueba que su ausencia es más rotunda que durante las últimas semanas. La enfermera baja la vista. Suena el teléfono. Susana piensa que puede tratarse de Nora, con alguna duda sobre la mudanza o la resolución del contrato de arrendamiento; pero la llamaría al móvil. Mantiene el teléfono fijo más por hábito que por utilidad, porque casi nadie lo usa ya para contactar con ella, salvo los operadores de las empresas de telefonía y del banco, cuando la llaman a horas incómodas, casi siempre después del almuerzo, ofreciéndole algún nuevo servicio que ni necesita ni comprende; también su hija, aunque muy pocas veces, si no ha podido usar ese programa de videoconferencia en Internet. Mientras toma el auricular, Susana recuerda vagamente que la noche anterior, mientras veía la televisión, también sonó el teléfono. Descolgó y no oyó nada. Nora contestó la tercera vez, pero tampoco obtuvo respuesta.

–¿Dígame?

–¿Hola? ¿Eres Susana?

164

La voz potente le suena remotamente conocida, como si perteneciera a un locutor de radio, retirado hace años, que regresa por el aniversario de la cadena, con sus viejas figuras, para un programa especial.

–Sí. ¿Quién es?

–¡Susana, buenas tardes! ¡Soy Claudio!

–¡Claudio!

–Perdona que te haya gritado, pero este teléfono es nuevo y todavía no estoy seguro de saber usarlo, o si es que no funciona. ¿Tú me oyes?

–Perfectamente. ¡Claudio, qué alegría!

–No te lo vas a creer, pero es la primera llamada que hago desde el piso. Aunque ayer también os llamé, por la noche, pero inmediatamente miré el reloj y vi que no eran horas.

–¿Fuiste tú? Me he acordado hace un momento. Pero ¿cuántas veces llamaste?

–Una, que yo recuerde. Aunque a lo mejor fueron más. Estaba desvelado y de pronto me acordé mucho de vosotras. Discúlpame, no me di cuenta de que era tan tarde.

–No te preocupes. ¿Cómo va la adaptación? ¿Y Josefina?

–Dime primero cómo está tu madre.

–Pues está, Claudio. Sólo está. Acabo de traerle una fotografía vuestra, se la he puesto delante y no ha reaccionado. Y eso que he ido a una tienda para que la ampliasen. Ha quedado bien, y además en color, pero nada. Yo creo que ni la ha visto. Sin embargo, otras veces sí parece estar pendiente de todo. No sé. Pero hay una buena noticia: Nora se ha venido a vivir con nosotras.

–Sí que es una buena noticia. –Susana tiene la sensación de estar viéndole asentir, con una sonrisa–. Cómo se habría alegrado tu madre. ¿Y ha pasado algo, que se pueda saber, para que haya vuelto?

–Hasta donde yo sé, una reducción de personal. En cualquier caso, esa ciudad es enorme. Encima sin su trabajo, no tenía ningún sentido que se quedara allí, sola. Pero dime, ¿qué tal estáis en vuestro nuevo piso?

–Supongo que bien. En realidad, quería preguntarte cómo os vendría que nos pasemos en un par de horas, porque a las ocho y media sale de aquí al lado un autobús que nos deja en el centro, no lejos de tu casa, y tarda unos veinticinco minutos. Parece que Josefina se encuentra más descansada. Había pensado llevarla a cenar, para celebrar que hemos terminado de montarlo todo, y se me ocurrió que, antes, podíamos ir a veros, aunque sea un momento.

–Claudio, pero qué cosas tienes. Por supuesto que podéis venir cuando queráis. Si Nora no estuviera fuera, ella iría a recogeros en su coche.

–No, no hace falta, el autobús está bien. Pero ¿no habías dicho que está con vosotras?

–Sí, pero es que hoy se nos ha juntado todo. Tengo que terminar de corregir unos exámenes y hoy también cerrábamos el piso de mamá: ya sabes, el viejo alquiler, las cosas de mi padre. Nora lleva allí todo el día.

–Esa casa. La de ratos que pasamos allí, juntos, antes de que naciera tu hermana.

–Ayer mismo se lo estuve contando, cuando encontramos esa fotografía vuestra.

–Claro. Ella, por su edad, no nos ha conocido. Qué buenos recuerdos.

–Pues sí. Hoy se lo devolvemos a sus dueños, después de sesenta años.

–Por lo que se ha visto, tu padre fue un visionario. Hay mucha gente estrangulada por una hipoteca. Pero tendrías que ver la urbanización: la constructora no consigue vender nada. A Josefina y a mí, antes de venir, nos daba igual: sólo queríamos un lugar tranquilo. Aunque no imaginábamos que sería un sitio tan solitario.

—Pero, entonces, ¿no estáis bien ahí?

Susana escucha su respiración, como si se pensara a sí misma.

—Regular. Tengo ganas de verte, niña. ¿Te quedan muchos exámenes? Imagino que el curso ya estará acabado.

—Mañana mismo termino. Como no he suspendido a nadie, espero que no haya revisiones, aunque siempre hay alguien agónico que exige más puntuación. Con un poco de suerte, Nora llegará sobre las nueve. Podemos improvisar algo, si os apetece quedaros a cenar. Y aunque no lo manifieste, estoy segura de que a mamá le hará mucho bien vuestra presencia.

—Gracias, pero lo dejamos para otro día. He reservado en el restaurante al que íbamos con tus padres cada vez que veníamos: ese con unos bonitos faros marineros en las ventanas. Te diría que nos acompañéis, pero me imagino que os tendréis que quedar con ella.

—Quizá podamos organizarlo para la próxima vez. Puedo avisar con tiempo a la enfermera para que venga por la noche.

—Sería estupendo. Todavía no me creo que vayamos a vernos en un par de horas. Tengo un poco de miedo por la impresión que pueda llevarse Josefina. No ha pasado un solo día sin que nos acordáramos de tu madre.

Al mediodía, mientras la enfermera le cambiaba la sonda, ha clavado las alcayatas. Sin apenas hacer ruido, Susana cuelga ahora, frente al cabecero, la copia del cuadro de Magritte que su madre tenía en el salón. Había formado parte de sus cambios en el piso, unos años antes: cuando,

167

tras la muerte de su marido, decidió desempolvar algunos objetos, como esa reproducción y unos libros que, durante una de sus últimas visitas, había regalado a Ode. Águeda se había sentido asaltada por una ligera emoción, algo que en ella no era demasiado habitual, cuando su nieta le contó que había aceptado el puesto en un estudio de arquitectura en Bruselas: entonces le entregó esos ejemplares maltrechos de Verlaine y Rimbaud, y también una antología de poesía simbolista francesa con las cubiertas arrugadas. No se molestó en contarle lo mucho que habían significado para ella los volúmenes, sabiendo que su nieta no necesitaba esas explicaciones y tampoco era partidaria de preguntar demasiado. Ahora, Susana mira el tronco dentro de la pintura, elevado en su nocturnidad, sobre una ladera palpitante en su tacto de llovizna, con una casa refulgente en el interior de la corteza, resguardada de la oscuridad, como si pudiera llamar y entrar en el vestíbulo, con una llama íntegra, resplandeciente desde el interior, dejando tras la puerta la penumbra del árbol.

En la pared de al lado, coloca la fotografía de la inauguración del Hotel Pacífico, con su originaria estampa señorial y ese aire habanero desprendido sobre la arquería de la portada, como si se hubiera erigido en un oasis, con el carruaje junto al palmeral, frente a la claridad calcárea del océano.

Más próxima al lecho, cuelga la ampliación coloreada de la fotografía de su madre con Claudio y Josefina. Recuerda el camino de regreso, desde la tienda, por la alameda y el paseo marítimo. Aun sabiendo que son ellos, trata de reconocer, en la pareja juvenil de la instantánea, al matrimonio que llegará en una hora y media. Sólo les ha visto actuar en aquella comedia de situación que su madre, tras el primer capítulo, se había negado a seguir viendo.

—Ellos tienen derecho a trabajar, y por supuesto que me alegro de que les vaya bien; pero yo también lo tengo a no oír, ni ver, esas vulgaridades, que quizá tengan gracia para algunas gentes. A mí, verles hablarse así me produce una tristeza que ya no estoy dispuesta a soportar.

A pesar de la expectación con que habían esperado el estreno ante el televisor, Águeda se mostró decepcionada, con una severidad impropia de ella. Susana imaginó que quizá su madre les creía merecedores, tras décadas de oficio, de una suerte mejor. Pero más allá de los circuitos secundarios de vodeviles, su cima fue esa serie, caracterizada por la zafiedad de los insultos entre la pareja de ancianos que encarnaban, sin abandonar la cama matrimonial, hiriéndose con unos diálogos corrosivos que ridiculizaban violentamente a la vejez, con unos ataques tan verosímiles, en su frustrada intimidad, que Águeda tuvo la impresión, aquella única noche, de que Claudio y Josefina no interpretaban, sino que simplemente usaban las palabras que alguien había escrito para poder decirse, de verdad, lo que pensaban el uno del otro.

35

–¡Mamá, mira quiénes han venido!

Susana evita fijarse en la expresión de Josefina, que se
ha llevado la mano a la boca, intentando ocultar su gesto
con los dedos extendidos, como raíces abiertas sobre su
maquillaje, hasta el cabello lacio de palidez rubia, sujeto por
una felpa granate. Se le agitan los hombros, delgados y lechosos, parcialmente cubiertos por un chal: toda ella parece
tensionarse mientras se hunde en esos ojos, de un azul
abismado en su caída interior, como si la vida le quedara
muy lejos de la cama, del dormitorio y de cualquiera de ellos,
y estuviera haciendo verdaderos esfuerzos por mantener los
párpados erguidos.

–Salvo que no mejorará, no sabemos mucho de su estado: hasta qué punto escucha o no, si nos recuerda, o si es
capaz de hacerlo sin identificarnos totalmente, porque no
hay manera de conocer su grado de inconsciencia. Pero
responde a varios estímulos: sobre todo al cariño.

–Qué lástima –solloza Josefina, antes de acercarse, inclinarse y besarla en las mejillas, reteniendo sus labios sobre
la piel fresca y finísima–. Y qué bien huele –susurra, mien-

tras la peina suavemente con los dedos–. Su pelazo de siempre. Es una maravilla lo bien que la tienes, Susana.

Claudio se acerca a su esposa sin mucha convicción, como si no estuviera seguro de que su gesto de consuelo pueda llegar a alguna parte. Josefina se zafa delicadamente de sus brazos y se da la vuelta, en dirección al pasillo. Pero se detiene unos segundos, al reconocerse en la fotografía coloreada.

–Perdonadme –musita, apartando la mirada del marco y volviendo a fijarla en Águeda, con la expresión invariable y cubierta hasta los hombros–. Pero no puedo verla así.

Permanecen en silencio, escuchando el sonido de los tacones alejarse hacia el salón. Contempla a Claudio abiertamente. Además de su calvicie frontal, advierte los parietales clareados. Lleva un traje gris de solapas estrechas que en él parece demasiado moderno y no le disimula el vientre, más abultado de lo que recuerda, con la espalda torcida entre los omoplatos, como si ocultara bajo la chaqueta un peso que le hace encorvarse. Su gesto se ha lastrado de tristeza, con un abultamiento en las pupilas, aletargadas por la rendición.

–Está afectada, como te dije –confiesa, marcando mucho la pausa–. Además, tampoco estamos en nuestro mejor momento: algunas cosas no han salido como esperábamos.

Mantiene el mismo tono de grave solidez que le entusiasmaba de pequeña, cuando le transmitía una honda confianza con ese timbre que aún le parece de bronce, para ser escuchado en mitad de la noche.

–Sigues teniendo esa voz tan estupenda. Siempre me he preguntado por qué no probaste suerte en alguna emisora, durante la época de los seriales radiofónicos.

Claudio no aparta la vista de la cama y casi sonríe, sin atisbo de consternación.

–Me llamaron varias veces y llegué a hacer unas pruebas. Me habrían pagado mejor que en el teatro, donde sabía que nunca pasaríamos de ser unos secundarios con más o menos papel. Incluso podríamos haber vivido sólo de eso. Pero Josefina no habría renunciado a las tablas, y yo no quería quedarme solo, esperándola, mientras ella se marchaba de gira.

–Lo entiendo.

Claudio la contempla fijamente, como si quisiera encontrar algo en su semblante, antes de devolver toda la atención a los ojos de Águeda.

–No tiene nada que ver con la posesión, si estás pensando en eso. Para mí no era un problema lo que Josefina hiciera con su cuerpo. Ella, en cambio, era distinta. Simplemente, me entristecía la idea de no despertar con ella. O que la distancia le hiciera cambiarme por otro, pero definitivamente. Por eso ni siquiera le llegué a hablar de aquellas ofertas. ¿Para qué, si no iba a aceptarlas? Es la primera vez que se lo cuento a alguien.

Susana respira hondamente.

–Por supuesto que a ella también la habrían contratado. Pero Josefina ha nacido para el escenario. Discúlpala –continúa, mientras se pega a los pies de la cama, extendiendo los dedos sobre la sábana–, últimamente está muy sensible.

–No te preocupes. Yo misma, que la lavo cada día, aún no he conseguido acostumbrarme. A veces entro, me mira y todavía espero que me hable.

–Ya hemos visto a otros amigos quedarse así. Pero con tu madre es diferente. No puedo hacerme a la idea, y eso que uno ya se hace a todo. ¿Sabes lo preciosa que era? Claro que lo sabes. Desde que hemos entrado, he recordado lo mucho que te pareces a ella.

Susana no despega los labios. Sale del dormitorio y regresa con un portarretratos. Claudio experimenta una súbita hinchazón en los ojos.

—Dios mío. Si es Águeda. Pero no puede ser, esta foto es demasiado reciente. No, es imposible. Ella nunca se habría cortado tanto el pelo.

—Es Ode —comienza Susana, con una leve sonrisa—. Ella es la que se parece de verdad a mi madre. Sólo me sigue hablando de esa presunta semejanza mía la gente que no la conoce. Tengo el mismo color de pelo y me parezco: a fin de cuentas, soy su hija. Pero lo de Ode es increíble. Es igual.

—Sí —susurra Claudio, y su voz se asombra—. Qué barbaridad. Es como si me hubieras transportado a hace sesenta años. Mira —Claudio acerca el portarretratos a la fotografía coloreada, con Águeda en el centro—: es ella.

Susana asiente. Luego devuelve la vista a su madre, que se mantiene igual, con la mirada errante en la mansedumbre del techo.

—¿Se encontrará bien Josefina?

—Perfectamente —responde Claudio, tras un movimiento rápido de la mano, con los dedos hacia fuera, como si estuviera apartando una mosca—. Está impresionada, pero también necesita montar su pequeña escena. Además —continúa, bajando el tono y volviendo la vista a la pared, encontrándose de nuevo con la imagen de sí mismo, junto a las dos mujeres, seis décadas atrás—, a ella no le agrada recordar esa época. ¿De dónde la has sacado?

Aunque Nora la llamó a media tarde para decirle que ya ha entregado las llaves y que al día siguiente recibirán la mudanza, Susana es incapaz de imaginar vacío el piso de su madre. Vuelve a entrar en el recibidor, lo recorre desde el espejo hasta el final del pasillo y presiente, de nuevo, el ocaso cayendo mansamente sobre la estantería de la habitación del fondo, con las novelas refugiadas en las sombras de

173

la máquina de coser, como un gato metálico que estuviera al acecho del fulgor y pudiera apresarlo. Entonces se ve a sí misma cogiéndola de la mesa del salón.

–La encontré en su casa el día que se cayó. No ésta, sino la original, más pequeña y en blanco y negro. Claudio, me obsesiona esta foto. Me gustaría saber cuándo os la hicieron y dónde estabais. No puedo quitarme de la cabeza que la estuvo mirando justo antes de caerse en la bañera.

Claudio la examina sin mover un solo músculo de la cara.

–Es una foto con mucha gracia, como otras tantas de aquella época. No recuerdo el momento ni el lugar. Me gustaría que me hicieras una copia, porque quien la haya coloreado ha acertado con el tono del pelo de las dos. Qué guapas –musita, como si hablara para sí mismo, mientras posa los dedos sobre el cristal, en el cabello claro de Josefina–. Aunque lo de tu madre era diferente: más que belleza, que tenía hasta aturdirte, era su fuerza, su valentía, lo que nos admiraba. Si consigo acordarme de algo te aviso, pero lo dudo. Comprobaré si guardamos otras fotografías. Aunque creo que las perdimos en una de las giras. Y vámonos al salón, o Josefina se impacientará, porque se nos va a hacer tarde para la reserva.

36

Tampoco puede ocultarse que, incluso sabiendo que era bastante improbable, tras inclinarse sobre ella y ponerle la instantánea delante de los ojos, ha esperado alguna reacción en su madre, aunque fuera mínima: un leve parpadeo, el ligero escorzo de una ceja saliendo del letargo de su frente dormida. Cuando volvió a la tienda, el muchacho no disimuló su orgullo por el trabajo bien hecho, con esa delicadeza del nuevo cromatismo desprendiendo una vivacidad atractiva y vibrante, aunque sin hacerle perder su veracidad: porque a pesar de esos sesenta años transcurridos no parece coloreada, y se sigue apreciando una estación total en el dinamismo de los cuerpos, con su recuperado volumen, concentran la inclinación de los actores en su propia secuencia, hacia una nueva hondura más difuminada en la ensoñación del escenario, con una turbiedad de légamo creciente al fondo del primer plano. El rubio platino de Josefina contrasta con la negra brillantina de Claudio, tan perfecta como la línea del bigote; y, en el centro, Águeda, con un tono rojizo en su cabello que no parece artificial, sino extraído de un revelado más profundo, ondulado y flamígero, no tan distinto al que aún se rinde en la almohada: su gesto inexpresivo acoge el marco, atravesando la fotografía, como si estuviera enhebrada por hilos transparentes. Pero Susana, en cambio, la sigue mirando, cada vez más adentro, porque siente que no es sólo su madre sino los tres quienes la saludan desde el precipicio de una juventud desconocida.

Hotel Pacífico, 21 de septiembre
Querida Águeda: Aunque me lo cuentes tarde, ¡cómo celebro vuestro éxito! Es una obra compleja, y tu papel, difícil: hace poco la volví a leer y lo he comprobado. Sin embargo, seguro que lo interpretaste excelentemente, lo que explicará, junto al trabajo de tus compañeros —me cuentas que uno de ellos, Claudio, es también el director—, que os invitaran a continuar en las universidades belgas. A propósito, ya me contarás tu impresión de Lovaina. Creo que te encantará.

Aunque todavía no sé si estar en un escenario puede bastar para el tipo de sed que te presumo, te está sirviendo para empezar a saciarla, y sólo por eso ya me parece una experiencia valiosa. Lo que pueda salir de ahí, nadie lo sabe, pero la mayoría de las cosas que hacemos en esta vida tienen, casi siempre, un final más incierto que su principio. A veces me pregunto si la educación que te he dado ha sido muy libre. Supongo que los padres determinamos a los hijos para bien y para mal, con la proyección de nuestras inquietudes, y hasta sería normal que esa misma influencia perdure en tus propios hijos, porque el amor acaba siendo cíclico y puede ser que, un día, también tú escribas unas palabras parecidas a éstas.

Se ve que el servicio de Correos no ha funcionado bien, y me han llegado al mismo tiempo dos cartas que responden, creo, a dos momentos tuyos muy distintos. Para intentar responderte a esos dos estados, digamos, con una respuesta unitaria, me he venido a escribirte a la terraza del Pacífico, como en mis ante-

riores cartas, porque aquí tengo la impresión de que puedo hablarte como si te tuviera delante.

Además del teatro, con el que te veo muy satisfecha, y tu nueva pasión por la pintura, creo entender, leyéndote, que algo ha cambiado, y para bien, en tu ánimo. No sé si esperabas que te dijera algo al respecto... En cierta forma, es lo más natural: eres una muchacha muy hermosa, pero eso ya lo sabes. Nunca te han faltado pretendientes. Por lo que te conozco, creo que habrás sabido situar, a cada uno, en su lugar adecuado, como hacías aquí. No puedo evitar sentirme intranquilo, imaginándote allí, sola, y en otro país. Porque una cosa es la educación que te he querido dar, especialmente desde la falta de tu madre, y otra, muy distinta, ciertos sentimientos algo contradictorios, íntimos y protectores, como padre, contra los que yo mismo me rebelo, y me rebelaré, tratándose de tu felicidad, para dejarte elegir.

Sola... Aunque no tanto, por lo que deduzco de la segunda carta. Si el asunto va tan deprisa, y ya has decidido establecerte allí, lo lógico sería que antes, en cuanto acaben estas representaciones, vuelvas a tu casa, para tener una conversación con tu padre. Si yo pudiera, iría a verte. Pero el proyecto de un edificio de oficinas, no demasiado ilusionante, me impide moverme de aquí hasta que esté acabado. Y, seguramente, tardará.

A qué velocidad transcurre todo. Hace sólo unos meses te estaba despidiendo en el andén... Quizá te extrañe que no me haya sorprendido excesivamente, pero ya barruntaba algo por tus otras cartas. Me imagino que te has enamorado, o no tendría sentido que pensaras en quedarte allí. Siéndote sincero, habría preferido que todo esto te hubiera llegado algo más adelante. No porque no comparta tu dicha, sino porque es muy pronto.

Pero cuándo no lo ha sido, hija mía, tratándose de ti.

Tu padre

Ya sabes lo unida que estaba Águeda a su padre, tuvo la mala suerte de quedarse huérfana de madre demasiado pronto, es solamente una ondulación en la corriente suave que entra por la ventana, un silbido templado por sus hebras de luz, tras la oración flotante, mientras los pasos suenan fuera del dormitorio, con vocablos perdidos en una infinitud de espirales difusas que recorren sus propias sombras horizontales al cruzar el pasillo, antes de regresar, con las caras borradas, a su frente despierta, el tono susurrante confundido con su respiración, inflexiones aisladas, esa gravedad roma y enronquecida. Su padre está sentado en otra habitación. Es una visión clara, aunque quizá nocturna, y ahora son sus palabras las que habitan la escena, recuerdo del recuerdo de escuchar el relato: su padre, un hombre joven, trata de mantener la espalda recta sentado ante la mesa del estudio, le agotan las expectativas que ahora le reclaman un sueño más entero, el hombre que necesitamos, un arquitecto tan prometedor, el hotel más moderno de toda la ciudad, un salón terraza con su orquesta mecida, sigue el paso de baile tras la exacta marea, sus vidrieras podrán traspasar el océano para verte danzar en su juego de espejos, recupera ese timbre con su caligrafía, cuando ya se aposenta en la serenidad y sabe que su hija abre el trazo del tiempo. El riesgo de dejarla marchar es perderla, pero ya lo sabía, antes lo había explicado a los miembros de la comisión: mantener la elegancia de las casas costeras y proteger sus torres de vigía, miremos a lo lejos, la ilusión venidera, el regreso imposible de las rutas indianas, ya apenas llegan barcos y el registro del puerto borra las inscripciones de navieras perdidas, la sofisticación de la fachada, los pórticos del patio con las líneas esbeltas, su olvidado arte nuevo, bancarrota del mar. Ni siquiera cuando forzó la resistencia de su juventud, trabajando durante meses, sin apenas dormir, hasta la finalización de las obras, sintió su padre ese entumecimiento que la hunde en el colchón a pesar de las precauciones de sus hijas: casi logra pensarlo con la fugacidad de un destello eclipsado, con el cieno escondido debajo de las sábanas, como si le oprimiera el pecho al respirar y el cuerpo le pesara más que al mediodía, desmoronándose sobre sus miembros, y además lo supiera.

Nitidez de la imagen. La realidad está dentro, en su espacio absoluto: ha recibido correspondencia de su hija, le informa su secretario, con una voz nasal. Reconoce la letra, redondeada y volátil, en ambos sobres. Se sienta aparatosamente en su escritorio, mientras se afloja el nudo de la corbata. Comienza a leer una de las cartas, y de pronto él también mira la ventana del vagón, oteando algún punto luminoso, mientras siente el bolso de cuero en las rodillas, en el que guarda un libro con las pastas grises casi memorizado: ella se sabe los demás papeles tan bien como el suyo y podría declamarlos, aunque no lo demuestra, porque ya ha comprendido la vulnerabilidad del ego pronunciado en algunos actores, aunque sean aficionados; pero puede sentirlos, como otro perfil propio, al igual que el trayecto recorrido antes con el dedo por encima del mapa, hasta reconocerlo en el vacío sideral y abismado: el curso de los ríos, las fronteras, las depresiones del terreno y las íntimas, que comenzó a advertir desde que ocuparon sus compartimentos, en las miradas raudas, escondidas, de la más atractiva de sus compañeras, Josefina, ése es el nombre, con la que ya adivina una relación difícil. Supongo que te referías a todo esto cuando me decías que ahora iba a encontrarme con la vida: porque únicamente ahora, alejada de ti, de nuestra casa, rodeada de todas estas voces, de sus rostros que están dentro del mío, mientras cruzamos una hilera de montañas, cordilleras enteras cubiertas por la nieve, por primera vez me he sentido verdaderamente sola, pero sin abatimiento, sino con una especie de gozo que ni siquiera he experimentado reviviendo las pocas escenas que recuerdo con mamá. He necesitado distanciarme, aprenderme un papel que no es el mío y hasta inventarme una vocación, para saber que me agrada, porque puedo llegar a entenderme magníficamente bien conmigo misma, aunque me cerca aún una fragilidad que no me explico.

Al terminar de leerlas, se yergue con una inesperada voluntad, como si la lectura le hubiera otorgado una reserva con la que no contaba, busca su pluma en el bolsillo de la chaqueta y va hasta el buró. Oye el sonido rechinante de las bisagras al abrirlo, levanta la cabeza y pierde la vista por la negrura fetal de la ventana, mientras empieza a escribir la contestación a las dos cartas de su hija. Antes podía recitarlas marcando cada pausa, pero ahora las frases de su padre son una letanía que no entiende, con su extraño lenguaje, aunque logra distinguir el timbre modulado de su voz al responderle a través de todas las edades: infantil y risueña, adolescente y sensual, dura, pero todavía inocente, incorporándolo a cada palabra, en su ritmo tonal, como ese gesto raudo de las manos.

Águeda evoca los dedos fuertes y flexibles de su padre, que le pueden hablar, mientras intenta articular la voz; pero ya no es capaz, y quiere contestar con su manera ingenua de abrir mucho los ojos, que él reconocerá, y arqueando las cejas, como si se agrandaran bajo el brillo del pelo, en su roce abrasado, y toda la marejada de la noche se hubiera contenido tras sus párpados.

37

—Ha sido muy extraño ver la casa vacía. No tenía que haber vuelto. Cuando me he visto allí, sola, rodeada de todo, te he echado de menos. No sé, me ha entrado un frío en el cuerpo, sobre todo cuando han ido llegando los operarios, porque me he sentido como si nos estuvieran desnudando. Pero como ya nos habíamos llevado lo importante, eso lo ha facilitado todo y me he desentendido de las idas y venidas, los empaquetados, las cintas de embalaje y los carritos atravesando el piso. Los de la empresa de mudanzas han sido los primeros. Tenían ya el listado de los muebles que queríamos conservar. Con qué facilidad han montado la grúa y lo han sacado todo por la terraza. Los de la asociación han venido después; aunque como, prácticamente, tenían que barrer el piso, cuarto por cuarto, se han pasado allí el resto del día. También han sido cuidadosos: tendrías que ver cómo han recogido las macetas. No tenía ni idea de que el empapelado de las paredes estuviera tan descolorido, tan desgastado, tan sucio: al quitar las estanterías, que estaban atornilladas a la pared, se ha desprendido. Cuando ha llegado Nelson, el hijo del propietario, me ha dicho que ya había previsto reparar los desperfectos por su cuenta, quitar el empapelado y darle una mano de pintura al piso.

—Un chico muy educado. Yo no he coincidido mucho con él, porque la mensualidad ha seguido domiciliada en la cuenta de mamá y cuando he ido por allí no nos hemos visto.

—Sí, muy educado. Pero ya no es exactamente un chico: tiene cincuenta y dos años. Sus padres murieron. Eran dueños de varios pisos del barrio.

—Pues si a sus otros inquilinos los ha tratado como a mamá, no se habrán hecho ricos. En los últimos cuarenta años, que yo sepa, no subieron el alquiler.

Nora sonríe.

—Me lo ha dicho. Al parecer su padre estuvo muy enamorado de mamá, y por eso nunca le aumentó la renta. Cuando murió, Nelson decidió mantener la misma cantidad.

Susana asiente despacio y trata de recordar el rostro enflaquecido de aquel hombre, silencioso y espigado, con una vaga expresión de sueño amable, alguna de las veces, ya lejanas, que se lo cruzó por la escalera.

—Es un gesto precioso. El del padre, por descontado; pero el del hijo, todavía más.

—Su padre se lo contó antes de morir, aunque él siempre se lo había imaginado. Lo llamativo es que mamá y él nunca llegaron a cruzar ni una sola palabra.

—¿No? Bueno, tiene su sentido. Era papá quien se encargaba de esas cosas.

—Y cuando papá murió, ya fue Nelson quien empezó a tratar con mamá. Al parecer, su padre era muy tímido. Nelson asegura que quería mucho a su esposa; pero en cuanto vio a mamá ya no pudo quitársela de la cabeza. A ver si recuerdo sus palabras literales: «Mi padre no creía que fuera de la pantalla pudiera existir una mujer como Rita Hayworth.» Por lo visto, su pasión era el cine. ¿Te imaginas? Tantos años sin atreverse a hablarle, viéndola en el salón del hotel, en el paseo. Ni siquiera fue capaz de hacerse el encontradizo y saludarla. Nada.

—Pero el hijo no parece tan introvertido, ¿no?

—Qué va. Y además me ha ayudado. Cuando le he dicho que ayer estuviste examinando el armario del saloncito, me ha explicado que son los mismos que ha habido en su casa toda la vida, porque los hizo el mismo carpintero. Así que los conoce. Se ha encaramado en la cajonera, sin necesidad de más apoyos, y ha levantado la tabla del altillo: resulta que tiene un doble fondo. Y mira lo que ha encontrado dentro.

Nora le tiende un tubo de cartón, de algo más de un metro de largo. Susana lo sostiene en silencio. Es consistente y está cerrado por los extremos.

—Como te puedes imaginar, después hemos vuelto a revisar el resto de los armarios. Pero no hemos encontrado nada más. Y ha sido una suerte: yo ya le había entregado las llaves y estaba a punto de irme cuando él se ha acordado de ese hueco.

Susana lo sujeta y le quita la capa de polvo de encima con un pañuelo. Siente la lisura sólida y curvada del cartón y se fija en las tapas selladas a ambos lados. Un escalofrío suave le entra por las muñecas cuando lo agita ligeramente y percibe un ligero movimiento en su interior, con un ruido compacto.

—No lo has abierto.

—¿Cómo iba a hacerlo sin ti? Nelson me había propuesto ir a tomar algo. Tiene una conversación agradable y me apetecía, la verdad. Pero después de encontrar esto le he pedido que me trajera. Y en el camino de vuelta ya no he sido capaz de seguir hablando. No sé, me he puesto un poco nerviosa. Sólo podía pensar en abrirlo y en qué puede haber dentro.

Colocan el tubo sobre la mesa del salón. Rueda ligeramente, oscila, vuelve sobre su giro, se queda quieto. Lo miran como si tuviera vida propia. Van juntas al dormitorio y comprueban que Águeda duerme profundamente. No es una noche cerrada, sino que se ha ganado para la claridad, con sus pliegues nubosos esparcidos alrededor de la luna, hinchada en el tapiz del cielo arcilloso.

–Creo que no debemos –comienza Susana, mirándolo con una fijación que tiene algo de sonambulismo–. A fin de cuentas, mamá está durmiendo en la habitación de al lado. Quiero decir que todavía está con nosotras. Y si ella lo escondió allí sería por alguna razón, en la que no debemos entrar. No es ético: estamos abusando de la situación.

–Pues no nos queda otra. Porque mamá ya no puede decir nada.

Susana sigue sin apartar la vista del tubo, en el centro de la mesa.

–Entonces, ¿qué hacemos?

–Abrirlo, por supuesto. No somos dueños de las situaciones: ocurren y ya está. En cada momento tratamos de hacer las cosas lo mejor posible. Podríamos haber mantenido el piso seis meses más, un año, pero hemos decidido cerrarlo porque sabemos que mamá nunca va a regresar. Eso no significa que no la respetemos, sino que hemos aceptado el hecho de que no volverá a valerse por sí misma. Y, en ese sentido, ¿para qué seguir pagando un alquiler que podemos necesitar más adelante? Piensa que lo hemos encontrado por pura casualidad. Si Nelson no hubiera iniciado la conversación sobre su padre y su afecto por mamá, seguramente yo no me habría sentido con la confianza de contarle que ayer estuvimos rebuscando en los altillos, en busca de algún otro recuerdo de aquel viaje a Bruselas. Podría haberle entregado los juegos de llaves y haber vuelto con las manos vacías, y el tubo seguiría allí, oculto en ese fondo, quién sabe cuántos años más. Y no habría pasado nada: alguien lo encontraría, se perdería o habría caído con el edificio cuando lo hubieran derrumbado más adelante. Sea o no de mamá, ahora ya sólo podemos abrirlo nosotras.

Susana asiente, va a la cocina y regresa con las tijeras. Pero Nora ya ha comenzado a arrancar la cinta de papel que rodea el borde de uno de los extremos, como si temiera que la superficie de cartón pudiera deshacerse. Sin embargo, apenas consigue levantar la punta de una de las esquinas.

—Están pegadas con cola —susurra—. Después de tantos años, se han unido al cartón. Habrá que cortar una de las tapas.

Susana vuelve a desaparecer y esta vez vuelve con varios cuchillos. Su hermana coge el de sierra y lo pasa por encima de la cinta adherida, hasta que parece reparar en un surco circular. Empieza a cortar lentamente y las tiras ceden. Tras el papel, llega al cartón. Nora toma otro cuchillo, sin dientes y con la hoja gruesa, y lo introduce en la hendidura. Hace palanca y siente que la tapa comienza a desprenderse. Cuando la quita, sin mirar dentro, le extiende el tubo a su hermana.

Susana distingue el tacto de porosidad rugosa y tira con la punta de los dedos. Entra por la ventana un súbito frescor y teme que su madre se enfríe; pero acaban de comprobar que está bien abrigada, en un descanso de apariencia plácida. Además, a ella siempre le gustó asomarse al balcón y recibir la brisa del mar. Saca el lienzo y comienza a desplegarlo sobre la mesa: imagina la espuma agolpada en la orilla, como un cuerpo en la arena.

185

–Sujeta por estas dos esquinas mientras termino de desenrollarlo.

Acerca la misma lámpara que trajeron del piso de su madre para iluminarlo directamente. Un aire vaporoso parece levantarse desde las grietas mínimas de la pintura, morosamente abiertas, desprendidas de su apelmazamiento: es la respiración de la tela empastada, de nuevo expuesta al brillo de la luz, estirando la piel natural del dibujo.

38

Los movimientos de Claudio a los pies de la cama son exactos y cortos, contenidos en una lentitud que parece haber acotado sus límites. Cuando recibió la llamada de Susana, diciéndole que ya le tenía preparada su reproducción de la fotografía a color, estaba desayunando en la terraza, con Josefina, que acababa de echar el azúcar en el café, sin removerlo, frente a la extensión árida. Entonces, al percibir la premura de su voz, pensó que no sólo le llamaba para hablarle de la copia. Ahora, junto a Águeda, por un momento cree reconocer en su expresión un destello familiar, esa especie de guiño sutil que sabía utilizar en situaciones equívocas; pero se extingue con la misma velocidad parpadeante con que ha aparecido, sumiéndose otra vez en su quietud anterior, con la barbilla colgada, ligeramente abierta.

–Yo también tengo algo para ti –susurra, extendiéndole una bolsa de tela con un paquete. Ella la coge. Es pesada. Cuando descorre el cordel, ve dentro un álbum.

–¿Y esto? –pregunta Susana, sacando el grueso volumen, con la cubierta de la piel cuarteada, mientras pasa los dedos por el lomo áspero.

–Son las fotografías de la llegada a París, el certamen, los ensayos, los distintos estrenos y el viaje por Bélgica. Hasta hay críticas de una gaceta universitaria parisina y de varios periódicos belgas, y se cita a tu madre. Te confieso que alguna vez han estado a punto de desaparecer. En parte, las he conservado para ti.

Susana lo abre al azar y descubre estampas de su madre, jovencísima y bastante maquillada, sobre un escenario. En algunas sale sola, actuando o posando. En otras, acompañada de Claudio o Josefina, o de los dos.

–El otro día dijiste que no tenías ninguna. Que las habíais perdido.

–Qué más da lo que dijera el otro día –refunfuña, volviendo a coger el álbum y poniéndoselo delante de los ojos–. Lo importante es que te las he traído.

Ella lo abre otra vez. No puede dejar de mirarlo. Salta del principio al final. Se le empiezan a embotar los ojos. Entonces lo cierra de un golpe.

–Dime, niña, ¿cómo son las noches? Me imagino que dormirás poco.

Susana vuelve a pasar los dedos por encima de la piel agrietada y guarda el álbum en la bolsa de tela. La cierra ajustando el cordón y lo deja sobre la cómoda.

–A veces me levanto de madrugada porque me parece oír el castañeteo de sus dientes. Vengo al dormitorio, enciendo la luz para comprobar si ha entrado en otra convulsión y veo que sigue dormida, con una expresión tan sosegada que me quedo aquí un rato, con ella, antes de volver a acostarme, por muy agotada que esté. La verdad es que estas últimas semanas, aunque me siento más acompañada desde la llegada de Nora, me sigue ocurriendo casi diariamente: creo oírla y me despierto con ansiedad, pero ella permanece en la misma postura en que la he dejado. A veces me pregunto si no seré yo la que está a punto de entrar en una convulsión y ella quien está velando mi descanso.

–Tratándose de tu madre –empieza, y observa el cuerpo sobre la cama con detenimiento, como esperando percibir una señal en su mirada líquida–, todo podría ser. Muchas gracias por la ampliación –continúa, sosteniéndola con ambas manos y mirándola como si pudiera adentrarse en su fondo acristalado de lámparas verdosas–. Además, ésta no la encontrarás en el álbum. Realmente han sabido sacarla en unos tonos parecidos a los originales. Es increíble lo que puede hacerse hoy día con la informática: porque tu madre está igual, con ese mismo brillo en la melena, y Josefina, con un malva idéntico en los labios, y también yo. Hasta su vestido, con esta tonalidad ocre en los pliegues. Es como si el chico de la tienda se hubiera asomado por una ranura a aquella noche, para capturar los colores de la escena.

Susana mira la reproducción, enmarcada en la pared, frente a Águeda, sin que haya logrado arrancarle la más mínima mueca.

–Mi madre quería contarme algo antes de su caída. Por eso habíamos quedado para comer. Debía de ser algo importante para ella, porque ya sabes que no era de muchas confidencias, y sin embargo la semana anterior me lo había anunciado. Cuando salí del hospital, para coger algunas de sus cosas, me encontré esta fotografía sobre la mesa del salón de su casa. Seguramente la contempló antes del accidente. Quizá hasta el mismo día.

Claudio intenta arquear la espalda, pero apenas consigue moverla al encoger los hombros con dificultad. Susana le ha ofrecido una silla, pero prefiere permanecer en pie. Apoya las manos en el armazón metálico de la cama y ella se fija en el pelo ralo, que deja entrever las manchas parduscas del cuero cabelludo, extendidas por la frente y el cuello. A pesar del deterioro, la mandíbula sigue manteniendo una remota entereza, rasurada bajo el bigote, y su voz conserva aún su timbre cavernoso.

–Recuerdo dónde nos la hicieron: en el Greenwich, un gran café de Bruselas.

–¿En Bruselas? Creía que había sido en París.

–¿París? Nada de eso. Fue en Bruselas. Lo que parece un escenario son unas mesas unidas. Y esa sombra curvada sobre nuestras cabezas es su bóveda de cristal azul. Todo lo interesante nos pasó en Bruselas. Pero, en todos estos años, ¿tu madre no te ha contado nada?

–Nunca.

Claudio lleva la vista de la fotografía al colchón, absorto unos instantes en los párpados caídos de Águeda, y a Susana le parece que su rostro, con los pómulos flácidos y el mentón todavía delineado, adopta un gesto apenas distinguible de vigor, como si su mirada se hubiera rasgado para poder otear la lejanía y también conseguir recordarse a sí mismo.

–El Café Greenwich –continúa Claudio, con una leve inflexión–, el día en que los artistas se mezclaron con los jugadores de ajedrez, la noche de nuestro estreno. Fue un relativo éxito, y hasta nos sacaron al día siguiente en el periódico local. El público estaba formado por universitarios como nosotros, que se quedaron impactados con nuestra versión, en francés, de *El pato salvaje*. No he vuelto a dirigir ni a montar una obra desde entonces. Pero aquélla salió bien. Al acabar nos sacaron a hombros del teatro y nos llevaron al Café Greenwich. Cómo voy a olvidar el impacto que me causó: yo nunca había estado en un lugar así. En la planta superior se jugaban por correspondencia las partidas internacionales, que podían llegar a durar años, y en la baja, además de las simultáneas, había tertulias poéticas. Nos integramos al momento: aquel sitio parecía creado para nosotros, que teníamos un considerable nivel de francés. Siempre he pensado que tu madre sólo hizo las pruebas precisamente por eso, porque lo hablaba con mucha soltura, como una forma de salir de aquí, no porque de verdad quisiera ser actriz, como le sucedía a Josefina. Fue una noche maravillosa: corría la cerveza, se recitaron versos y hasta los ajedrecistas dejaron los tableros para cantar y brindar. El dueño abrió varias botellas de champán y nos regaló una caja a cada uno, con un dibujo muy bonito de un caballero con frac. Acabamos bailando sobre las mesas, y ése es el momento que refleja la fotografía. Está tomada de tal forma que puede parecer que estamos saludando desde un escenario. Pues no. Estábamos borrachos.

Susana mira el rostro estático en el lecho, examina de nuevo la postura de los tres cuerpos y asiente. Recuerda las calificaciones que acabó de pasar a las actas apenas unos días atrás, las caras y sus nombres, y se pregunta cómo hubiera sido tener a su madre como alumna.

Claudio suspira antes de seguir.

–Se me hace muy difícil explicarte aquellos días y, sobre todo, cómo era tu madre... No sólo hermosa. Eso resultaba evidente, pero constituía una limitación si de verdad tratabas de entenderla. Era algo más grande, más libre, más vivo, que todos nosotros, y estaba por encima de cualquier convención; pero sin voluntad de provocar, ni conciencia de estar forzando ninguna barrera. Simplemente, para ella no existían. Y resultaba imposible, para cualquier hombre o mujer que estuviera cerca de ella, resistirse a su atracción. Todo esto ya no le importa a nadie –matiza, bajando aún más el tono y aproximándose a la almohada–, y a mí menos que a nadie, pero me parece que quizá te esté robando horas de sueño. ¿Qué pasó realmente entre nosotros? Tú conoces una parte:

desde que tienes memoria. Pero ¿y antes? Eso es más complejo, y en cierto sentido lo sigue siendo: sobre todo, para Josefina. Cuando conocimos a tu madre, ya éramos novios. Y aunque no formábamos una pareja tradicional, porque no olvides que nosotros sí éramos actores, y yo no le había pedido que nos casáramos, todos nuestros amigos daban por supuesto que lo haríamos. Pues bien, aquellos meses, primero en Francia, pero también en Bélgica, sobre todo en Bruselas, pasaron algunas cosas que nos hicieron replanteárnoslo todo... Pero no sólo a mí, también a Josefina. Tu madre precipitaba situaciones que todavía hoy podrían resultar transgresoras, con una sinceridad y una inocencia tan auténticas que te seducía. En aquellos días no había mucha gente preparada para vivir así. Yo lo hice. Pero Josefina intentó seguirnos y le costó un ataque de histeria, porque no estaba dispuesta a admitir determinadas cosas sobre sí misma. Todo eso ocurrió en Bruselas, no en París. París se acabó pronto.

–Espera, Claudio, por favor. No sé si te estoy entendiendo.

–Claro que me entiendes. Quiero decir que aunque Josefina y yo teníamos pensado casarnos en algún momento, durante varias semanas, con las últimas representaciones, todo se complicó entre nosotros tres... Especialmente, entre Josefina y tu madre. Entonces apareció aquel pintor.

Contempla el sueño cada vez más reposado de su madre y percibe las inspiraciones aceleradas de Claudio, marcándose en la encorvadura de su espalda.

–¿Qué pintor?

–Nunca supimos demasiado de él. Se llamaba Jérôme. Le gustaba Magritte, eso es seguro, porque no hacía otra cosa que hablar de él y presumía de conocerle. Pero según creo no tenía auténtico talento: se limitaba a hacer copias de sus cuadros. Y en eso era bueno, aunque sin superar la frontera del copista. Siempre iba con un carpetón. –Hace otra pausa, más prolongada, y se detiene a mirar la carpeta verde de la mesilla, pero no obtiene ninguna respuesta de Susana, que permanece impávida–. También era fotógrafo. La última vez que vimos a tu madre en Bruselas iban juntos: ella me citó esa misma noche, me entregó este álbum y me pidió que lo guardara. No me dio ninguna indicación. Y cuando nos reencontramos aquí, dos años más tarde, no me lo pidió, ni me preguntó si todavía lo guardaba. Tampoco luego. De él no puedo decirte más, porque apenas le tratamos. Lo conoció en el Greenwich esa misma noche: cuando lo vio entrar, con aquella cámara colgada del cuello, yo ya supe que se había fijado en él. Entonces se acercó y le pidió que nos hiciera esta fotografía.

Querida Águeda: Llegaré en tres días. Todo se arreglará. Tu padre

Recuerda el telegrama dentro del tercer sobre. Piensa en el paseo que Nora y ella han dado al amanecer, atravesando la alameda. Justo antes de comer, su hermana ha ordenado la documentación bancaria de su madre para actualizar los pagos a la enfermera y le ha dicho que pasará la tarde fuera: tras encargar los nuevos preparados de farmacia, aprovechará para dar una vuelta. A pesar de sus rumores de crisis y desocupación, han encontrado el Hotel Pacífico como siempre, con la misma hilera de taxis en la entrada y el tránsito habitual junto a recepción, al otro lado de las puertas de cristal. Mientras Nora le explicaba que no había podido dormir, como las noches anteriores, por la sacudida que ha supuesto la contemplación de la pintura del altillo, Susana imaginó el piano bar desierto, con la colección de cocteleras sobre las baldas del fondo acristalado, como trofeos llegados de una edad remota en la que el tipo de bebida demarcaba la impresión de un carácter. Se recordó a sí misma sentada junto a su madre en una de esas mesas, hace tres años. Águeda había pedido un cóctel de champán y ella la había imitado. Entonces se preguntó de dónde le vendría esa antigua costumbre, que durante algún tiempo había atribuido a su excentricidad, porque nunca la había visto beber con su padre: únicamente cuando Claudio y Josefina les habían visitado se permitían abrir una botella de vino tinto. Por primera vez, tras el descubrimiento en el altillo de esa caja metálica de una marca francesa, en la que había encontrado el libro con las cartas y dos mapas gastados, esos cócteles de champán se le antojaron el único resto, entonces todavía reconocible, de un perfil de su madre que se había evaporado sutilmente en el aire salino de aquellas copas.

Susana mira otra vez a la cama. Está atardeciendo y la tonalidad del pelo de Águeda comienza a oscurecerse. Siente un súbito pudor por estar escuchando todo eso en su presencia, como si no estuviera allí.

–¿Y qué pasó después? Porque mi madre regresó con mi abuelo.

–Cuando Josefina se fue recuperando y recibió el alta médica nos prometimos, pero tu madre hacía ya mucho que estaba fuera de nuestras vidas: había dejado el grupo, justo cuando comenzamos a tener otras ofertas, para irse a vivir con el pintor. Después de eso regresamos y estuvimos dos años sin saber nada de ella. Nos casamos. La universidad se había vuelto demasiado complicada, cosas de la época. Tuvimos suerte y nos contrató una compañía: representaba una obra que necesitaba dos cantantes. Nos fue bien y, después de varios meses, pasamos por aquí. Sabíamos que era su ciudad, pero la imaginábamos todavía en Bruselas, o en cualquier otra parte. Al terminar la función, tu madre vino a saludarnos al camerino con la mayor naturalidad. Como si nos hubiera visto el día anterior. Imagínate nuestra sorpresa: estaba más guapa que nunca y ya casada con tu padre. Tú tendrías un año y medio o dos. Después ya no perdimos el contacto, y se convirtió en una costumbre visitaros, cada diciembre, para felicitaros las fiestas. Nunca le quisimos preguntar qué le había ocurrido durante ese tiempo, ni ella nos lo contó. Pero por su manera de hablar nos pareció evidente que había dejado atrás la vida de Bruselas y cualquier tentativa de volver al teatro. Se había establecido, y ya sólo tenía ojos para ti.

39

Sentada detrás del conductor, se fija en sus manos. Son firmes en el trato del volante. Cuando el autobús inicia el ascenso de la rampa, ensimismada aún en la molicie despejada del cielo, Nora tiene la impresión de poderse mirar desde la acera, como en un fotograma cerca del desenlace: se dirige a la última parada, en el faro. Roza la ventanilla con la sien, como si buscara diluirse a través del cristal. Si alguien la estuviera retratando reconocería en ella el anhelo del tacto de la luz, reflejada en el mar con su calma argentífera, mientras inhala el aire ensanchado en su respiración, venido de regiones con palabras salinas, sin rumor de oleaje, mientras se va quedando sola en el trayecto, hasta que el autobús se detiene. Al bajarse, el conductor la saluda con una familiaridad que, como antes, cuando descubrió sus dedos delgados, le hace pensar en Paul, en sus manos dispuestas como unas ramas frágiles.

Nora mira hacia arriba y contempla la baranda circular del faro. Dentro de media hora comenzará a anochecer, pero casi parece mediodía. Desde el promontorio, trata de encontrar el piso de su hermana en la hilera de edificios del paseo marítimo y distingue la torre de vigía del parque.

Junto a una de esas ventanas, su madre estará mirando el ocaso un día más, con su propia marea bañando un litoral de siluetas borrosas.

A pesar de la distancia, puede apreciar que los jardines están llenos de gente. No hay todavía farolas ni luces en las fachadas. Ve mujeres asomadas a los balcones, sobre el puerto. Como Susana, lleva varios días sin dormir bien. Por eso después de haber comprado los preparados de farmacia, que lleva embotellados en una bolsa, ha decidido coger el autobús que acaba su recorrido en la entrada del espigón, dar un paseo y esperar a que inicie la ruta de regreso. Le relaja la brisa. Camina hasta situarse tras el faro: con la ciudad a su espalda y el mar por delante, recuerda la escena una vez más, en la mesa del salón, con el colorido de la imagen abriéndose en su perturbadora claridad: los muslos enlazados, blancuzcos y fibrosos, y los vientres unidos en una desnudez acariciante.

Cuando sujetó los dos extremos del lienzo y su hermana acabó de desplegarlo sobre el tablero, Nora no pudo creer que ese rostro felino y relajado, con las facciones recortadas de una manera singular, fuera el de su madre, jovencísima, tanto como en la fotografía que ella guarda aún dentro de la maleta, con esos dos tirantes amarillos, a punto de desvanecerse sobre los hombros mojados; pero en la pintura le sorprendió la presencia de la otra muchacha, con el cabello rubio, de palidez pajiza, y una intensidad en la expresión que parece querer poseer el instante y también la cintura que rodea con los brazos, en el borde del lago, con la hierba cubriendo sus tobillos lechosos.

Se sienta en una roca. Sus manos se hidratan por el aliento marino. Todo le es familiar. El viento, con silbidos agudos, le parece favorable, como si hubiera llegado allí para envolverla, con un chal que pudiera prevenirla del abismo naranja desprendido del cielo. Ha escogido el momento de la consumación: hay retazos sanguíneos junto al surco solar, que parece caer en la sombra cambiante, con su cerco azulado, cuando oye el motor del autobús, que vuelve a ponerse en marcha. Pero todavía tardará en arrancar. Nora se levanta y pasa los dedos por encima de la piedra, por su filo cortante, oxigenado en su porosidad por la erosión de décadas ventosas, de otros muchos roces de agua y sal posados por encima de sus cantos, esculpiendo las grietas de cerúleo silencio. Se mira las manos como si ahora, tras la asimilación del cuadro de su madre y la otra chica en el lago, se hubieran vuelto diferentes, con su nueva textura de caricias, y se pregunta cómo podría ser tocar un cuerpo como el de su madre en la pintura, con esos miembros gráciles y esbeltos, erguidos a la luz de su dibujo aún vivo, con la pigmentación diagonal de los torsos en su exacta dureza. Piensa en los dedos del conductor, que no parecen tan sensibles como los de Paul, y recuerda sus miembros ágiles y rubiáceos, menos musculados que elegantes, con la plasticidad del dinamismo retenida en las ingles de vello transparente, en sus motas brillantes de un resplandor lejano. Las manos de Nelson quizá son más robustas en su resolución, como cuando se asieron al tablón del altillo para izarlo de un solo movimiento, mientras se apoyaba en la cajonera del armario, con una especie de presa de los dedos, y eso la fascinó: porque tienen, también, la estructura flexible y delicada, aunque desplieguen esa capacidad de fijación. Cuando se sube al autobús, piensa, por primera vez, en lo mucho que le gustan los dedos femeninos, las muñecas, los hombros y las nucas.

Cuando Paul la abrazaba solía detenerse en sus costados, como si estuviera sopesando la robustez de su espalda, midiendo su corpulencia y disfrutándola, y a ella le agradaba esa dedicación, el reconocimiento de su fortaleza y su vigor convertido en caricia. Está comenzando a oscurecer. Piensa en las gafas ovaladas de Nelson. No conoce la terraza en la que han quedado, pero sabe que está en el tramo del paseo entre el jardín botánico y el hotel. Quizá él vuelva a hablarle de su padre, de esa devoción callada y continua, tan irrenunciable como su propio matrimonio. Nora sólo le evoca como un hombre ya anciano, algunos meses antes de morir, pero le resulta imposible imaginar qué habría ocurrido si se hubiera acercado alguna vez a Águeda. Los diecisiete años de diferencia entre las dos hermanas necesariamente han de notarse en la distinta textura del recuerdo, y también en la forma de tratarlo: Susana le ha contado que los hombres miraban a su madre con disimulo, porque era sabido que su esposo pasaba la mayoría del tiempo fuera de la ciudad, en aquellos viajes de negocios, con una relación asentada en la cordialidad respetuosa, pero seguramente no inexpugnable.

Le gusta el tono broncíneo que gana el horizonte cuando el autobús toma la carretera de la costa, con el océano rojizo en su fulgor flotante. Tantos años manteniendo esa distancia de fidelidad, sin aumentarle el alquiler ni un céntimo: cientos, miles de días evitando cruzarse con ella, o renunciando a identificarse como el propietario de la casa en la que vivían, mientras la columna vertebral se le iba torciendo, las articulaciones anquilosando, los músculos cayendo en esa flojedad cada vez más colgante, la piel tiznándose de manchas parduscas en la calva, bajo el escaso cabello encanecido: toda una existencia de pasiones ocultas, de represión y anhelos restringidos bajo la hebilla en la piel, con su marca doliente, tras los pasos perdidos por las aceras líquidas del sueño, imaginándola cada noche, mientras compartía el lecho con la esposa a la que llevaría años sin tocar, mientras seguía rememorando el esplendor de aquella otra mujer que había visto de lejos en el paseo de la alameda o en el piano bar del

Hotel Pacífico, con la melena pelirroja, como un coral convertido en maleza.

Sale del autobús y entra por uno de los caminos empedrados del parque. Le gustan los viejos bancos de cerámica vidriada, las farolas modernistas y los troncos de los dragos, con hondas cavidades, como muslos titánicos abiertos a la frondosidad de los arbustos. Vuelve a evocar la línea blanca de las piernas de su madre, salpicadas de motas de humedad, y puede comprender la turbación en el gesto de la muchacha que casi la está besando, aferrándose a ella con un brillo interior de pugna y desafío; porque mientras su madre parece estar viviendo el final de la imagen, con el gesto rendido a la relajación aquietada del lago, sin espirales de aire que pudieran remover las hojas, esos ojos hendidos, pese a la belleza de sus rasgos, elegante y enérgica, la abrazan con un signo de febril arrebato, de posesión que ya se sospecha caduca, mientras un pincel raudo en su pericia rescata los perfiles finales de luz, enhebrando su trazo en las aristas sobre el contorno unido de ambos cuerpos, como si sus miembros triangularan el corte imprevisible de la sensualidad huyendo de su historia por ángulos acuosos y él pudiera apresarla, sabiendo que la chica radiante de piel blanca y cabello flamígero ya ha cambiado de escena, y sólo esperará unas pinceladas para salir del retrato.

Cuando el camarero les anuncia que van a cerrar mira alrededor de la mesita: vuelven a estar solos, con las sillas de metal vacías entre las acacias y los álamos. Desde el principio de la conversación, se han sucedido en torno a ellos los diferentes turnos: el aperitivo, el intermedio de la cena y también el postrero, la copa en el frescor silbante de la playa entrando por la carnosidad abultada de las hojas, a medida que se han ido quedando sin compañía otra vez, cuando han vuelto a oír sus propias voces en la brisa nocturna, sin más rumor que el golpe de mansa levedad en la orilla.

Nelson se apresura a coger el platillo con la cuenta y Nora no insiste demasiado en pagar. Aprovecha para estudiar sus dedos largos, con el vello rizado y abundante, de apariencia calmada, manos para ser cogidas despacio, que saben transmitir el sosiego en su recta quietud sobre la mesa, como si las palabras le bastaran para expresar la sensibilidad del cuerpo. No le ha parecido que hable mucho, pero todo lo dice con un sentido pleno que parece eludir la gratuidad de la aseveración innecesaria. Prefiere sugerir a explicar y ha hecho una mueca con las comisuras de los labios, el atisbo de una sonrisa interrumpida, en la comprensión respetuosa cimentada por la escucha solícita, cuando ella ha terminado de contarle su retirada del deporte, el matrimonio y la muerte de Paul; también le ha relatado las noches en el aparcamiento subterráneo, el despido de la empresa de seguridad y su regreso a la costa, al piso de su hermana, donde ha vuelto a encontrarse con su madre, como si la transición hubiera consistido en deambular por una estación ferroviaria en mitad del desierto, con la ciudad fantasma por detrás y su apariencia de normalidad, pero abandonada realmente, sin que los viajeros que siguen esperando un último tren, con las maletas apiladas en los andenes, dentro de la consigna ya sin vigilancia, acumulando láminas de tierra espolvoreada en las bolsas, los paquetes, los trajes y sus rostros, erosionados por el viento calizo, descubrieran que ya han llegado a su destino. Por alguna razón, algo se había roto o se había abierto en ella, quebrándose en un chasquido redentor que la impulsó a marcharse, sin dejar nada atrás, una noche de carreteras secundarias, hasta que amaneció frente al mar. Él parece entenderla.

40

Cuando sube la cuesta, flanqueada por las matas secas de césped y los arriates vacíos con forma de cubo, Susana se pregunta si una existencia errante por remotas capitales de provincia, a menudo ejerciendo de secundarios cómicos o, en algunos de los casos, de oportunos suplentes de los protagonistas, merece terminar en ese camino de gravilla. Nadie elige su desenlace, a no ser que se imponga su propio acabamiento; y una pareja de actores, con la inestabilidad del oficio, al socaire de nuevas ofertas y éxitos más o menos relativos de taquilla, ya alejados de la televisión, todavía menos. En principio, no estaba mal pensado: una urbanización recién acabada, con jardines, en la creciente ciudad dormitorio, cerca del nuevo aeropuerto y a no más de media hora en autobús de la ciudad y la costa, podría haber sido un lugar cómodo para el retiro, en la serenidad de acompañarse, sin más aspiración que la espera pacífica.

Le ha extrañado encontrarse la puerta principal entreabierta, a pesar del cartel anunciando la falta de vigilancia. La caseta tiene las persianas bajadas, como la mayoría de las ventanas de los bloques, a excepción de unas pocas, a media altura, con lejanas señales de ocupación, como el brillo azulado de un televisor tras las cortinas. Había salido de su casa en dirección a la facultad, para compartir la acostumbrada copa de fin de curso, con los comentarios habituales sobre la decadencia del sistema educativo, mientras la acumulación de brindis, entre una resignación reveladora y el deseo de excepcionalidad del momento, iba dando paso a otras manifestaciones más o menos circunstanciales, pero también significativas. Dos años atrás, antes del accidente de su madre, Andrés, su compañero de departamento, le había preguntado si después, cuando se marcharan los demás, le gustaría cenar con él. Susana quizá lo había olvidado para mantener la normalidad de su cercanía diaria; pero ahora, cuando pulsa el botón del portero automático, recuerda su mirada de vidriera lúcida, como si el resplandor de la tarde se hubiera ido asentando en su expresión ya algo debilitada, sin que el estrago del alcohol de la comida se hubiera hecho presente en la rojez de sus ojos. Mientras escucha a Josefina por el telefonillo, evoca el desvalimiento posterior, cómo ella rememoró, en un segundo y antes de contestarle, las conversaciones que habían compartido durante el último semestre acerca del temario, las prácticas, las intervenciones en clase o los modelos de exámenes; pero también sobre su aclimatación a la ciudad y su ex mujer, porque Andrés, que se había divorciado no hacía mucho y había sufrido un infarto, venía de una universidad del norte y cada amanecer daba un paseo por la caleta, con esa exactitud vertical de la luz amansando las barcas, como medida preventiva y, también, como una aceptación de su realidad nueva. Había tratado de acercarse a Susana paulatinamente, con cafés vespertinos, algunos favores y halagos sutiles; aunque en ese momento, recuperado ahora, mientras oye la voz de Josefina, con los dos en la barra, pidiendo las bebidas, se abrió una grieta incómoda entre ellos, sobre el fondo grueso de los vasos que el camarero acababa de llenar de hielo.

¿Ocurrió algo así entre Josefina y su madre? ¿Hubo un momento en el que todo se partió, cuando comenzaron a espaciarse aquellas visitas que Susana ha evocado estos últimos días, casi un año antes del nacimiento de Nora, hasta que se suspendieron definitivamente? ¿O había sucedido mucho antes, en esa otra existencia fantasmal de Bruselas que Claudio le ha ido relatando entre veladuras? No consigue apartarse de la cabeza el lienzo relativamente rupturista, con un naturalismo exacerbado y ciertos matices conceptuales en el trazo esquinado de los rostros y la turgencia suave de los cuerpos, frontales junto a un lago, como un espejo que pudiera robarle la mirada: el mismo que la observa, desde la pared del ascensor, en una multiplicidad que la hace abstraerse. Se concentra en la imagen, expuesta otra vez sobre la mesa del salón: las dos muchachas, con esa desnudez ajena al ejercicio postural o académico, en la revelación sutil del drama entre sus personajes, mientras se abre la puerta y Josefina la recibe con la misma expresión. Lleva el pelo aún rubio sujeto por su felpa granate. La terraza se abre a una claridad líquida.

Josefina está sola. Claudio, como cada mañana, ha ido a dar un paseo. Salen y se acomodan junto a la baranda. Le ofrece un café, pero Susana responde que acaba de tomarlo. Frente a la extensión yerma, Josefina levanta la vista y le asegura que esa mancha de tensión gaseosa, esparcida donde ya se desdibuja la carretera, es la ciudad.

—No parece que esté tan alejada. Pero es media hora de coche.

—Sí. Ninguno de los dos lo esperábamos así, para qué negarlo. Todavía están a la venta la mayoría de los pisos. Nos está costando adaptarnos, quizá demasiado. Te parecerá una tontería, pero lo que más me deprime, casi tanto o más que la soledad, es la entrada. Ya podrían arreglar los setos. Y ese estanque vacío, tan sucio.

—No me parece una tontería. Me imagino que ya irán comprando o alquilando los demás pisos, y vendrán más vecinos. Todo mejorará.

Josefina sonríe levemente, como si fuera una posibilidad que apenas se concediera a sí misma, con la amargura en el fugaz gesto cómplice.

—Siempre has sido una optimista. Desde pequeña, te las has arreglado para encontrar el lado bueno de las cosas. Sí, todo en la vida puede mejorar, pero qué importa... Aunque así fuera, no conoceríamos a nadie. Cuando vimos los planos y el nombre de la urbanización nos entusiasmamos, y seguramente creímos que sería suficiente con tenernos a nosotros mismos, o no se explica que no nos importara vivir tan alejados, sin ningún amigo cerca, además de tu madre y de ti. Pero ya ves. Desde que acabamos la mudanza parece que ha pasado una eternidad. He salido a hacer algunas compras; pero imponiéndomelo como una obligación, no creas, por moverme un poquito, porque podría hacer los pedidos por teléfono. Hemos ido a cenar, y a tu casa. Ésa ha sido toda nuestra vida social. No es que realmente lo sea, pero se vuelve importante cuando la dejas de tener. Claudio pasa solo la mañana. Sale a andar temprano y no vuelve hasta el mediodía. Cuando vinimos estaba deseando releer sus obras preferidas; pero ahora, en cuanto coge un libro, se le cae de las manos.

—¿Y cuál es el nombre de la urbanización?

Josefina se mueve muy despacio en el sillón de mimbre, recolocando la espalda cuidadosamente, como si temiera que una de las vértebras pudiera salirse con facilidad de su sitio, precipitando todas las demás. Con el sol más rotundo, despejada la densidad de nubes, Susana admira la fuerza de su rostro, con la palidez en los rasgos de altiva dureza.

–Pues uno bastante pintoresco –comienza, mirándola fijamente–. Nada menos que «El pato salvaje».

–Ah. Como la obra de Ibsen.

Josefina ríe, echando la cabeza hacia atrás, y Susana contempla las arrugas marcadas del cuello, sujetas por la piel transparente y finísima.

–Ibsen, sí. Algunas veces pienso que moriré oyendo ese nombre.

–En cualquier caso, es un buen autor sobre el que hablar. Yo prefiero *Casa de muñecas* o *Un enemigo del pueblo*. Aunque quizá *El pato salvaje* sea la más poética de las tres, la menos social. Me interesa mucho el simbolismo en relación con la pintura.

–Claro. A fin de cuentas, eres profesora de Historia del Arte. Tu punto de vista está más cerca de Magritte, ¿verdad? Si no recuerdo mal, hiciste la tesis doctoral sobre su perspectiva literaria. Un pintor que concebía sus cuadros como poemas. Pero, niña, tú no has venido aquí a hablar de Ibsen, ni de Magritte.

Susana mira a su alrededor. En el quinto semáforo había cambiado de opinión: no le apetecía acudir a la reunión de sus compañeros y decidió excusarse. Pensaba en el cuadro que había devuelto, enrollado, al interior del tubo, aunque le parecía un atentado mantenerlo encerrado ahí. Al tomar la ronda, eligió la salida que conducía a la zona del nuevo aeropuerto. Cuando llamó al portero automático y distinguió la voz de Josefina, desganada y trémula, estuvo a punto de volverse; pero entró en el portal. Esperó a que se abrieran las puertas del ascensor sin saber lo que iba a decirle.

–Quería ver a Claudio. El otro día dejamos la conversación a medias.

–Algo muy habitual en él. Debe de estar todavía en el aeropuerto. Con el coche llegas en cinco minutos, la desviación está bien señalizada, aunque todavía no se haya inaugurado. Se ha hecho amigo del guarda: le deja pasear por las pistas de despegue. También le puedes esperar aquí.

La noche anterior, tras el regreso de Nora, Susana se sentó en la butaca con el álbum azul oscuro. Lo abrió y las pastas crujieron con un gemido de dolor arañado. Tras analizar el lienzo, Nora había buscado una explicación en las fotografías, como si esas imágenes, en su veracidad, pudieran alumbrar el hilo de una historia en los ojos de Águeda, allá donde termina toda evocación y empieza a despertar la vida.

41

Las líneas de la pista de despegue parecen recién pintadas. Encuentra a Claudio junto al vallado, con la terminal brillante bajo la luz calcárea. A través de la rejilla metálica, distingue la inmensidad de los hangares y la torre de control, recortada sobre el vacío pastoso de la mañana. Sus piernas titubean ligeramente: estudia su movimiento aletargado, tan plomizo como el cielo en su inmisericorde claridad, recuperando en la impresión de su paseo las palabras perdidas, algunas secuencias y sus voces, el aroma del tacto, los colores, esas frases dejadas en el aire de las estaciones de paso.

Susana se desabotona el cuello de la blusa. Vuelve a ver la sonrisa impecable de Josefina, a salvo del bochorno, mientras gradúa la refrigeración y regresa de la cocina con una limonada. Después de unos minutos en la terraza han decidido volver dentro. Luego se ha levantado trabajosamente y ha ido hacia el mueble. En uno de los estantes reposa una hilera de álbumes con el lomo de piel, no muy distintos al que Claudio le entregó. Josefina ha cogido varios y se ha sentado junto a ella, abriéndolos al azar y enseñándole fotografías de los estrenos, con las correspondientes críticas. Susana ha asentido, aparentemente complacida, sin decirle que ya conoce las de la etapa anterior, en Bruselas, con su madre aún sobre los escenarios. Durante los primeros minutos, ha tratado de mantener fija la atención. A medida que se han ido sucediendo las ciudades, los hoteles y las representaciones, Susana ha levantado disimuladamente la vista para fijarse en la expresión emocionada de Josefina, reflejada en los matices que se iba descubriendo a sí misma, como si al encontrarse de nuevo con una espectadora se sintiera obligada a reproducir algunos de sus gestos excesivos. «La Doña Rubia», ha leído en el título de la crónica en un diario local, con el entresacado «La doble de María Félix también sabe actuar», advirtiendo la excitación naciente en los miembros menudos y vibrantes, pegados a los suyos, como si los aplausos se hubieran refugiado en esos márgenes angostos.

–La habrás puesto muy contenta. Lleva toda la vida deseando enseñarle esas fotos a alguien, y yo toda la vida cargando con los álbumes. Hasta los rótulos de los periódicos con las fechas: todo, todo lo recortaba y lo pegaba. Todo lo iba guardando.

Cuando la ha visto llegar, Claudio se ha separado del perímetro de tela metálica y ha esbozado una sonrisa, como si se estuviera acercando a una latitud del recorrido en la que no desea adentrarse. A pesar del resto de burla al referirse a la colección de álbumes, Susana aprecia en él un velo de ternura, emergiendo desde un lecho profundo, deshilachado y ya casi perdido.

No hay sorpresa en la expresión de Claudio. Lo percibe más avejentado, con los parietales revueltos, como si hubiera olvidado peinarse. Su andar le ha parecido cargado, sosteniendo un peso anterior al mediodía: un espesor de sólida presencia descolgado sobre su silueta, como si hubiera salido de la urbanización todavía en sueños y hubiera sido ahora, al reconocer a Susana en la entrada del aeropuerto, cuando verdaderamente ha despertado.

–Me los ha enseñado todos. Excepto uno, claro.

Claudio endurece su mueca. Un golpe de aire atraviesa la red de alambrada, como si se rizara al iniciar su ascenso por la pista desierta.

–Supongo que no le habrás comentado mi última visita –comienza, con una repentina seriedad–, y mucho menos que te di el álbum azul.

–Claudio, desde el primer momento entendí que eso quedaba entre nosotros. No tenía pensado pasar por vuestro piso, porque habría llamado; pero cuando salí para la facultad, sentí un impulso y cambié de dirección.

–Algunas mañanas me vengo aquí. Josefina se queda en casa o sale a comprar, pero suele volver pronto. Por eso te ha abierto ella. Me imagino que habrá disfrutado. Desde que eras pequeña ha tenido debilidad por ti.

El vallado va quedando atrás. Susana evoca en silencio la expresión de sorpresa en Josefina, dando paso a una indignación súbita y radiada hacia todos los muebles, las cortinas burdeos y los estantes en los que ha vuelto a colocar, con pormenorizado mimo y bajo estricto orden cronológico, cada uno de los volúmenes, extendiéndose también por la profundidad luminosa del pasillo y las baldosas blancas de la cocina, como si una furia repentina se hubiera impuesto a su agotamiento cuando, tras contemplar un tomo de retratos promocionales, le ha preguntado si, además de las fotografías de estudio, alguna vez ha posado para un cuadro.

–No entiendo a qué te refieres –le ha respondido, tras recolocar en silencio los lomos de los álbumes, formando un muro de piel.

Susana ha esperado a que se diera la vuelta para mirarla a los ojos. No había previsto hacerle esa pregunta, ni siquiera mientras subía en el ascensor y recordaba el lienzo con su madre y Josefina, en aquella orilla, al asomarse al espejo que también parecía capaz de sumergirla en su cristal de agua. Pero la ha lanzado y ya no hay forma de volverse atrás.

—Me has enseñado las fotos de estudio. Siempre me has parecido una mujer muy bella, Josefina. Cualquier pintor habría querido tomarte como modelo. De hecho, me extrañaría que nadie lo hubiese intentado nunca.

—A quien perseguían era a tu madre —le ha contestado, dándole otra vez la espalda para afanarse, extrañamente, en definir de nuevo la línea imaginaria de los tomos—. A mí ni siquiera me veían, puedes creerlo: porque, al lado de tu madre, las demás mujeres éramos invisibles.

—No lo creo —se ha apresurado a responder, mientras la sonrisa conciliadora de Josefina se iba deformando en una torcedura indefinida—. Dejando a un lado estos álbumes, yo también tengo mis propios recuerdos. Con tres o cuatro años, además de mi madre, ninguna mujer me parecía tan guapa como tú. Cuando veníais a vernos, Claudio tan señorial, con esa voz seductora, siempre tan animoso, y tú con esos vestidos, elegante como una estrella de cine, yo entraba en otro mundo, como cuando mi madre me enseñaba aquellas copias de Magritte que guardaba en su carpetón verde. Si pienso en la magia que pudieron tener aquellos días, siempre aparecéis mi madre, Claudio y tú.

Quizá lo había planeado inconscientemente, incluso a espaldas de sí misma, en cuanto le había abierto la puerta. Quizá había ido elaborando la estrategia de su planteamiento y la pregunta, mientras Josefina le abría los álbumes y ella iba descubriendo, en la sucesión de imágenes, su enérgica apostura, radiante en la expresión de unos rasgos que parecían tallados finamente, bajo la melena dorada, en ocasiones suelta y en otras recogida con sofisticación, fumando en algunas fotografías y en otras encarnando al personaje, con el cuerpo ofrecido a esa infinitud sombría de las butacas, como si se pudiera conservar una respiración a través del silencio, empaquetada y fúlgida, y estuviera tan viva como el momento puro, sin su reproducción. Quizá, incluso hasta poco antes, habría podido evitar la pregunta, aunque la tuviera embozada, porque había llegado a prever sus consecuencias; pero ese instante se había ido evaporando de sus yemas ligeramente húmedas, con la huella porosa de una orilla invisible.

—Te lo pregunto porque, como sabes, me gustaba pintar. Aunque después lo abandonara.

—Nunca lo entendí. Y tu madre tampoco. En nuestra última conversación telefónica, antes de su caída, precisamente me volvió a hablar de eso.

Susana se remanga la blusa. El cielo permanece en su calima.

—No sabía que hubierais vuelto a hablar.

La sonrisa ha sido de meditada tristeza. Susana la deja seguir.

—Es cierto que tu madre y yo llevábamos años sin vernos, pero rápidamente comenzamos a ponernos al día. Siempre fue muy lúcida, y resultaba fácil hablar con ella. Se refirió a tu marido con desconfianza: decía que acabaríais antes o después, pero esa idea no parecía entristecerle. De Nora lamentaba que se hubiera escondido de la vida. A tu hija Ode la sentía muy cercana, aunque viviera lejos. Se entusiasmó tanto hablándome de ella que me dieron unas ganas inmensas de conocerla. Y también me contó lo mucho que le entristecía, a pesar de tu prestigio en la docencia universitaria, que no hubieras vuelto a pintar.

Se podría haber quedado ahí, en ese último giro de la conversación; aunque de alguna forma sus frases ya habían sido dichas antes. Susana las había escuchado con su propia voz, como un grito arrastrado tercamente a la boca desde una cavidad agrandada en el eco. Únicamente tuvo que reproducirlas, en ese mismo tono quedo y emergente, como si ya hubiera asumido su impacto y fuera irremediable el acabamiento de la escena.

–Quizá tengas razón. Debería empezar por pintaros a mi madre y a ti.

–¿Cómo?

No se apartó del mueble, porque encontró en la certeza maciza de las baldas, con la cristalería primorosamente colocada al otro lado de las vidrieras y la prolongada fila de los álbumes, una conciencia de seguridad física que sus miembros parecían haber comenzado a negarle, aunque pudiera sostener su invariable prestancia, erguida en un rigor estatuario a punto de caer.

–Antes te pregunté si alguien te ha querido pintar, y no me has respondido.

–Sí lo he hecho. Te he dicho que a la que querían retratar era a tu madre. Si quieres podemos seguir hablando de cualquier otro tema.

–Pero es de eso de lo que me gustaría hablar. Porque si yo fuera un pintor...

–Ya, pero resulta que no lo eres. Tú misma has elegido no serlo.

–Si yo fuera un pintor –había continuado–, y os hubiera conocido entonces, habría querido pintaros a las dos. Juntas.

–Acabo de recordar –había comenzado Josefina, ya de medio perfil, como si se estuviera sumergiendo en un silencio propio al que podría llegar hablándose a sí misma, en un susurro cada vez más inaudible, con una creciente agitación– que me quedan cosas por hacer y el tiempo se me echa encima. Lo siento.

–Josefina, no he pretendido molestarte. Te pido disculpas si lo he hecho.

Se había vuelto hacia Susana con el nerviosismo agitándole la muñeca izquierda, como si estuviera estrangulando una bolsa de aire.

–Déjame sola –había mascullado, con una voz que parecía a punto de romperse, mientras el temblor se iba extendiendo por el brazo–. Por favor.

Claudio levanta los ojos, entrecerrados por el sol.

–¿Le has preguntado eso?

–Después de enseñarme sus fotografías de estudio, estábamos hablando de mi madre y de ella. Le he dicho que, de haber podido, me habría gustado pintarlas a las dos.

–¿Y Josefina qué te ha respondido?

–Me ha pedido que me vaya.

–¿Así, sin más?

–Sí.

Claudio se mesa el cabello anárquico, tratando de peinarse, con la mirada fija en la marea de luz terrosa proyectada sobre los ventanales de la torre de control. Por un instante le parece que no está en la intemperie cálida del nuevo aeropuerto, apoyado en el coche de Susana, sino a los pies de la cama de Águeda.

–Así que lo has encontrado... Siempre pensé que tu madre lo guardaba. Yo te hablaré del cuadro, y también del pintor.

42

La voz del piloto anuncia por megafonía que en menos de veinte minutos iniciará el descenso sobre Bruselas. La guía de la ciudad reposa boca abajo sobre la bandeja del asiento delantero. Comenzó a leerla antes de despegar y le sorprendió encontrar, en la lista de lugares recomendados, la Taberna Greenwich. En apenas cuatro renglones se destaca la belleza de su decoración *art nouveau,* sus torneos de ajedrez desde los años veinte y la inauguración del primer museo sobre Magritte, hace ya medio siglo. Según le contó Ode por teléfono, mientras le enviaba por correo electrónico su billete y la tarjeta de embarque, nada de eso existe ya, pero forma parte de la historia del café: tanto como la predilección del pintor por sus originarias paredes verdes, que le había llevado a celebrar allí su tertulia, con poetas y pintores en ciernes, más jóvenes que él, en una de las mesas junto a los ventanales. Da la vuelta al libro y se encuentra con el Atomium en la portada, como una carambola de planetas metálicos.

Susana recuerda la conversación con su hija. Cuando dejó a Claudio en la entrada de su urbanización ya había anochecido. Después de haberle escuchado durante toda la tarde, parecía que ya no tuvieran nada que decirse. Permanecieron un rato fuera del coche, sin hablar ni mirarse. Susana se dejó contener dentro de su abrazo, como si en la cavidad adusta de ese cuerpo encorvado, tan cerca del agotamiento, tras una evocación que parecía haberle dejado exhausto, hubiera recuperado, mucho más tangible que las escenas de visitas anteriores, de contorno impreciso, con voces sombreadas tras el vaciado de las habitaciones, mientras unos extraños distribuían sus recuerdos en cajas, su auténtico pasado, descubierto y compacto, con su propia estructura, su desgaste y también su derrumbe inminente, pero todavía erguido en su digna y precaria solidez.

Al arrancar, antes incluso de tomar la desviación que le conduciría a la ciudad, Susana ya había decidido que esa misma noche llamaría a su hija. Mientras escuchaba a Claudio, recordó que Ode las había invitado a pasar unos días en Bruselas. Desde entonces, durante las últimas semanas, ni siquiera se lo había llegado a plantear, aunque no lo había olvidado; pero tras la conversación con Claudio, más allá del deseo natural de ver a Ode, se había despertado en su interior otra necesidad.

Nora ya le había animado a que se fuera unos días con su hija, y Susana sabía que, con el apoyo de la enfermera, podía estar tranquila en lo relativo al cuidado de su madre. Todo en el transcurso del camino de vuelta se le volvió más lento: la densidad del tráfico, el encadenamiento de semáforos en rojo o incluso su impericia al aparcar en la cochera del edificio, como si el súbito nerviosismo que sintió ante la inmediatez de la llamada le hubiera hecho olvidar las maniobras al bajar por la estrecha curva en pendiente de la entrada. Le pareció que el ascensor tardaba demasiado en quedarse libre y trató de distraerse adivinando qué vecino lo mantendría ocupado. Entonces consultó el reloj y calculó que a esa hora, a las nueve, era posible que Ode ya hubiera regresado a su casa.

Abrió la puerta del piso y fue hasta el dormitorio: encontró a Nora sentada junto al lecho de su madre, leyéndole una novela. No la identificó, aunque pertenecía a la vieja colección que habían rescatado de su biblioteca. En la sobrecubierta distinguió el dibujo del Kremlin sobre un cielo encarnado. Águeda la observaba desde el colchón, con la sábana cubriéndole hasta el vientre y los ojos muy abiertos, como si las palabras de Nora estuvieran ganando otra resonancia en su retina y pudieran tocar un misterio mayor que su significado, habitando su nuevo territorio de extensa claridad.

Encendió el ordenador y vio que su hija estaba conectada al programa de videoconferencia en Internet. La llamó y esperó. Cuando la imagen empezó a generarse en la pantalla, como una espiral líquida, definida en el rostro blanquísimo de Ode, con el brillo broncíneo de su pelo corto, y pensó en la escena que acababa de contemplar, con su madre en la cama y Nora junto a ella, velándole el principio del sueño, por primera vez estuvo segura de su decisión.

Primero le preguntó si seguía viniéndole bien que fuera a visitarla a Bruselas. Claro, le había respondido Ode. Pero ¿cuándo sería? Susana le había contestado: En cuanto me saques el billete, si no te importa hacerme la gestión. Su hija no pareció sorprenderse, pero quiso saber si había ocurrido algo, porque la notó alterada, aunque no se lo dijo. Susana le explicó, mientras notaba cómo el pulso se le iba acelerando al rememorar las horas recientes, las revelaciones de Claudio. Su hija la escuchó en silencio, a pesar de las dudas que le suscitaba la conclusión final del razonamiento de su madre, en el que se imponía una argumentación que parecía la única posible. Antes de preguntar a Claudio de una forma aún más directa, Susana había evocado las tardes transcurridas en aquel sofá, con Águeda, tantos años atrás, cuando miraban una y otra vez aquellas láminas, que apenas eran, verdaderamente, unas voluntariosas copias de Magritte. Pero quizá algo se pudiera adivinar, escondido en aquellos trazos resolutivos de colores vibrantes: una especie de latencia interrumpida que, tanto tiempo después, ella se proponía comprender, como si pudiera volver a habitarlos con una reescritura de su percepción y la memoria fuera una elaboración cíclica. Había revivido el interés que su madre le transmitía al compartirlas, recorriendo también los vericuetos y los pasadizos de los cuadros, todas las cortinas oscilantes, de apariencia apacible, o aquellas puertas interiores que se abrían al precipicio de un mar extendido, como si en el espíritu de cualquier edificio conviviera la lógica arquitectónica con un temblor onírico al acecho de sus elementos cotidianos. Esa interpretación, esa forma poética de contemplar casi obsesivamente no sólo a Magritte, sino al hombre que había intentado emular a Magritte en aquellas reproducciones, había determinado su concepción del hecho de pintar, porque le había hecho exigir a cualquier manifestación artística una capacidad de tránsito, desde una latitud reconocible hacia otra superior, plena, en la rotundidad de sus descubrimientos sugeridos, con una infinitud horizontal y acuosa tras la extrañeza de los cuerpos aislados, como unos figurantes de la veracidad que pudieran ser, con la intermediación de la pintura, delineantes de otra imaginación, sobre sus esferas suspendidas, como lentos satélites despiertos.

Todas las copias tenían una J en la esquina inferior derecha. Formaba también parte de su recuerdo. Alguna vez, de niña, le había preguntado a su madre por esa letra diminuta. Águeda le había restado importancia, como si fuera otra característica del lienzo, tan intrascendente como sus primeras arrugas o el apelmazamiento de algunos tratamientos del color. El autor firmaba con una J tan pequeña, le había dicho, porque era incapaz de sentir nada parecido a exhibicionismo del creador y además no era ajeno al mérito relativo de unas reproducciones. Debía de apreciar mucho a Magritte para haberse decidido a hacer toda esta serie, pero no creo que le moviera nada diferente a esa admiración. Cuando Susana quiso saber por qué las tenía ella, su madre le respondió: Él me las regaló, con esta misma carpeta, y yo las he guardado desde entonces. El proceso que siguió después la mente de Susana, cómo lo fue olvidando mientras las palabras se asentaban en el limo de las conversaciones desvaídas, con retazos de frases, se le había presentado como un eco reciente, reactivado al escuchar el relato de Claudio, en su primera visita: su nombre era Jérôme. Seguía a Magritte como si fuera el profeta de una nueva religión y aseguraba que el arte ya no era posible como representación más o menos fidedigna, sino como escenario del encuentro entre lo visionario y lo real. Pero pronto descubrimos que, al contrario de lo que era frecuente, carecía de vanidad: es posible que también tuviera conciencia de sí mismo, y hubiera asumido que no era un hombre especialmente brillante, porque no había logrado generar una expresión propia, lo que se llama el universo de un pintor; pero a lo mejor, y tampoco se puede desechar, ni siquiera le sedujo la idea de intentarlo, porque quizá no lo necesitó, y por eso concentraba su esfuerzo en esas copias, que era capaz de encadenar con una facilidad pasmosa y vendía después para vivir. Las llevaba en un carpetón verde: el mismo que Claudio había escrutado sin inmutarse, pero con la suficiente intensidad como para que Susana lo notara, mientras ella había fingido no advertirlo, recolocando el embozo de la sábana bajo la barbilla de su madre, que les observaba con una relajada impavidez.

Háblame del pintor, había comenzado Susana, mientras daba el primer sorbo al café, y así se lo repitió luego a su hija a través del micrófono en la cámara del ordenador. De aquella última noche en Bruselas, cuando mi madre te regaló el álbum que has guardado durante sesenta años. Explícame las razones que llevaron a mi abuelo a ir a buscarla, porque he leído un telegrama en el que le promete que llegará en tres días y todo se solucionará. ¿A qué se refería? Me dijiste que estuvisteis dos años sin saber nada de ella: desde que se quedó con el pintor, hasta que os la volvisteis a encontrar, pero ya aquí, casada y con una hija. Me gustaría que me contaras, si lo sabes, por qué mi madre regresó a Bruselas quince años después, cuando yo tenía ya diecisiete, unos meses antes del nacimiento de Nora, sin que mi padre la acompañara. Y, sobre todo, quiero saber el motivo de que a partir de entonces Josefina y tú dejarais de venir a visitarnos y mi madre, durante mucho tiempo, no volviera a mencionaros a ninguno de los dos, hasta que un día nos llamaste y se reanudó la relación, pero ya únicamente por teléfono. Sé que la última vez, junto a la cama de mi madre, te guardaste dentro muchas cosas. Cuéntame la verdad de esa fotografía, en la que saludáis sobre las mesas del café de Bruselas. Háblame del hombre que la hizo. Háblame de Jérôme.

43

Absorta en el vaivén de la cinta transportadora, con ese traqueteo simultáneo de láminas seriadas, Susana se va adentrando en la profundidad del sonido llegado del subsuelo, como largas cadenas de montaje desde un abismo con accidentados montículos de maletas enormes, bolsas y paquetes embalados, aguardando a la expulsión del primer bulto a la luz halógena de la sala de recogida de equipajes, igual que una palabra que pudiera ofrecer su timbre más allá del pozo, toda una expresión desde su hondura artificial, en la que permanece sepultada, porque se congeló cuando debiera haberse pronunciado y ahora, al reclamarse, sólo podrá volver a remontar la vida arrancada del tubo digestivo, saliendo del esófago a jirones abiertos por el alambre cortado de su voz.

¿Cuántos minutos lleva dando vueltas la cinta vacía? De pronto se detiene, se apaga el monitor con el número del vuelo y la ciudad de procedencia y su ruido se extingue. Claudio, una semana antes, se había remangado la camisa hasta los codos: es increíble lo que han subido las temperaturas estos últimos días, le había dicho, con el whisky por la mitad. Susana le miró sin pestañear, porque había terminado la prorrogada liturgia de las evocaciones y hacía más de dos horas que ella sólo esperaba la narración de un capítulo, el único que quedaba colgante del recuerdo que había comenzado a elaborar, aunque no hubiera vivido la mayoría de sus episodios, salvo la conclusión accidental que la había escogido a ella como protagonista.

Esto es más difícil de lo que te puedes creer, había comenzado, sin despegar los ojos de las uñas, muy cuidadas, y de las articulaciones de sus dedos, como nudos envueltos por la piel estirada, en sus bolas de hueso. Son ya demasiados años y a mí, a estas alturas, lo único que me importa es acompañar a mi mujer el tiempo que nos queda, que seguramente, y te lo digo sin esperanza de equivocarme, será poco. He aprendido a querer a Josefina; no a amarla, pero sí a sentir por ella un cariño más hondo que todas las pasiones. Y como las he tenido, sé de lo que hablo. Pero quieres saber, y además tienes derecho. Mira que lo he intentado, sonríe, todavía sin levantar la vista de sus manos; pero cuando te he visto llegar he comprendido que no te ibas a ir sin la parte del relato que puedo ofrecerte. Porque no lo sé todo, así que no podré relatarte el final de una historia que se dejó de escribir hace mucho. Gran parte de lo que te he contado es cierto: un día tu madre dejó el grupo de teatro y se fue a vivir con Jérôme. No es verdad que yo no le conociera demasiado: en realidad, nos hicimos muy amigos. Era un tipo guapo, aunque algo quebradizo, más estilizado todavía por el chaleco que solía llevar: lo estoy viendo, con la cadena del reloj dorado de tu madre colgando del bolsillo. Tu abuelo se lo había entregado antes de salir de viaje y ella se lo regaló. Tenía una cierta apariencia de fragilidad, pero con un carácter que te conquistaba sin pretensión ni estridencia, con una especie de timidez segura de sí misma que podía abrirse paso entre una multitud sin necesidad de pedir permiso para hacerlo. Así era Jérôme. Cuando te escuchaba y te miraba a los ojos, tenías la impresión de que era capaz de concentrar toda su atención en lo que le estabas diciendo. Porque realmente le importaba, ¿sabes? Era ese tipo de persona que se preocupaba de verdad por ti. Creo que fue eso lo que conquistó a tu madre. Y a todos. Pasamos juntos unas semanas deliciosas, para qué negarlo. Yo había comprendido que nuestra historia a tres bandas terminaría antes o después: Águeda jamás se hubiera enamorado de mí, y su relación con Josefina ya estaba tocada cuando apareció Jérôme, aunque Josefina no llegó a aceptarlo nunca. Y quizá ahí comenzó todo. En su negativa a comprender que tu madre era un ser, y en esto sí te dije la absoluta verdad, demasiado grande como para pertenecer a nadie, y menos a una persona con el afán de posesión de Josefina. Ella había vencido muchas resistencias interiores para estar con tu madre. O para estar con los dos, mejor dicho. Águeda podría haber generado su propio culto, lo habría hecho sin darse cuenta y todos nos habríamos convertido. Así era. Y Josefina nunca lo entendió. Incluso cuando todavía estaban juntas y yo me había apartado de ellas, cualquiera que las hubiera observado habría advertido que tu madre ya estaba fuera, que aquel momento había sido únicamente eso, un momento, una plenitud que habían vivido juntas, pero que ya se había extinguido. Tu madre tenía una capacidad especial para detectar cuándo algo terminaba. Josefina, en cambio, no la ha tenido nunca. En esa situación apareció Jérôme, y fue una balsa de cordialidad, de frescura, sin el dramatismo de las últimas semanas, cuando cada representación no sólo de *El pato salvaje,* sino también de *Casa de muñecas,* se convertía en un desgarro para Josefina. Lamentablemente tuvimos cierto éxito, y las funciones se fueron prolongando, lo que también alargó su agonía. En un principio, con Jérôme, todo pareció recon-

223

ducirse: Josefina y yo volvimos a nuestro noviazgo más o menos convencional, y a ellos se les notaba muy bien. Yo nunca había visto a tu madre tan feliz, tan rebosante de generosidad y de fuerza. Todo lo bueno que había en Águeda, que era mucho, Jérôme se lo potenciaba. Cuando estaba con nosotros, Águeda nos iluminaba; pero con él, además, nos parecía un sol vivo. Al final del verano hicimos una excursión a uno de los lagos de las afueras de Bruselas. Estábamos solos y bebimos bastante, como era normal entonces. A tu madre se le ocurrió que podríamos bañarnos y fue la primera en quitarse la ropa. Todos la seguimos. Al salir del agua, Josefina fue hacia ella y tu madre se dejó abrazar. Jérôme ya se había vestido y les pidió que permanecieran así unos minutos, antes de enfriarse, para tomar unos apuntes al natural. Ése es el cuadro que encontraste en el altillo del piso de tu madre, que él fue terminando las semanas siguientes. Al levantarse la brisa del atardecer, yo supe que nunca las volvería a ver así. Se fueron a vivir juntos y Águeda abandonó el teatro. Nunca tuvo, digamos, una vocación como la nuestra, y yo lo entendí. Josefina, en cambio, no. Tenía una relación extraña con Jérôme: le apreciaba, porque era imposible no hacerlo, y al mismo tiempo, cada vez que volvíamos de pasar un rato con ellos, se empeñaba en buscarle defectos. Poco a poco nos fuimos dejando de ver, sobre todo cuando nos contrataron para una gira por otras ciudades. Tu madre únicamente aceptó acompañarnos a Lovaina porque no pudimos encontrar una sustituta con tan poca antelación. Pero el teatro se había terminado para ella: le atraía la pintura y la posibilidad de aprenderla con Jérôme, que además tenía una buena relación con René Magritte. Eso, entonces, era su mayor motivación, para la que contaba, además, con el apoyo no sólo moral, sino también económico, de tu abuelo, el arquitecto. Así era tu madre: delicada, como una planta que hubiera que regar cada día, pero capaz de dar unas flores preciosas. También por Magritte vino todo, anudado al azar: lo malo, quiero decir. O lo peor. Resulta que se estaba preparando una antológica suya, porque ya entonces era un pintor muy reconocido. Jérôme se prestó a ayudarle con la logística del transporte de las obras, o Magritte se lo pidió, eso no lo recuerdo. El caso es que él tenía un coche muy grande, en el que, por cierto, habíamos hecho aquellas excursiones. Salió de viaje un día y tu madre se quedó esperándole en el piso que ya compartían en Bruselas. Esa tarde cayó un verdadero temporal, se destrozaron muchos árboles, cayeron auténticas toneladas de agua. El coche apareció destrozado al día siguiente, debajo de un camión. Se había quemado y los cuerpos apenas se pudieron identificar, pero encontraron su documentación. Fue en el viaje de ida y el maletero todavía estaba vacío, con lo que no se perdió ninguno de los cuadros. Pero los dos ocupantes, incluido el conductor, habían muerto calcinados. Cuando lo supimos, volvimos rápidamente a Bruselas. No te puedo describir cómo nos encontramos a tu madre. Desesperada. A punto de volverse loca. Estaba convencida de que el cuerpo del coche no era el de Jérôme. Y nadie le hacía caso, empezando por la policía, porque no existía ningún motivo para dudarlo, más allá del dolor que todos comprendíamos. Aunque yo también lo pensé. Algo en el estómago me decía que Jérôme no podía haber muerto. No de esa manera. Pero entonces no le di importancia, porque sólo nos preocupaba el estado de tu madre. Fui yo quien le escribió un telegrama a tu abuelo contándole lo sucedido. Él respondió inmediatamente con dos: uno para mí, que todavía conservo y que te puedo dar, agradeciéndome que me hubiera puesto en contacto con él y pidiéndome que cuidara de Águeda, y otro para ella: *Llegaré en tres días. Todo se arreglará. Tu padre.* Y así sucedió. Fue muy cariñoso con nosotros. Se ocupó del papeleo, recogió sus cosas y se la llevó de vuelta. La familia de Jérôme, si la tenía, no apareció.

La cinta vuelve a moverse, con el mismo ritmo monocorde, y la pantalla se enciende de nuevo. Las primeras maletas salen a la superficie entre golpes compactos mientras ella mantiene aún la resonancia de las frases de Claudio: poco después regresamos y, por un golpe de suerte, nos contrataron para una comedia musical. El resto fue como te lo conté: dos años después vinimos por primera vez. Claro que sabíamos que ésta era la ciudad de tu madre, pero habíamos perdido totalmente el contacto con ella desde los días en Bruselas. Cuando la vimos entrar en el camerino, después de la función, no lo podíamos creer. Nos presentó a su marido y, te lo digo con el mayor respeto, no entendimos nada, porque nos pareció, por así decirlo, aunque luego llegamos a tener con él un trato excelente, y era una persona muy respetuosa, una sombra. Ni mejor ni peor: una sombra. Y, desde luego, no tenía nada que ver con Jérôme. También nos encontramos contigo, que ya tenías dos años. Desde el principio, cuando te vimos, no tuvimos ninguna duda. Siempre hemos sentido algo especial por ti. A partir de entonces, ya no dejamos de venir, al menos una vez por temporada, con representaciones o sin ellas. Y nos quedábamos siempre en el Hotel Pacífico. Seis años después, ocurrió algo. Habíamos terminado una larga gira y estábamos cansados, con suficiente dinero ahorrado y ganas de hacer un viaje: pensamos que sería bonito regresar a Bruselas. Al principio, todo fue muy bien y Josefina se sentía feliz. Cogimos un hotel en la plaza de Sainte-Catherine y regresamos a nuestro restaurante francés, con su viejo aire a Montmartre, que seguía igual, con los mismos manteles a cuadros y sus pequeñas velas alumbrando las mesas. Una mañana, después de haberse marchado a visitar algunas tiendas de ropa mientras yo me quedaba tranquilamente en Le Cirio, leyendo y bebiéndome un oporto, Josefina volvió trastornada. Casi no era capaz de articular palabra y tardó varios días en recuperarse, aunque para cuando comenzó a sentirse mejor ya estábamos en el tren de vuelta a París, donde cogeríamos el avión. Me dijo que le había dado un ataque de melancolía. Supongo que no quisimos darle más importancia, cada uno por sus propias razones; después de todo, no eran extrañas en ella ni las caídas ni las exaltaciones imprevisibles. Pero unos meses después pasamos otra vez por aquí con una obra. Entonces le volvió el desánimo, más agudo, como si le estuviera naciendo desde dentro. Aguantó las funciones, pero se negó a ir a visitaros. Cuando le insistí cayó en un ataque de histeria más virulento de lo habitual. Me tumbé con ella en la cama de la habitación y se tranquilizó, pero entonces pensé que detrás de todo aquello debía de haber algo más profundo que sus nervios. Finalmente fuimos a veros y olvidamos el tema. Pasaron nueve años. Yo ya había advertido que cada vez que veníamos era presa de algún tipo de alteración, aunque no me parecía que tuviera nada que ver con vosotros, o con su antiguo afecto por tu madre. Faltaban pocos días para Navidad y tú debías de tener unos dieciséis o diecisiete años. Se desahogó, asegurándome que estaba soportando una agonía que la iba a terminar matando. Entonces le pregunté directamente: Fue en Bruselas, ¿verdad? En nuestro viaje. Fue cuando comenzó todo esto. Algo se quebró allí. Ella asintió y rompió a llorar. Luego, lo que me relató, estuvo a punto de matarme a mí también: sentí una fuerte opresión en los pulmones y se me disparó el pulso. Me dijo que aquella mañana, mientras yo la esperaba en Le

Cirio, se había encontrado con Jérôme. Había sobrevivido al accidente de coche, porque salió despedido, y habían confundido su cuerpo con el de un hombre que él mismo había recogido en la carretera, al que le había prestado su abrigo. Estuvo inconsciente varias semanas, y más de un año con amnesia, en el sanatorio de Charleroi, sin que nadie le reclamara ni pudiera identificarle. Pero sus heridas no eran graves y acabó recuperando la memoria. A partir de ahí, Josefina no recordaba bien el resto de la historia, pero no es difícil de imaginar. Tras restablecerse y recibir el alta médica, regresaría a Bruselas, donde ya no estábamos ninguno de los tres, porque tu madre se había vuelto con tu abuelo un año antes y nosotros también, poco después. Sin otra manera de poder contactar con ella, Jérôme no se habría resignado a no volver a verla. Seguramente vino a buscarla; pero cuando llegó, un año después del accidente, después de que todos le hubiéramos dado por muerto, descubriría que tu madre se había casado, y que además había dado a luz a una hija: tú. Entonces, para no destrozarla por segunda vez, decidiría marcharse, tan discretamente como había llegado, y desaparecer. Hasta que, varios años después, seis, volvimos a Bruselas y Josefina le encontró.

Nora le había ofrecido su maleta: dura y enorme, de un gris metálico que daba cierta impresión de solidez. Hacía ya semanas que estaba totalmente instalada, había guardado su ropa en el armario de Ode y la tenía vacía. La distingue sobre la cinta, grande como una coraza, y espera a que llegue hasta la curva. Cuando la coge y la arrastra hacia sí siente un ligero tirón en el costado. La maleta cae sobre sus ruedas. Susana comienza a empujarla lentamente y se dice que su hija ya debe de estar esperándola.

Tú ya eras una mujer. Estábamos en vuestra casa, con vosotros, bebiendo una botella de vino, brindando por todos esos años de visitas ininterrumpidas, y yo acababa de enterarme de que Jérôme estaba vivo. Josefina lo sabía desde hacía nueve años y no había dicho nada, nada, ni a tu madre ni a mí. Claro que no debía de haberle resultado fácil; pero a pesar de todo, incluso teniendo en cuenta el temblor de tierras que podía haber provocado, yo continuaba sin poder comprender su silencio. O lo entendía demasiado bien, pero me negaba a mí mismo la posibilidad de aceptarlo. En un primer instante, quise convencerme de que había callado para proteger a tu familia, para no despertar, de una forma cruenta, sentimientos de hacía diecisiete años, que debían de estar sepultados, en tu madre, bajo un alud de sufrimiento, renovación y vida: ella tenía un hogar y, si bien no parecía tan feliz como sabíamos que podía llegar a ser, irradiaba serenidad, y nadie tenía derecho a romper su equilibrio. Pero cuando salí de tu casa, aquella última vez, me sentí un miserable. Porque yo recordaba lo que Águeda había sentido por él, y ahora yo también sabía que seguía vivo. Y frente a la posible lealtad que le debiera al mutismo de mi mujer, sentía el peso abrasivo de seguir ocultándole la verdad a tu madre.

Así que esa noche, después de cenar, salí del Hotel Pacífico. Como siempre me ha gustado caminar, por la mañana o por la noche, a Josefina no le extrañó. Desde una cabina llamé a tu madre y quedamos en vernos media hora después, en uno de los bancos de la alameda. Llegó con un bonito abrigo rojo. Parecía cansada, pero aun así la encontré hermosa. Se había preocupado y había tenido que inventarse una excusa para salir tan tarde. Le pedí que se sentara y lo hizo, aunque inquiriéndome con una mezcla de curiosidad y preocupación. Entonces le conté la verdad. Nunca olvidaré su expresión, con el rostro a punto de romperse, hasta que se volcó sobre su regazo y se lo tapó con las palmas. No lloró. Se llevó la mano al pecho, como si no pudiera respirar, y de verdad temí que terminara allí mismo, ahogada en aquel grito demudado. Esperé más de una hora, hasta que se calmó. Luego se descubrió la cara. No sabría decirte si en sus ojos había ira o desprecio, lástima o comprensión, pero me taladraron, sentí que me cortaban de la frente a las piernas, abriéndome por dentro.

Pero me besó en la comisura de los labios y susurró: Gracias. Unos días después se marchó a Bruselas. Sola. Ése es el viaje por el que me has preguntado. Me imagino que a su marido no le quedó más remedio que aceptarlo. Lo que pudiera vivir allí no lo he sabido nunca. Recordarás que regresó una semana después. Unos meses más tarde la llamé por teléfono. Entonces me anunció que había vuelto a quedarse embarazada. Desde el nacimiento de Nora no volvimos a vernos, y ya no se movió jamás de aquí.

44

Cuando la contempla de perfil, al volante, Susana piensa que Ode es igual que su madre. Tiene el cabello más corto de lo que había podido apreciar en la pantalla del ordenador, cuando le envió la tarjeta de embarque y le dijo que iría a recogerla al aeropuerto. Las últimas semanas, ha tenido a su madre tan presente, sobre todo durante su primera juventud, que ahora le sorprende encontrársela ahí, conduciendo hacia la misma ciudad, con el cabello más pelirrojo hasta las orejas, descubriendo la altura marfileña del cuello; y casi puede sentir, en una punzada sobre la lengua, la tentación de preguntarle, como si su hija pudiera conocer el desenlace: porque Águeda está ahí, aunque la propia Ode no lo sepa, dentro de sus facciones, en su cadera grácil, de bailarina ahora reposada, con su música interna en cada movimiento del cuerpo, delicado y exacto, mecido en la penumbra de su propia armonía, más aposentada que la última vez que estuvieron juntas, el verano anterior, cuando fueron al Hotel Pacífico a pasar una tarde y el camarero las reconoció. Tras dejar atrás el aeropuerto de Charleroi, pierde la vista por la ventanilla en el atardecer anaranjado sobre la cresta de las viejas edificaciones parduscas de tres plantas, que guardarán otras biografías en los entarimados, en esas grandes puertas acristaladas, sin llegar a encajar del todo en sus quicios por la humedad que puja la madera, con su rechinamiento arañando el parqué y una sucesión de pasos inconexos, huellas que quizá no han dejado allí más surco visible que esas pequeñas cicatrices, contraseñas minúsculas que no distinguirán futuros inquilinos y que tendrán la clave de un relato en los muebles de la cocina, sobre la chimenea o a lo largo del bordillo de alguna ventana, como muescas marcadas al tratar de asomarse al viento enmohecido de la calle, cuando la vida sigue transcurriendo fuera y el ahogo palpable de los interiores consigue disolverse en una bocanada fría de aire carbonizado.

Aunque la haya visto crecer, le resulta inverosímil una semejanza de tanta perfección en los detalles; ese tipo de parecido no puede ser inocente ni ampararse en la casualidad genética, porque algo se esconde ahí, agazapado, una especie de íntima verdad que sólo le podrá pertenecer a ella, de manera que si logra recolocar los restos y mostrárselos, se dice, y de verdad lo piensa, esos mismos signos despertarán en Ode el trance natural de lo que fue, de cuanto se sumerge en otros ojos, con la hondura marina que resulta insondable para ella, hija y madre, pero que guarda en sus aguas inquietas una marea interior, con su propio lenguaje.

–Mamá, estás muy callada.

Sin apartarse del cristal, descubre su rostro sobre una de las fachadas, reflejada en la ventanilla, con la tensión sombría del ladrillo apagado, y distingue el cansancio hinchándole los pómulos.

–No dejo de pensar en todo lo que Claudio me contó. Fue muy intenso.

–También debió de serlo para él. No todos los días se confiesa algo así.

—Cuando le dejé en su casa, su gesto era distinto. Como si se le hubiera caído encima todo el peso de su edad. Le vi alejarse y me dieron ganas de acompañarle. No le quedó más remedio que intentar disculpar a su mujer, pero ha pagado el precio de aceptar que ella pudiera hacer algo así. Trato de imaginármelo, cuando descubrió la verdad y al final venció en él la honestidad con mi madre. También he pensado en Josefina, en su expresión febril al abrazarla en el cuadro: cómo pudo callárselo, cómo pudo ocultarle a su amiga Águeda, tantos años, que el hombre al que había amado estaba vivo.

—Quizá estos días has dedicado demasiado tiempo a pensar en todos ellos.

—Pero quien me preocupa es tu abuela. Es la primera vez, desde que tuvo el accidente, que me separo de ella. Pero a fin de cuentas tiene a la enfermera, y a tu tía Nora. Tendrías que ver con qué mimo la trata, con qué dulzura. Si no la conociera, pensaría que lleva toda su vida cuidando a personas mayores, o que siempre ha tenido una relación especial con tu abuela y que eso le facilita las cosas. Pero no ha sido así, y ahora es increíble descubrir cómo se miran. Después de haber pasado con ella este año y medio, y sus últimos meses de consciencia, por fin creo comprender por qué tenía tantas ganas de traerse a Nora de vuelta. Se había enterrado en vida; no ya por su trabajo, al que tu abuela le tenía manía, sino por esa especie de renuncia, su complejo de culpa por haber sobrevivido a Paul. Si vieras con qué delicadeza la mueve sobre el colchón y le cambia la ropa... Hasta le lee novelas. Tengo la impresión de que toda la oscuridad que ha atravesado, desde la muerte de Paul, la ha reconducido hasta nosotras.

—Es posible. Y ya es casualidad que me ofrecieran un trabajo aquí.

–No te creas que no lo he pensado. Tu abuela y tú, tan iguales, en la misma ciudad con sesenta años de diferencia. Parece una locura.

Ode acelera para alejarse de un camión que le estaba invadiendo el carril. Su gesto permanece inmutable, como si estuviera pensando todavía en la reflexión de Susana y no en la maniobra que acaba de hacer.

–Locura o no, lo cierto es que aquí estás. A mí tu razonamiento me sonó bastante sensato. De hecho, me he cogido estos días libres, y he averiguado algunas cosas.

–¿A qué te refieres?

–Te has traído el cuadro de la abuela, ¿no? Eso ya es algo.

–Sí, pero no nos vamos a dedicar a enseñarlo por las galerías de arte.

Han dejado atrás una torre industrial con forma de cápsula, iluminada por miles de bombillas. Está anocheciendo cuando entran en Bruselas.

–Pues no se me ocurre nada mejor. Mira, eso que ves a la derecha es la gare du Midi, y ahora entraremos por el boulevard Anspach. Vamos muy cerca, a la rue de l'Éclipse. Aparcamos, subimos la maleta a casa y nos vamos. No sabría explicarte, la verdad. Desde que me lo contaste, y más todavía al ver la foto del cuadro por e-mail, no he podido pensar en otra cosa, porque ha sido como descubrirme a mí misma dentro de algo que jamás he vivido. Esta ciudad tiene un gran mercado de antigüedades: en sus tiendas puedes encontrarlo, literalmente, todo. Conozco varios sitios muy buenos, especializados en obras anónimas, y un establecimiento de subastas en la rue de Laeken. Si se han visto por allí otras pinturas que guarden algún rasgo en común con la tuya, o de un estilo similar, pueden ayudarnos a seguir su rastro. Pero, antes, estoy deseando ver tu cara cuando descubras dónde he reservado para cenar.

Las paredes verdes son muy altas. En los arcos y en las columnas, revestidas de madera, hay pequeñas incrustaciones con formas vegetales. Las lámparas cuelgan con sus grandes esferas luminosas sujetas por los lazos curvados de bronce. Hay un aparador lleno de botellas, con una antigua caja registradora de latón. Los compartimentos de los laterales tienen las mesas de mármol rojizo, sobre unos pies de forja. Al final del salón, sobre su amplio fondo de espejo, se distingue una bóveda de cristal azul.

Cuando lee el nombre sobre los ventanales, no puede creer que estén entrando en la Taberna Greenwich. Ode observa su gesto admirativo ante cada detalle del café, como si estuviera asistiendo a la revelación de una escenografía. La mayoría de las mesas están ocupadas. Susana se decide por una de las primeras, pegando la espalda al cómodo asiento de piel y contemplando, con lentitud sonámbula, los arcos refulgentes bajo la luz planetaria de las lámparas con forma de esferas, que parecen a punto de precipitarse sobre el mármol cobrizo de las mesas y empezar a rodar, en su órbita de cuerpos alejados del aire, tras su promesa recuperada en la fotografía que Susana rememora como si estuviera sucediendo otra vez y hubiera cruzado las puertas de otra noche, con la cámara al cuello, para fijar su instante de estallido sin contorno de tiempo.

–Hija, tenías razón. Esto es una auténtica sorpresa.

Al entrar en su casa, tras dejar la maleta en su cuarto, ha sacado la fotografía de Águeda que le dio Nora, en aquella instantánea con los hombros cubiertos por tirantes amarillos, salpicados por una lluvia porosa. Cuando se la ha entregado a Ode, con un marco metálico rojizo, ella se ha quedado paralizada. Después han contemplado la pintura, con Águeda y Josefina en aquella esplendente juventud. Susana la ha mirado desde otra perspectiva: no extendida ya sobre una mesa, mientras la examina con su hermana, tratando de encontrar una explicación a la sensualidad, ni tampoco esperando a que Claudio, al asistir de nuevo a su relato, rememorara con exactitud aquella situación dormida en su recuerdo; porque de alguna manera, al examinarla desde una realidad tan diferente, en casa de su hija, en la misma ciudad en que su madre había sido retratada, Susana ha tenido la impresión de que la escena se ha recuperado al agrandarse, dentro de unos ojos que la reconocen, en la reconstrucción de los retazos de una realidad cíclica, en esa misma tarde junto al lago que aún sigue cayendo en su lenta planicie.

—Ha estado cerrado —comienza Ode, satisfecha ante el asombro de sus ojos cansados, que parecen haber despertado de nuevo— y lo han restaurado hasta dejarlo como el día que se abrió por primera vez. Yo nunca me había decidido a entrar, porque tenía un aspecto deprimente, aunque mantuviera cierto sabor. Un amigo me ha dicho que en los últimos años era muy distinto: casi siempre estaba vacío y sólo venían unos parroquianos irreductibles a jugar al ajedrez. Recuerdo que al pasar, desde fuera, las paredes se veían muy ennegrecidas a través de las ventanas, seguramente por el humo del tabaco, acumulado durante miles de horas de ajedrez. Todavía hay varios tableros, con sus piezas, más como un homenaje a lo que fue, porque sus famosas partidas simultáneas, o las mantenidas por correspondencia, con jugadores de otros países, durante años, hacía ya bastante tiempo que habían terminado cuando cerró sus puertas.

236

Ode pide dos Rochefort 10. El camarero les recomienda las hamburguesas.

–¿Te lo imaginabas así? –le pregunta, con dos copas rebosantes entre ellas.

–Creo que no me lo imaginaba de ninguna forma. Casi puedo verlos a los tres, allí al fondo, bailando sobre unas mesas. Claro que en esa escena no parece tan tranquilo como ahora, y los ajedrecistas dejan sus partidas a medias para brindar con ellos. Entonces entra ese muchacho, Jérôme, y hace la fotografía: a través de ella mira a Águeda por primera vez, pero también yo puedo contemplarla sesenta años después, antes de colgarla en su dormitorio, mientras ella, Águeda, convertida en una anciana, se va hundiendo en su sueño. Entre medias, un viaje del que no sabemos nada. Quizá cuando volvió vino otra vez aquí. Incluso pudo estar en esta mesa.

–Es bastante probable. En cuanto a la respuesta, solamente podemos fabular. Qué vino a hacer a Bruselas diecisiete años después, al revelarle Claudio que el pintor no había muerto. No hay más que una explicación.

Susana prueba la cerveza. El golpe áspero en el paladar le deja un regusto dulce y almendrado, con un sabor medido por su calambre denso.

–Buscarle. Intentar dar con él. A partir de ahí, todo es posible.

–Pero sólo estuvo aquí una semana. Tú fuiste a esperarla a su vuelta.

–Sí, con mi padre. Fueron unos días difíciles para él, estaba muy nervioso. Nunca lo olvidaré, porque fue la primera vez que les vi abrazarse. No es que no fuera cariñoso, sino que le costaba, sentía incomodidad. Y seguramente ni siquiera sabía cómo hacerlo. Siempre he valorado aquel gesto de él. Llevaba un ramo magnífico de rosas blancas.

Fuimos a comprarlo a la floristería favorita de mi madre y me preguntó si le gustarían. Pensé que no la conocía en absoluto, aunque después comprendí que la reverenciaba. Desde luego, acertó con el recibimiento... Pero ya había tomado una decisión: porque, con independencia de lo que hubiera encontrado en esta ciudad, ella había elegido regresar con nosotros.

—Eres increíble. Has venido a completar su viaje. A saber qué le pasó.

—No sé muy bien a qué he venido, la verdad. A descansar después de un curso agotador y pasar unos días con mi hija. Y a tomar algo de distancia con la situación de tu abuela, su enfermedad y su deterioro, que me hiere de una manera silenciosa, más dura de lo que imaginas, porque ella sufre mucho; aunque también es una experiencia, en otro sentido, maravillosa. Siento como un privilegio que me ha sido dado poder alimentarla, lavarla, vestirla y curarla, ver cómo la vida todavía bulle en ella, a pesar de su limitación, con sus ojos fijos en mí; y también entornados, a veces, como si los cerrara para no ver. Venir ha sido un impulso y lo he decidido deprisa, o no habría sido capaz de separarme de tu abuela. Porque no puedo pasar alejada más de estos seis días, que ya me parecen muchos: es el mismo tiempo que ella pasó aquí cuando volvió. Pero sí, me gustaría conocer un poco esta ciudad, pasear por los sitios en los que pudo estar, imaginarla aquí. Porque descubrir qué estuvo haciendo durante aquella semana, después de tantos años y sin más pistas que un cuadro y el álbum fotográfico de una representación que ya nadie recuerda, es un empeño imposible. Aunque si ese Jérôme estaba todavía en Bruselas cuando regresó, conociéndola, estoy segura de que consiguió encontrarle.

45

−El sueño ha sido extraño. Demasiado real. De hecho, esta mañana −comienza, mientras unta la tostada y vuelve a comprobar cómo ella deja caer el azúcar en el fondo, sin removerlo después−, cuando me he despertado, todavía he sentido un cansancio terrible en las piernas, como si me hubiera pasado corriendo toda la noche.

Josefina asiente y le señala la tarrina de mantequilla, que él le alarga. Extiende la vista sobre la superficie terrosa, con un brillo arcilloso matizado y una temperatura fresca que les ha hecho salir a la terraza.

−Te estuve esperando hasta la noche, vi que no volvías y me acosté. Si tú puedes salir, yo también soy libre para no continuar preocupándome.

Claudio paladea el primer sorbo de café cargado.

−Susana me invitó a comer y pasamos la tarde juntos. Fue muy agradable. Luego te llamé y no contestaste. Llegué con tiempo para la cena, pero estabas dormida.

−Ya vi ayer a Susana. Pero me ibas a contar el sueño. Decías que ha sido extraño.

Claudio termina de masticar y suelta la tostada en el plato.

–Estábamos aquí, desayunando y teniendo una conversación parecida. Quizá la misma. Pero hablábamos de eso, que yo había vuelto demasiado tarde la noche anterior y todo lo demás. Llevabas uno de aquellos pijamas que solías usar antes. Era azul. Yo te pregunté si te apetecía acompañarme a la ciudad. A casa de Águeda, para volver a verla.

–Otra vez con eso –le interrumpe; pero suena lastimera, no cortante, con un dolor remoto que Claudio distingue en su mirada–. Te pido que no insistas. He tenido bastante con una sola vez. Es inaceptable verla así.

–Déjame seguir. Bajé la calle y fui hasta la parada del autobús. Tardó media hora, pero al final llegó y me subí. La carretera me sorprendió, porque me pareció peor, con muchísimos baches, y me hizo recordar el traqueteo de aquel tren, el que cogimos cuando nos seleccionaron para el festival de teatro, con los asientos de madera. Entonces tuve un sueño dentro del sueño mismo y volví a vernos a los dos encima del escenario, aunque el argumento era distinto: se continuaba llamando *El pato salvaje* y seguía siendo de Ibsen pero en realidad trataba de nosotros, de cómo sería nuestra vida, y terminé de recordarlo al divisar la costa, mientras el autobús entraba por el norte de la ciudad, habiendo dejado atrás una amplitud yerma, sin una sola casa, chabola, construcción, nada: sólo una extensión que daba paso a los primeros edificios. La última parada del autobús era la plaza del Teatro Latino. Habíamos actuado allí muchas más veces de las que podía recordar: y había sido estupendo, Josefina, habíamos tenido auténtico éxito como primeros actores y era maravilloso saberlo. Así que me bajé y entré por la puerta principal. El acomodador me reconoció y me preguntó por ti. Yo le hablé con entusiasmo de nuestra nueva vida, relatándole una felicidad que empezaba a ser cierta a medida que se la contaba. Le dediqué un par de fotografías. Y entré en el ambigú. Me asomé a uno de los balcones y sentí que el cielo descendía, empujándome mansamente. Había bastante gente, pero no conocía a nadie. Los carteles de las paredes anunciaban obras de las que nunca había oído hablar. Uno de los camareros me reconoció. Mire lo que hemos colgado ahí dentro, me dijo. Le seguí y, efectivamente, en mitad del comedor había un retrato mío, pero no te vas a creer cuál: aquella foto de estudio que me hice en Bruselas y te regalé cuando nos prometimos. La tenían allí, en color y firmada; no recuerdo la dedicatoria, aunque desde luego era mi letra. Pensé que iba a tragarme el suelo de baldosas blancas y negras, porque se volvieron maleables, como un tablero enorme de ajedrez en el que todas las piezas terminaran por hundirse, y sentí un remolino debajo de los pies. Descubrí, colgadas alrededor de la barra, otras fotografías nuestras, cientos, como si hubieran vaciado nuestros álbumes: estaban allí todos los momentos que podía recordar y también otros muchos que nunca hemos vivido, solapados, engulléndose entre sí, entre paredes elásticas, y también este instante, antes de que las baldosas terminaran de engullirme. Entonces cerré los ojos y después comenzamos a bucear juntos, tú y yo, dentro del teatro, convertido en un palacio lleno de escaleras, corredores y pasadizos, con amplios cortinajes, grandes camas redondas y cojines flotantes. Las estancias se inundaban y nosotros conteníamos la respiración con facilidad, como si guardáramos en los pulmones el oxígeno del mundo, y tú me señalaste las imágenes de la pared: eran las mismas de antes, pero había alguien que las estaba pintando, enlazando las nuestras con otras historias. Aunque era imposible ver su cara, nosotros ya sabíamos quién era: le habíamos reconocido por el movimiento fluido de su mano dirigiendo el pincel sobre los lienzos, en los que discurría nuestra vida con las infinitas posibilidades de rectificación y cambio, sus decisiones y sus

241

consecuencias, como hilos colgantes que formaran un penacho mayor que nos vestía y nos multiplicaba, en el que nos volvimos a adentrar. Seguíamos buceando con fluidez por las habitaciones, con las paredes cubiertas por un empapelado granate, del color de tu felpa. El brillo del color se modificaba por la corriente verdosa, azulada en algunos tramos por la luz de la calle, hasta que también el sol se fue poniendo y comprobamos que al otro lado de las ventanas el agua se había vuelto impenetrable: entonces dejé de verte y traté de seguir buceando en la oscuridad. Y desperté.

Ya en silencio, se vuelve a acercar la tostada a la boca, pero está fría. El horizonte se ha tornado blanquecino y se levanta un viento raso.

A Claudio le sorprende verla mover la cucharilla dentro de la taza, mezclando el azúcar que ha permanecido estático en el fondo durante el relato de su sueño. Bajo el brillo cansado y mortecino del cielo, Josefina le mira atentamente. Sus ojos parecen haberse agrandado, como si pudieran contener toda la vastedad de la tierra encendida.

–No sabemos seguro adónde vamos –comienza Josefina, mientras se lleva la taza a los labios–. Desde luego, no vamos a seguir encerrados en ese lugar, porque allí no hay nada. Aunque tratásemos de fingir, entre nosotros, que estábamos muy bien, después de tanto tiempo ahorrando para poder pagarlo, hasta la peor pensión nos parece más acogedora. Toda la vida soñando con tener un piso, sí; pero ya no sabemos, se nos ha hecho tarde, no tenemos hijos y necesitamos volver a nuestros sitios, con los compañeros, la mayoría algo más jóvenes, que siguen trabajando y hospedándose por temporadas en las casas de comidas a las que hemos ido todos estos años. Aunque ya no figuremos en una compañía, eso no significa que no podamos volver. Porque allí nos conocen, nos aprecian, y en ese edificio, en cambio, estamos solos. Hace unos días, después de que Claudio tuviera un extraño sueño, pensé que no quería morirme allí. Y se lo dije: ¿Qué te parece si dejamos esto, lo vendemos, y con lo que tenemos ahorrado, que es suficiente, regresamos a nuestra vida de antes? Además será barato, porque sólo gastaremos en hoteles, trenes y autobuses, y después de tanto tiempo nos sabemos de memoria los horarios, nuestros restaurantes preferidos de cada ciudad, los barrios por los que nos gusta pasear, las tiendas, los museos, nuestros médicos, todo. Es como si después de una vida representando por esas ciudades, unas grandes, otras más pequeñas, algunas casi pueblos, pero todas con su teatro, nuestra propia ciudad se hubiera ido construyendo con retazos de cada una de ellas. Seguiremos pasando por los mismos hostales en los que nos quedábamos antes. Nos costó muy poco decidirnos: con la urbanización vacía, desde que se supo que el nuevo aeropuerto definitivamente no funcionará, exceptuándoos a vosotras, tampoco en esta ciudad nos queda nadie. Vámonos, me respondió él. Y tardamos un día en volver a hacer el equipaje. Entonces pensamos empezar aquí, porque siempre que hemos venido nos hemos alojado en el Hotel Pacífico. Cuando supimos que lo iban a demoler decidimos pasar una última noche y venir a veros. Por cierto, Nora, es una lástima que no hayamos podido despedirnos de Susana, pero me imagino que llevaba demasiado tiempo sin ver a su hija. Dile que en diciembre volveremos, como hacíamos antes, a pasar unos días. Todavía las estoy viendo: a tu hermana, muy niña, y a tu madre, con todos los camareros pendientes de ellas. Qué pena de hotel, porque era maravilloso. Me pregunto si aún quedará allí alguien que nos recuerde.

46

Ode sabe que antes de la caída, mientras pudo valerse por sí misma, Águeda había mantenido la costumbre de acudir cada tarde a la cafetería del Hotel Pacífico. Siempre la habían tratado con veneración, porque al director le encantaba que la bella hija del prestigioso arquitecto, con su vanguardista terraza del salón de baile, que integraba el mar en la disposición de todo el edificio, apareciera para sacudir el aire del salón con sus vestidos largos y esa impresionante melena pelirroja.

Después de su regreso del viaje teatral, a pesar de haber sido cortejada por algunos de los hombres más ricos y atractivos de la ciudad, se había casado, sorpresivamente, con un proveedor del que sólo se conocía su afición al deporte, especialmente a la lucha grecorromana, algo tosco, introvertido y con una huraña integridad, que a pesar de no entender sus ideas avanzadas sobre arquitectura, arte y vida, se había hecho muy amigo de su padre, el arquitecto Eladio Halffter. Durante los primeros años del matrimonio, sobre todo desde el nacimiento de Susana, las visitas a la terraza del Hotel Pacífico se fueron haciendo cada vez más aisladas. Pero después del funeral de su padre, quizá como una forma de sentir su presencia en los sofás de sus grandes salones, había recuperado la costumbre de pasar allí las tardes, escuchando al pianista, con un cóctel de champán, sentada frente al océano.

Por eso durante sus últimas vacaciones, cuando ya se había publicado la noticia de la próxima demolición del hotel, Susana le dijo a Ode:

—Vamos a tomar café al Hotel Pacífico, como tanto le gustaba hacer antes a mi madre. A fin de cuentas fue un proyecto de tu bisabuelo.

Un camarero que parecía muy mayor las reconoció al verlas. Se había acercado con una mezcla de respeto y ceremonia, exquisitamente ataviado con chaquetilla blanca y pajarita, mientras el mar batía al final del césped, delante de las amplias cristaleras, dando la impresión de que en cualquier momento podría inundar la terraza.

—Usted debe de ser Susana, la hija de la señora Águeda. Y usted tiene que ser su nieta, claro. El parecido es fascinante. Perdonen que se lo diga, pero la señora Águeda ha sido una de las mujeres más hermosas que he visto, y he conocido muchas, porque por aquí han pasado hasta actrices famosas: pero ninguna con ese pelo rojo o su porte. Siempre la hemos querido, y cuando hace unos años volvió a venir me dio mucha alegría, porque todos los de mi quinta, de la que ya sólo quedo yo, admirábamos mucho a Eladio Halffter, que era un gran señor: no solamente un arquitecto famoso, sino todo un *sportsman*, con verdadera altura como persona, elegante en el vestir y en el trato, serio cuando debía serlo, pero muy encantador. Daba gusto escucharle, lo mismo hablaba con uno que con el alcalde o un ministro, y trataba a todo el mundo por igual. Este hotel —continuó-

hace ya mucho tiempo que no tiene ese ambiente, y el día que me enteré del problema de salud de la señora Águeda, comprendí que era uno de los últimos testigos de aquellas noches de fiesta. Cuando vuelvo a mirarlos me pregunto dónde acabarán los recortes de periódico que se guardan en los archivos, porque esos momentos sólo tendrán sentido en la memoria de los hombres y mujeres que los hemos vivido, pero ya apenas quedamos unos pocos de aquella época. Por eso a veces incluso llego a dudar si aquellos bailes de gala se celebraron realmente en este salón, que ahora siempre está desierto. Supongo que cuando echen abajo estas paredes, dentro de unos meses, nadie va a preocuparse de guardar aquellos recuerdos y se los acabará tragando el mar.

Águeda lo ha oído en la televisión que Nora le ha instalado junto a la cama, sobre una mesita, pensando que podría distraerla. En el telediario dan la noticia de la futura demolición del hotel, informando de los distintos proyectos para edificar en el solar un complejo sofisticado, adaptado a las nuevas necesidades del sector turístico. Nora entra en el dormitorio a tiempo de escuchar que conservaría su nombre original y mantendría en sus puestos a los miembros de la plantilla que no eligieran la prejubilación. Entonces recuerda la descripción que Susana le había hecho de los síntomas de una convulsión y le sacude la nuca percibir el golpeteo interno de los dientes, rechinando violentamente entre sí, mientras el gesto de su madre se desfigura violentamente, con apenas tiempo de darle la pastilla y marcar el número de urgencias, mientras sus ojos azules parecen voltearse. Después de que las enfermeras terminen de administrarle el tratamiento saca el televisor de allí y siente en la consisten-

246

cia de su peso una desesperación que ningún médico le podrá explicar: la de su madre, ahora sedada, pero temblando y descompuesta al oír que derrumbarán el hotel.

Mantenerla continuamente hidratada, inyectándole el agua con una jeringa en la sonda nasogástrica que le llega hasta el estómago, mientras se repliega, mansamente, la luz de la mañana, deslizándose sobre las paredes, para esparcir su brillo demacrado sobre el mueble hasta la tarde, cuando repite la operación y le cambia de nuevo la ropa de la cama, es para Nora una manera de distribuir el día, de ocupar sus segmentos.

Quitarle el camisón, dejándola únicamente con su pequeña llave dorada sobre el pecho, sujeta por una cadena, retirarle los pañales y lavarla encima de la cama. Cubrir la sábana con otra impermeable, moverla hacia un lado, de perfil, para asearla sin mojar el colchón; pasarle la esponja humedecida por los pies, los tobillos, las piernas, la interioridad de los muslos, las ingles, el vientre, la cadera, los pechos, las axilas, los brazos, y asistir al paisaje de una desolación que es, sin embargo, hermosa, o se lo ha llegado a parecer. Recuerda cuando iba con ella por la calle y los hombres todavía se volvían a mirarla, siempre con esa brillante cabellera pelirroja, mantenida aún como último vestigio de aquel cuerpo en esa geografía extraña y dolorosa de grietas, flojedad, vencimiento y caída, allá donde el dibujo natural de la carne había sido rotundo y generoso, lo que le hace evocar, de nuevo, el cuadro descubierto en el altillo, que su hermana, finalmente, aceptó llevarse a Bruselas cuando ella se lo sugirió. Le cura la llaga en uno de los glúteos, que llega casi al hueso, y después de cambiar la sábana bajera, la segunda de algodón, la de encima, el salvacamas, y apartar el colchón antiescaras, extendiéndole la crema cicatrizante en la espalda y los talones, recubiertos con protectores de piel de borrego para que el rozamiento, en su quieta molicie, bajo su propio peso recostado, no dañe todavía más la piel finísima, casi transparente, y tras haber puesto la primera lavadora del día y haber fregado el suelo, y haberla vestido con otro camisón limpio, cepillándole el cabello, todavía en una melena larga, con el pelo fuerte bajo la luz broncínea, contempla su primer gesto apacible: porque durante toda la secuencia está algo alterada, como si la costumbre de las mañanas anteriores se borrara de un día para otro. Ese instante es siempre el mismo en su serenidad, observándola mientras la sigue peinando, como si acabara de verla por primera vez y no le disgustara encontrarla ahí, con una especie de cordialidad prudente tras los ojos azules asomados a su propio torrente diluido, como si se vertieran hacia dentro.

Nora recuerda las palabras de Susana, poco antes de despedirse: No te puedes imaginar lo que ella sufrió, lo mucho que pensaba en ti tras la muerte de Paul. Estaba furiosa contra la vida y el mundo. Maldecía, perjuraba. No lograba entenderlo. Y mira que ella lo aceptaba todo. Lo pasó muy mal después del velatorio: sobre todo, por tu negativa a que te acompañáramos, porque pensaba que te estaba fallando, aunque tú nos hubieras pedido, o impuesto más bien, que te dejáramos sola. Me hizo prometerle que no te diría nada. Bastante tiene la pobre con lo que tiene. Eso decía. Respetó tu deseo de permanecer lejos; y en cierto sentido creo que lo llegó a entender. Pero las últimas semanas, cuando ya se iban a cumplir los diez años, sólo pensaba en ir y traerte con nosotras.

Se inclina sobre ella y la besa, aspirando el olor de su pelo, esparcido en la almohada como un ramillete que mantuviera aún su último fulgor.

—Mamá —musita, rozándole la mejilla y sintiendo la tersura de su piel, de pergamino a punto de quebrarse, mientras le susurra algo al oído, en un tono tan quedo que nadie que estuviera cerca podría oírla, acariciándola con las palabras viejas, pero reconocibles, de un idioma recién recuperado.

Permanece junto a ella, como si pudiera refugiarse en el ritmo acompasado de su respiración, cuando percibe un parpadeo trémulo, al principio sutil, pero después creciente, extendido a las líneas marcadas de la frente, hasta convertirse en un súbito temblor que le hace temer una nueva convulsión, al descubrir también cómo comienzan a agitarse levemente los pómulos, como si las comisuras de los labios quisieran despegarse y hubieran olvidado la manera de hacerlo. Entonces su madre abre los ojos y la mira directamente. Al principio, Nora se queda paralizada. Después reacciona despacio, pasándole los dedos por las sienes sin atreverse a pronunciar una palabra, temiendo que el instante pueda deshacerse. Águeda abre lentamente la boca, tomando aire, mientras su hija le busca la mano y se la coge. Entonces, poco antes de entornar los párpados, susurra tres palabras que ya se quedarán siempre dentro de Nora:

—Hija, qué alegría.

47

Los rostros aparecen salteados desde la oscuridad. Susana no siente que esté extrayendo esos fajos de fotografías de los grandes cajones de cartón, sino que es ella la que se precipita hacia el fondo, en la marea de láminas sepias y coloreadas a pincel con retratos de boda, militares, infantiles, estampas más o menos amorosas y postales enviadas a direcciones que probablemente ya no existen o han cambiado su sitio en el mapa urbanístico, emociones expuestas en unas pocas líneas para cruzar esa nubosidad del trazo minucioso de las letras, sus curvas inclinadas en los ribetes íntimos, expuestas a la curiosidad de cualquier intemperie. Es el tercer anticuario que visitan en los alrededores de la place del Grand Sablon y no trabajan con cuadros, pero atesoran una colección fotográfica tan extensa que no la han conseguido catalogar y les ocupa las dependencias de la primera planta. Después de cuatro horas absorta en un escrutinio que tiene algo de fascinación, Susana se frota las yemas de los dedos, como si buscara eliminar la fina película de tinta y polvo desprendida sobre su piel, que parece adherirse y poder atravesarla, entrar por su corriente sanguínea y tiznarla de una desolación que comienza a cargarle las vías respiratorias, porque su mirada se diluye en el rigor perfecto y posesivo de cada semblante, con la integridad interior de esos corbatines entre solapas curvas, bajo cuellos postizos, y los vestidos con amplias caídas, llamativos tocados y sombrillas que podrían girar al desplegarse, como una noria en su fabulación líquida.

Susana siente que no debería tener en sus manos nada de eso. Que las cosas tendrían que desaparecer con sus dueños, porque está invadiendo, con la superficialidad de quien valora las distintas piezas en una frutería, sopesándolas, para elegir las que se llevará, miles de intimidades diluidas pero todavía enteras en todos sus encuadres, que merecerían un respeto mayor que acabar arrambladas como mercancía vendida al peso.

—Pues si estamos aquí es precisamente porque hasta ti ha llegado no sólo un cuadro, sino también un álbum con fotos como éstas. Y no me negarás que te alegró.

—Pero eso es distinto, Ode. El cuadro es de mi madre. Y las fotos también.

—No veo la diferencia. El día que tú faltes, si alguien no las quema, todas esas fotos seguirán existiendo. Exactamente igual que éstas. Y probablemente acabarán en un lugar parecido, o directamente en la basura. El lienzo quizá no, porque es precioso, aunque nunca se sabe. Pero las fotos, igual que tantas cosas, terminarán destruidas o apiladas. Es ley de vida. Por mucho que nos empeñemos, nada nos pertenece de verdad.

Susana observa una invitación de boda con una pareja posando, él con un finísimo bigote y los ojos cerrados, en una expresión de sueño dulce, cobijado en el roce del pómulo al besarlo, mientras ella mira fijamente al objetivo, como si estuviera decidida a proteger para siempre el gesto confiado del muchacho, con sus atentos ojos claros. Susana siente un ligero sobresalto en los dedos, como ha experimentado varias veces a lo largo de la mañana, porque todas las caras se asimilan en su expresión de tiempo; pero, una vez más, la semejanza con su madre es remota, y deja caer la cartulina, produciéndole ese deslizamiento de su mano un dolor mínimo, mientras la ve planear y solaparse con otras, desordenadas, como si estuviera soltando el trozo abandonado de una vida, su última tensión.

–A la vista está. Aunque yo me refiero especialmente a las fotografías. Toda la tienda está llena de cosas. Me conmueve ver ese caballito, aquella barra de bar con sus taburetes, los pupitres de la planta baja, que parecen sacados de una novela de Dickens, o qué sé yo, las alfombras, los loros disecados, las cuberterías de plata y las vajillas de porcelana china, o ese gran billar modernista de los años veinte, y no me asalta ninguna melancolía, porque me parece que lo más normal es que todo termine en manos extrañas. Es como visitar un museo, sabiendo que, si estás dispuesto a pagar estos precios tan desorbitados, puedes llevarte lo que te guste. Pero mira todas estas caras, Ode. Mira sus expresiones. No puedo evitar imaginarme el momento en que se hicieron. Es igual que la fotografía que, en parte, me ha traído hasta aquí, en la Taberna Greenwich. Todos estos rostros mirando a la cámara, compartiendo ese instante. Fíjate en ellos. En su fragilidad. Son todos distintos y todos son iguales, porque comparten la misma esperanza en los días venideros. Pero tendrán el mismo fin: estar, precisamente hoy, en estos cajones, para que nosotras las saquemos a puñados, como legumbres en un saco. Podríamos cubrir el suelo de las tres plantas con ellas y aun así seguirían sobrando. No sé, me desazona. Y no he venido a sentirme triste, sino a estar contigo, y a imaginar a mi madre en estas calles; pero me es imposible no pensar en el segundo preciso que estos miles de personas intentaron grabar para siempre, porque quizá creyeron que sus hijos podrían guardar todo esto, y después los hijos de sus hijos, y contarían historias asombrosas sobre sus vidas pasadas, sus idilios, rupturas, sus reconciliaciones y sus viajes, mientras hablaban de sus viejos amigos, cuyos nombres también se perderían, disueltos en el limbo; y quizá también se reconocerían en otros rasgos, como te ocurre a ti con las fotos de tu abuela. Entonces los veo, como si cada una de estas fotografías me transportara allí, justo a ese momento, y ya no me interesa la propiedad fugaz de las cosas, sino el testimonio que ofrecen, si nos atrevemos a mirarlas, en toda esta verdad arrojada al silencio y al olvido.

Al abandonar el anticuario, Susana siente que está saliendo a la superficie. El mediodía mantiene su brillo cenital. Ode le ha explicado que aún les queda por visitar la galería Athena, en la rue de Laeken, en la que suele haber colecciones de pintores anónimos. Antes pueden descansar y comer en el Café Leffe. Atraviesan en silencio la claridad de la pendiente y Susana piensa en su madre, a través de dos momentos distintos, entre su propio nacimiento y cuando fue a esperarla, diecisiete años después, con su padre, a su regreso de aquel segundo viaje del que nunca le había contado nada, que se había ido diluyendo en su propia memoria, igual que los objetos que acaban de ver, en la acumulación de realidad y en su significado, como un espacio entregado a las galerías del recuerdo; su madre, que abandonó Bruselas con apenas veinte años, varios meses antes de que ella naciera, en la creencia de que el hombre al que amaba había muerto abrasado en aquel accidente de tráfico, cerca de Charleroi, y casi enloqueció al conocer la noticia, antes de regresar a la vieja ciudad costera, cuando su padre vino a recogerla, a salvarla de su naufragio en las aguas arrasadoras de la pérdida, abandonada por su vida, como un islote dejado a la merced de las corrientes oceánicas. Cómo averiguar lo que pudo sentir Águeda entonces, cuál era el extremo más punzante de su desolación y cómo fue el encuentro con su padre, cuando Eladio Halffter llegó para llevársela de vuelta y resguardarla en su amparo hogareño, hasta que consiguiera serenarse, unas semanas antes de conocer al hombre que finalmente sería su marido: aquel comerciante algo seco, reservado, aficionado a la prensa deportiva, que tan poco tenía que ver con su temperamento evocador. Siendo todavía muy pequeña, después de haber compartido con su madre una de aquellas tardes de ensoñación frente a las reproducciones de Magritte, Susana, al encontrar a su padre sentado en su sillón, taciturno y opaco bajo las sombras del anochecer, inmune a cualquier estímulo o voluntariamente blindado ante las emociones que parecían desplegarse en el saloncito al final del pasillo, Susana halló cierto placer en fantasear, en su soledad de hija única, viviendo entre dos seres tan distantes, ante aquella recíproca extrañeza, con la posibilidad de que Sixto no fuera su verdadero padre, sino alguien elegido por su abuelo para cubrir la ausencia de una sombra, que existía sin que la propia Susana fuera consciente de ella: esa silueta invisible en su fabulación, pero también presente de alguna forma, elaborada como una marea subterránea y sutil, a través de esos trazos difusos que contemplaban, juntas, ocupando los huecos del dibujo; pero también piensa en su madre, mucho tiempo después, cuando la propia Susana se había olvidado ya de todo aquello y era una muchacha de diecisiete años que esperaba con excitación la visita de Claudio y Josefina, los viejos amigos que acudían a verles una vez al año, él con esa voz inconfundible de galán de novela radiofónica que a ella había llegado a turbar, secretamente, en su primera adolescencia, cuando aparecía con aquel porte señorial, bajo un toque de alegre desenfado en sus bromas continuas, como si así aplacase el difícil carácter de su esposa, en una crispación disimulada tras su belleza rubia, bajo el brillo radiante de los ojos cuando se encontraba con su madre: qué alegría verte, eso solía decirle, no estás igual, sino más guapa. Y era verdad: porque Águeda, a sus treinta y siete años, poseía una espléndida belleza que parecía haberse ido generando a sí misma, tras sus largos paseos matutinos por la alameda, como si la proximidad del mar, que le rizaba la cada vez más larga melena pelirroja, pudiera regalarle una plenitud vertical y cobriza, remarcada en la voluptuosidad que Susana advertía en las miradas de los hombres y que esperaba haber heredado, aunque sólo fuera parcialmente, como una promesa de fertilidad, susurrante en la espuma, con su roce nocturno.

Fue tras la última visita de Claudio y Josefina. Recuerda perfectamente aquella noche, con la expresión terrible en la cara de su madre, entre la estupefacción y el horror, cuando se dirigió hacia el salón, se sentó al lado de su marido y le dijo que tenían que hablar. Se encerraron en el dormitorio. Ella se había apostado cerca, en el recibidor, junto a la entrada del pasillo, pero le fue imposible oír nada. Unos días después, fueron a despedirla a la estación. Estaba resplandeciente, pero con un velo de temor en los ojos, como si algo la alarmara íntimamente ante la separación de su vida pacífica, de ese mar que le daba su fuerza diaria, que parecía brotarle de los ojos como un fuego vencido y matinal de cobalto, y que ahora volvería a quedarle lejos, como cuando se había marchado diecisiete años antes, pero ya sin teatro, ni papel alguno que representar, sino con la conciencia recién recuperada de un sentimiento intacto, apenas una mancha entre la multitud, tras su vida acabada y emergente otra vez.

Entran en el Café Leffe y contemplan la plaza, elevada hasta la iglesia, con una sucesión de galerías de arte y chocolaterías. Ode pide dos lasañas y Susana retiene el vuelo de su perfil, recortado por un mentón finísimo, con ese cuello alzado de blancura nívea, cincelado en una suave levedad hasta el nacimiento del pelo, de un pelirrojo tan intenso como el de su madre: Susana vuelve a pensar que la tiene delante, que es la misma mujer que ahora la guía por los anticuarios de Bruselas, la ciudad a la que volvió, diecisiete años después de haberla abandonado, para tratar de encontrar al hombre de los dedos invisibles que habían reverenciado cada tarde, entre sus pinceladas, cuando su madre y ella las habían examinado, como mundos abriéndose sobre la penumbra, con esferas ingrávidas de cielos oscilantes y puertas entreabiertas a una gran extensión deshabitada, sin que Águeda supiera que esas mismas manos, más allá de lo que ella veía en sus pinturas, aún vivían.

—Era una excusa como otra cualquiera para pasar la mañana, porque sólo había una posibilidad entre un millón. Además, estando yo aquí, había que intentarlo.

Susana prueba la lasaña. Es buena, aunque demasiado contundente.

—Tienes razón. Pero no creas que estoy desalentada. Es verdad que quizá en mi fuero interno, aun sabiendo que era prácticamente imposible, esperaba encontrar algo, una pista lejana, una señal, lo que fuera, aunque me negase a admitirlo incluso ante mí misma. Tampoco tengo claro qué buscamos, la verdad. ¿Una fotografía, más cuadros de chicas en un lago? Quién puede saberlo. A lo mejor una de esas cuberterías que hemos visto se sirvió en una mesa a la que ella se sentó a comer. O quizá en algún almacén, bajo toneladas de cachivaches, haya un programa de aquella función de *El pato salvaje* que montó Claudio. Vamos dejando rastros, hoy lo hemos visto en abundancia. De todas formas, aunque no hayamos encontrado nada, tampoco tengo una sensación de vacío. Mucho de lo que hemos visto, todas esas cosas, las lámparas de cristal, los quinqués, la biblioteca de madera labrada y los divanes de terciopelo, me han dado un aire de época en el que no me ha costado situar a tu abuela, como si en esa anarquía de objetos tan dispares se pudiera encontrar el orden natural de una edad. Y teniéndote conmigo, Ode, ha sido sencillo representarme la escena, sólo con situarte en el centro: ella no era mucho mayor que tú cuando volvió y también lo hizo para seguir un rastro, como nosotras estamos imaginando el suyo, sin más ayuda que su intuición y el deseo, quizá entre un reguero de escombros parecido al de hoy, de restos extendidos a la vista. Quién sabe si logró descifrar la clave oculta en uno de esos fragmentos, y entonces le encontró.

Al principio no lo ve, porque es imposible discriminar un solo objeto entre la ordenada avalancha visual de impresiones corpóreas, con sus propios volúmenes y brillos bajo las últimas luces de la tarde, recortados del vacío y puestos en primer plano de la retina, incapacitada, al menos los primeros segundos, para descartar cuanto se ofrece, fijándose más en un revólver decimonónico reconvertido en lámpara, con el cañón soldado a la base redonda y la bombilla naciente en la culata, bajo la pantalla plisada, que en el flamenco disecado que emerge desde lo alto de su promontorio, en una columna, con una de sus patas inclinadas en una uve que parece a punto de quebrarse, o en las vitrinas con cristalería *art nouveau*, con todos esos bordes retorcidos en su propia esbeltez, abiertos a la circunferencia de su sorbo silente, acompasado dentro de sus propias paredes de transparencia azul, frente a colecciones de sortijas y pendientes muy finos; o la presencia inquietante de las grandes máscaras congoleñas, esculpidas en maderas curvas, pintadas y con un extraño pelaje a la altura de la frente, ojos como hendiduras que parecen abrirse a un abismo de tiempo, lanzas, escudos y un tótem portentoso junto a un escritorio de roble del siglo XIX, con esas esculturas en bronce de los mitos clásicos o los espejos de marcos dorados, del tamaño de un cuerpo, en los que Susana y Ode se contemplan, como un cuadro de súbita extrañeza. Porque desde que han entrado en la galería Athena han tenido una sensación, aunque ninguna de las dos se haya decidido a expresarla, de reconocimiento en muchos de los objetos, como el bastidor de una esquina, manchado en los extremos y con un soporte ribeteado muy elegante, y también el arcón con inscripciones egipcias sobre la superficie, como si algo en esos signos vegetales y súbitos, ante sus ojos atentos y cansados, les sirviera de preparación para lo que las dos están a punto de encontrar: porque en una de las paredes, entre otros muchos lienzos, Ode se contempla en un retrato, con las mejillas húmedas y ese trazo anguloso en sus facciones, la melena pelirroja recogida y las motas de agua, como salpicaduras del rocío, cayendo en sus hombros, rodeados por dos tirantes amarillos, muy finos, que dejan entrever el nacimiento empalidecido del escote. Los ojos de la dependienta se cruzan con los de Susana, entre la sorpresa y la incredulidad, cuando miran a Ode como si acabara de salir del cuadro.

48

—La partida es antigua, y hemos vendido casi el lote completo. Bastante bien, de hecho: aunque es un autor desconocido, su calidad resulta incuestionable, sobre todo para los expertos que suelen aparecer por aquí. Le llamamos, simplemente, J: nunca hemos sabido su nombre y firmaba así, con una J, en la esquina inferior derecha. El hombre que los trajo, hace ya un año y medio, nos dijo que los había encontrado abandonados en la *cave* del piso que acababa de comprar. Respecto a su auténtico valor, resulta difícil saberlo: es evidente que se trata de un pintor de talento, con personalidad. Me encanta este cuadro: por eso lo tengo aquí, en la exposición permanente. Aún estoy sobrecogida por el parecido, porque es imposible que seas tú: creo recordar que la fecha, en el reverso, es de hace sesenta años. Pero pareces la modelo del retrato. A pesar de la facilidad con la que hemos ido adjudicando, en varias subastas, la mayoría de sus pinturas, todavía nos queda una serie: la más rara, con escenas marítimas de una familia. Les hemos puesto un precio de partida más bajo, inferior al que merecerían, y aun así nadie ha pujado por ellos. Están en el almacén. Si no os importa esperar hasta la hora de cierre, os los puedo enseñar. Serán sólo diez minutos.

Intentan caminar entre los pasillos de la galería como si todavía fueran dueñas de su ánimo y pudieran contener una impaciencia que les resbala por las comisuras resecas de los labios, al respirar el aire cargado de la sala, ocupada por su armonía caótica de objetos rescatados de casas a punto de ser demolidas y pisos solitarios, tras la muerte de unos inquilinos sin descendencia, o llevados allí por unos hijos que habrían preferido el beneficio inmediato de la venta a mantener el aire emocional de toda una existencia dedicada al cuidado y la preservación de unos muebles anclados en su lenta minucia, como las butacas isabelinas concebidas para cualquier salón con techos altos y bodegones imantando las paredes, con aquellas estampas interrumpidas de súbito, como si la irrupción de un visitante inesperado les hubiera dejado con el asado a medio trinchar en la bandeja de barro, conteniendo su calor, la manzana mordida y el vino denso, con esa turbiedad ocre en la copa, o los amplios sillones, con la piel cuarteada, para acomodarse en la lectura mientras arden los leños de la chimenea, junto a candelabros y vitrinas en las que Susana observa, al pasar fugazmente, el perfil reflejado de Ode, mientras eleva su vista a la pared, adornada por un mosaico de retratos, y vuelve a distinguir el que parece corresponder a su madre y también al gesto natural de su hija, tan similar a la fotografía que Nora le entregó para ella, que también atravesó, en el fondo apresurado de una maleta, su propia sucesión de túneles nocturnos.

Bajan la escalera en espiral, con manchas verdosas y negruzcas en las paredes grises, igual que siluetas fantasmales, crecientes y extendidas, que se hubieran filtrado definitivamente en la roca. Susana se pregunta si en esas condiciones de humedad es posible mantener los lienzos protegidos de las emanaciones acuosas que también se adhieren a sus respiraciones. Sin embargo, cuando la dependienta abre la puerta del almacén, les sorprende la sequedad templada de la estancia. Es una sala grande, con una suave calefacción, y los cuadros descansan sobre los caballetes o apilados en largas hileras inclinadas. La chica se detiene junto a una de las filas, dando la vuelta lentamente a varios lienzos, tras dudar, con pesada parsimonia.

–Aquí están. Como podréis observar, tienen el mismo estilo del retrato de arriba, con esas pinceladas angulosas, pero el tono general es distinto y quizá el tema resulta menos atractivo. Son escenas familiares, que parecen seguir cierto orden, se podría decir que cronológico, a medida que la niña, que es el personaje principal, va creciendo, pasando por distintas edades, siempre acompañada de la madre y con el mar de fondo.

Ode tarda unos segundos en reaccionar, pero Susana ya se ha visto en el primero de ellos, todavía muy pequeña, por el paseo marítimo, cogida de la mano de una hermosa mujer que parece imantar el sol del mediodía desde su melena cobriza y muscular, como si sus tejidos se hubieran revelado en el cabello fúlgido, mientras un hombre bajo, de una adusta expresión introvertida, camina por delante, distanciado, con el manto amarillo sobre la infinitud vencida por las aguas, como si su blancura árida, de planicie lunar, se pudiera invertir con el mar aquietado, y hubiera un pasadizo que conecta la escena con la mano que la está definiendo, en la prolongación de una vida por cauces paralelos, con su propia textura medular, entre la celeste y la marina, y en el relieve de los personajes. Sólo en el primero de la serie figura ese hombre de hombros fornidos, que parece fuera del escenario ocupado por la mujer y la niña, bajo el cielo abatido, en una yema rota por las pinceladas cada vez más difusas.

Cuando la chica sigue sacando los demás cuadros, Ode le aprieta el brazo.

—Eres tú —susurra—. Eres tú con la abuela.

Susana asiste a la sucesión de imágenes con una mezcla de perturbación y asombro, de enajenación y soterrado júbilo, especialmente cuando se descubre, ya adolescente, entrando por la antigua puerta giratoria del Hotel Pacífico, que cambiaron por una automática en la última remodelación, junto a la espléndida mujer, todavía muy atractiva, ambas con trajes de raso, como si acudieran a una fiesta vespertina, con la luz rindiéndose en el nimbo de un crepitar cansado en el crepúsculo, tras su espectro suave: más allá del confín del dormido oleaje se pueden entrever las formas diluidas de otras realidades, sobre pájaros con las alas abiertas como nubes, difuminadas en el vapor salado de los cielos caídos, sugiriendo también el movimiento de unos dedos danzantes, que pueden planear y confundirse con la oscilación bajo los párpados de Susana al mirarse, dibujando el vacío, como si sus propios ojos hubieran aguardado el momento de encontrarse justo ahí, al otro lado de su vida.

A medida que se van sucediendo los cuadros, y también las distintas versiones de Susana hasta asentarse en su primera juventud, la dependienta descubre que la elegante mujer que la ha acompañado a la cave, seguramente muy por encima de la cincuentena, tiene motivos razonables para encontrar semejanzas entre la modelo que se va repitiendo en las distintas estampas y ella misma, del mismo modo que la chica más joven, que parece su hija, es prácticamente igual que la espectacular mujer de los retratos, como si se hubieran invertido las edades y los parentescos, para transfigurar la realidad, y la hija se hubiera convertido en la madre; exactamente así se había sentido Susana los últimos meses cuidando de Águeda, como si aquel cuerpo llagado, con la expresión vibrante todavía en algunos destellos bajo la veladura turquesa de los ojos, hubiera reconocido en ella a la madre que había perdido demasiado pronto, revelada en su hija, con un nuevo fulgor, ahora adormecido en su conciencia.

–¿Qué podemos hacer para quedarnos los lienzos? ¿Están a la venta?

La dependienta no sabe cómo reaccionar. Ladea la cabeza, como si necesitara sentir la certeza de su movimiento para aceptar la situación.

–Hay un precio de salida. Bastante rebajado, como les dije antes. Lo curioso es que, hasta ahora, nadie ha pujado por esta serie, y sin embargo todos los demás han acabado adjudicándose a precios muy altos.

Susana sigue mirando la sucesión de imágenes: no puede decir nada, y escucha la conversación como una lluvia a punto de romper.

–Comprenderá las especiales circunstancias que concurren aquí.

La dependienta asiente. También parece haberse quedado sin habla, y durante unos segundos esboza una expresión de duda, como si contemplara otra solución y la tuviese en la punta de la lengua; pero, finalmente, mantiene el gesto tajante ante el suave anonadamiento de Susana.

–Sí. Las comprendo. Es realmente sorprendente. Pero no puedo hacer nada. Ésta es una casa de subastas. La próxima será dentro de un mes y este lote volverá a salir. Pueden venir entonces.

–Pero, mujer, ¿es que no ve que mi madre es la mujer de los cuadros? ¿No le da eso algún derecho de preferencia? No le estoy pidiendo que nos los regale, sino un poco de flexibilidad. Estoy dispuesta a pagar un buen precio por ellos. No quiero correr el riesgo de que alguien se nos adelante.

—Lo siento —responde, tras su trance de enajenación—. Es todo lo que puedo hacer. Si lo desean, regresen dentro de un mes y pujen por ellos. Ahora, si me disculpan, se me ha hecho muy tarde y tengo que cerrar.

Suben la escalera con una sensación espesa de vigilia, mientras se vuelven a fijar en las manchas verdosas, como espíritus grotescos que definitivamente parecen deslizarse sobre el muro, estirados entre las grietas como el fósil de una enredadera. Atraviesan de nuevo la sala principal de la galería. Ode se fija, otra vez, en el viejo revólver convertido en una lámpara de mesa, ahora con la bombilla encendida sobre la culata, y se pregunta si alguien, alguna vez, lo habrá disparado en otro cuerpo. Susana no es capaz de pensar, sacudida por la exhibición de esos instantes, que ella creía perdidos y que estaban grabados dentro de otros ojos, reconvertidos en un estilo aplicado a la creación de un mundo: el suyo, casi desde su mismo nacimiento, pasando por los miles de paseos con su madre a la orilla del mar, las tardes infinitas en cualquiera de los salones del hotel y hasta la boda y el nacimiento de Ode, que la había llevado a descubrir, por esa incertidumbre sencilla del azar que puede alcanzar golpes de certeza, el sótano en que su vida se había contenido el último año y medio, como el resto azulado de una existencia ligada extrañamente a la suya, porque la había convertido en el tema de su obra.

Ya en la rue de Laeken, Ode continúa pensativa. La contrariedad por no haber logrado salir de allí con los cuadros ha ocupado su gesto momentáneamente. Ahora, desde fuera, vuelve a ver su rostro a través del escaparate, en ese retrato con los hombros desnudos, apenas cubiertos por los dos tirantes amarillos, escuetos sobre la piel lechosa, y se pregunta por qué ha tenido que venir su madre para que ella misma descubra su propia presencia anterior en Bruselas, cuando otra mujer idéntica, que ella empezó a conocer verdaderamente ya entrada en la vejez, se asomó a una experiencia dramática que después de todo, considerando las diferencias entre sus dos momentos, no se aleja tanto de la suya.

Ninguna de las dos sabe muy bien qué decir. Cuando Ode va a decirle que no se preocupe, porque acudirá a la subasta del próximo mes, y que incluso ella misma, para entonces, puede volver de nuevo si le apetece y pujar en persona por la serie de cuadros, suena el teléfono móvil dentro del bolso de Susana. Se detienen, como si el pitido las hubiera despertado. Sin necesidad de acercarse a escuchar, Ode reconoce un gemido roto, aunque tranquilo, en la voz de Nora, como si emergiera de un fondo abisal.

–Susana, siento llamarte así, pero tienes que volver. Mamá ha muerto.

49

En el asiento del avión, Susana piensa en un hombre al que no ha visto nunca. O quizá lo ha encontrado en una de esos miles de instantáneas antiguas, con la tinta hacendosa de los rostros abocados a la perpetuidad; pero algo le dice que, de haber sido así, de haber entresacado una fotografía con su rostro, algo en sus facciones le habría resultado familiar, habría provocado un chasquido interior, una rotura ínfima y palpable en su contemplación amodorrada de todos los semblantes y también las posturas, la mayoría de estudio, para reconocer un gesto íntimo, una verdad entera y anterior a ella misma. No tocará jamás sus manos, aunque las imagina canosas, con los dedos fuertes y una rara sutileza en su forma de tomar los pinceles y moverlos, como si estuvieran delineando, en el peso del aire, su esencia más sutil. Nunca podrá, tampoco, acariciar su cara, que presiente angulosa, como esos mismos rasgos que ha preferido fijar, bajo una frente ancha, con las arrugas marcadas desde la juventud, cuando se vio obligado a comprender que su existencia sería ocupada por otro, que él se conformaría con tomar los rescoldos y aprender a mimarlos desde lejos, convirtiendo su arte en una apropiación que también podría darle una nueva sustancia, más delicada y frágil, pero también más edificante que el dolor y el olvido: porque había decidido mantener una suerte difícil de permanencia y de fidelidad, poblando su memoria con la vida de los otros, su tacto y su olor, sus palabras y sus movimientos, una prolongación de lo que sólo podría ir acumulando con la vista, recreando después su testimonio en un nuevo realismo visionario, con su crudeza y su restauración de tantas emociones abolidas: porque había sido un muerto, durante diecisiete años, para la mujer que amaba, que había seguido amando en su estricto silencio, mientras se empleaba en todo tipo de trabajos esporádicos, cada año, para ahorrar el dinero del viaje, y así subirse a un tren y atravesar países para encontrar el tema más definitivo de sus cuadros: esa observación, el acecho que se convertiría en la única manera de acercarse a su vida, la que le fue usurpada por la fatalidad, con su lento artificio; o quizá fue un profesor universitario, como Susana, y no necesitó hacer grandes esfuerzos para ir cada verano a una agencia de viajes y contratar una travesía por el sur de Europa, hasta la ciudad costera que una vez había adivinado en los ojos de Águeda, convertida en el paisaje de una evocación, y quizá también tuvo que alternar con decenas de promociones de alumnos que habían soñado un día con pintar, igual que ella, para encontrar por fin una sustancia definitiva y única, y se habían terminado convenciendo de que el noble arrojo de la apuesta sólo se corresponde con su riesgo de pérdida, porque la mayoría de esos muchachos tendría que contentarse con una emulación, tratar de descubrir los secretos de la técnica de los pintores que más admiraban, como a él le había ocurrido con Magritte antes del accidente, de su olvido y también de su vuelta al vacío. Sin embargo, después de todo, él sí había encontrado el asunto, el tono y el discurso, y había conse-

guido un mundo propio que había alcanzado su corporeidad, la plenitud en sus ojos, dentro de ese sótano del anticuario en la rue de Laeken, porque ella había entrevisto en
esos lienzos mucho más que su vieja facilidad copista;
también una convicción, desdibujada sobre la realidad,
como si pudieran sumergirse en el fondo del cuadro y más
allá, con la pericia justa y con la hondura de quien sabe que
todo, antes o después, se perderá en su lento acabamiento,
y es capaz de fijar la honradez de una vitalidad: vivir esos
momentos y poder habitarlos, como si en el paseo marítimo
que ellas habían recorrido tantas veces, y que él había ace-
chado sin que pudieran siquiera imaginarlo, se escondiera
la línea divisoria entre una infinitud de planos, con todas
sus cerraduras ofrecidas entre la certeza y la alucinación, a
lo largo de un pasillo que comienza a inundarse, sin que
sepamos nunca qué puerta hemos de abrir para encontrar
nuestra vida.

Mientras escucha las instrucciones de la azafata, con los
brazos en cruz a la altura de su asiento, mira por la ventanilla. Su hija está con ella y le tiene cogida la mano. Parecen
dos sonámbulas, porque han pasado la noche despiertas. Sabe
que Ode, en cuanto despegue el avión, va a quedarse dormida; pero está intentando aguantar, como si tuviera miedo a
dejarla sola. Siente el calor de sus dedos, finos y blancuzcos,
tanto que las venas se le transparentan, como líneas verdosas
en un mapa cambiante. También Ode ha tenido, siempre,
una gran intuición para pintar, y por eso acabó haciéndose
arquitecta. Su herencia de talento se atribuyó a su abuelo,
que le dejó su impronta de honradez elegante en los viejos
relatos familiares que su madre había revisitado tantas veces,
quizá como un atisbo de supervivencia, durante las mismas

tardes amarillas de cortinas expuestas al salitre rumiante, como si las historias, ya muy distanciadas, no fueran un eco, sino una construcción igual de inevitable que el hotel, reconvertido en cuento para tejer una mitología familiar, con su promesa de perduración en la elegía de aquellos salones con largas noches de fiesta junto al piano de cola, en los bailes que Susana ya no había conocido más que en el recuerdo de su madre y de los propios camareros, como si esas paredes fueran más irreductibles que el hombre que las diseñó y pudieran alzarse eternamente.

Fue un muerto, sí, durante diecisiete años. Pero ¿y después? ¿Lo había seguido siendo? Susana no ha podido dejar de pensar en uno de los cuadros, que la sacudió con su cadencia de cuidado derrumbe, mientras Ode discutía con la dependienta de la galería. En él se repetía el entorno, aunque con variaciones: el mar absoluto, sin nada a la vista, salvo el hotel emergiendo como una isla que brotara del corazón del océano. En su terraza, como vigilantes apostados, oteando el precipicio, reconoció a su madre, con un elegante vestido blanco que se llevó a Bruselas aquella segunda vez: no lo había vuelto a recordar desde entonces, ni lo habían encontrado al vaciar el piso, y está casi segura de que ese vestido de noche, con sus amplios volantes, no había regresado de aquel viaje. También se vio a sí misma, pegada a su madre, siendo ya una muchacha. Y a continuación, cerca de ellas, pero a cierta distancia, un hombre alto, algo descuidado en el chaleco abierto, de cuyo bolsillo colgaba una llavecita del tamaño de un pulgar, cogida a la cadena de un reloj de oro: pero su rostro, a diferencia de los otros dos, aparecía emborronado, como si en el último momento J, o Jérôme, se hubiera arrepentido de firmar su autorretrato.

La inquieta no haber acompañado a su madre en el instante de su expiración, pero la consuela que Nora haya estado con ella. Al llamarla y explicarle cómo ha sido, su hermana le ha transmitido una serenidad que la ha ayudado, en parte, a soportar la noche en vela, porque no ha sido capaz de cerrar los ojos. Cuando el avión comienza a despegar, Ode ya está completamente dormida, pero aún le mantiene cogida la mano. Siente su calor y se sumerge en él, como si pudiera cubrirle todo el cuerpo.

Casi no percibe las turbulencias, porque Susana no está dentro del avión, sino en el sueño protegido por la mano cerrada de su hija. Se ve a sí misma desplegando el lienzo sobre un caballete y colocándolo frente a la cama de su madre. Antes de preparar los botes de pintura y los pinceles la mira con detenimiento, recortada sobre la blancura de la tela, como si estuviera dando paso a una representación. No tiene ninguna idea concreta, sino más bien dubitativa, y tampoco está segura, tanto tiempo después, de conservar ni siquiera una porción remota de su vieja pericia en el arte modesto de la copia; pero ha pensado que su madre, en esa nebulosa sostenida desde su decaimiento, pronunciado y angustioso, con crisis respiratorias cada vez más frecuentes y nuevas convulsiones alertando su ánimo, quizá pueda reconocer los movimientos del acto de pintar, mientras ella, de nuevo, vuelve a escuchar su voz, animándola a no desfallecer.

Sentada en un taburete, se fija en la fotografía de la inauguración del Hotel Pacífico. Comienza a dibujar con una ligereza anárquica que se va concretando hasta mostrar las líneas verticales de la fachada principal, con un carruaje delante del jardín y la presencia del mar no sólo al otro lado del edificio, sino en su naturaleza, como si el hotel también tuviera sus propias corrientes interiores y el caudal circulara por sus amplios pasillos, que serán anegados, lentamente, por el encharcamiento progresivo de sus viejos pulmones.

Cuando Susana termina la hilera de arcos y pasa a emborronar el color, piensa que no está retratando solamente el hotel, sino a su madre, porque a pesar de su estado de somnolencia casi demolida, reclinada en su ahogo paulatino, no pierde un detalle de ninguno de sus rápidos trazos, con sus dedos más ágiles que nunca. Por un momento parece celebrarlo, mientras sus ojos azules y profundos se ligan al océano, con un ritmo alterado en su volumen cíclico: el dormitorio comienza a flotar en las aguas, aquietadas por su respiración, mientras sigue encadenando pinceladas, hundiéndose en la imagen, como si Águeda la reconociera, pudiera habitarla y toda ella fuera el cuadro del hotel, justo antes de comenzar a agitarse, por una convulsión que la hace temblar violentamente, aún dentro del sueño de su hija, en su última mirada lúcida hacia el mundo.

50

En la habitación del hotel, despierta como si estuviera ascendiendo hacia la luz desde el fondo de un lienzo que empieza a emborronarse. Las cortinas adoptan la curva de un velamen tras su vientre inflamado, con el aire salino de la costa concentrado en la ventana para darle volumen a su respiración. La sábana le cubre hasta los hombros: los echa hacia atrás, muy despacio, y siente el traqueteo de sus vértebras, encajándose en una hilera encadenada, antes de sacar las piernas del colchón y sentir la alfombrilla, blanda y mullida bajo sus plantas. Desnuda ante la luna del armario, contempla la ondulación cambiante en su melena suelta, moldeada con bailes mercuriales sobre la levedad cuando entra la corriente con posturas acuosas, mientras va dejando atrás las fosas turbias del sueño.

Reconoce la lámpara con el pie metálico simulando un tronco esbelto que termina en tres hojas doradas de acanto, delicadamente inclinadas hacia fuera, bajo la mampara de pergamino. La habitación le parece avejentada, con la moqueta gris abatida por su rozamiento en su acumulación de polvo, como las paredes, sin el empapelado verdoso que esperaba encontrarse y cierta sensación de verticalidad difusa. Pero si sale a la terraza estará sobre el mar, como si se asomara por la proa de un transatlántico que abriera en dos las aguas. Se fija en el buró, sin una sola huella, un rayado o una raspadura, pero con un desaliento incrustado en las patas, el filo labrado y los cajones que parecen no haber sido nunca abiertos: levanta el tablero y encuentra sobres y folios amarillentos con el membrete del Hotel Pacífico.

Inicia el descenso en el ascensor, que se detiene una planta más abajo. Entra una pareja. Se saludan y permanecen en silencio. Llevan ropa ligera y calzan sandalias, tan nuevas que quizá las estén estrenando. Él es más esbelto y se esconde tras una expresión lánguida y rubiácea; ella parece demasiado robusta y masculina, aunque sus facciones son dulces.

Se muestran dichosos, sobre todo la mujer, y se descubre sintiendo una tierna familiaridad hacia ellos. Cuando el ascensor vuelve a abrir sus puertas permanece dentro unos instantes, aprovechando que se ha quedado sola, para contemplarse, porque algo en su expresión le ha resultado remotamente ajeno: más que reconocerse, ve un rostro salido de un retrato.

Llega al restaurante, con una gran cristalera. Contempla la vastedad luminosa del enorme comedor, con todas las mesas vacías. Observa la orilla y cree advertir que la marea ha subido durante la noche, acercándose al césped que rodea la piscina, pero lo atribuye a un efecto óptico.

Al cruzar la puerta giratoria, ve a una pareja de ancianos, junto a un taxi, rodeados de las maletas que un botones les está descargando. Ella mantiene aún cierta apostura. Lleva una felpa granate que le recoge el pelo graciosamente. Él, muy encorvado, ofrece un aspecto taciturno mientras le coloca, primorosamente, el abrigo de pana en los hombros. Por un momento cree que sus miradas van a poder cruzarse

273

y siente deseos de acercarse, porque les ha reconocido, pero ambos entran sin reparar en ella.

Después de una hora, tiene la impresión de estar andando en círculos: cuando mira hacia el interior, desde cualquier punto del paseo marítimo, únicamente encuentra, alzado en su terraza, el mirador del hotel.

Hay un hombre. Está tan lejos que no distingue si también camina o permanece apoyado sobre la balconada de piedra. Tras unos momentos, comprende que avanza hacia ella. También distingue a la pareja del ascensor, ahora en una cala. Están rodeados de barcas de pescadores, coloridas y varadas en la arena. Los observa: ella le acaricia el pelo rubio, suelto sobre la frente. El otro paseante está más cerca. Cuando apenas media entre ellos un trecho del pretil, con farolas modernistas de filamentos vegetales, como un ramaje ferroso en el salto hacia el mar, descubre que se ha vuelto a alejar, aunque distingue su ligereza cuando saca las manos de los bolsillos y las deja oscilar: son unas manos grandes, gráciles, con los dedos largos y flexibles, que al andar parecen irse deslizando a través del salitre, como si así pudieran delinear los contornos de los edificios.

Aunque ya está lejos, ha podido verle. Su pelo es matoso, con unas orejas no demasiado grandes, echadas hacia delante por el tirón suave de la nariz prominente, voluntariosa y segura de sí misma, con un anuncio de dilatación en las aletas, sobre la línea pulcra del bigote, hasta el bucle final en los extremos, junto a las patillas afiladas, aunque sin la espesura de las cejas, que remarcan la expresión hendida de unos ojos que parecen tener la facultad de ahondar en su expresión, como si además de escrutarlos también pudieran reconocer los rostros que le miran a través del cristal.

Continúa en la misma dirección. Baja unas escaleras que dan a la playa. Cierra los ojos y oye el oleaje en la orilla. Está empezando a anochecer. Se levanta la brisa mientras sube las escaleras que la devuelven al paseo marítimo. El viento mojado se convierte en un conato de ventisca.

Se fija en las torres de vigía. Atraviesa la alameda y cree advertir un brillo naciente entre los árboles, como luciérnagas disgregadas en sus vidas infinitas, con sus refugios en la profundidad de otro atardecer, bajo la bóveda de hojarasca. Levanta aún más los párpados al ver, en el interior de uno de los troncos, la imagen de una casa sobre una ladera, con luces al otro lado de las ventanas y el cielo mortecino cayendo como un manto de cadencia marina. Se frota los ojos cuidadosamente, poco antes de descubrir que esa casa encendida dentro del árbol la está pintando un muchacho, inclinado pacientemente sobre el bastidor. Siente la tentación de interrumpirle y sentarse con él, pero ella está también dentro del tronco. Ocultas por el enramado, sobre las fuentes y las bancadas de azulejo, logra distinguir, al final de la espesura, las letras luminosas del Hotel Pacífico.

En el restaurante, la presencia del mar es más rotunda, adueñándose no sólo de la playa y del césped que rodea la piscina, sino del propio hotel y de su ánimo, como si pudiera diluirse por los corredores y el vestíbulo. Escoge una mesa cercana al ventanal. Pierde la mirada en el océano como si pudiera atisbar, en su extensión balsámica, las formas petrolíferas del aire nocturno. El piano de cola permanece mudo, con la pista de baile vacía.

Le cuesta incorporarse. Sus pies en la moqueta le parecen distintos, con los empeines inflamados y los dedos enflaquecidos. El suelo tiene un roce seco de arpillera mientras avanza por la alfombra roída, con una dificultad medida en cada paso. Se mira en el espejo: los pómulos se le han escurrido hacia la barbilla, formándole unas leves bolsas, y las ojeras pálidas le remarcan el gesto, como si hubiera enlazado varios sueños: sólo su melena sigue manteniendo la misma fuerza, en su marea rojiza.

Sale al paseo marítimo, porque le cuesta mucho respirar. Pasa por delante de una cafetería con forma de quilla, las paredes ferrosas y un mástil cubierto por el óxido, como un faro sin iluminación que pudiera seguirse desde las barcas, a la deriva y meciéndose, porque el avance del océano ya ha cubierto la caleta. Avanza con esfuerzo. El antiguo balneario, de gruesos pilares asentados sobre la arena, lo encuentra abandonado. El nivel del mar ha cubierto la playa. Mira la turbiedad de las aguas y el cielo.

La vegetación de la alameda le parece más frondosa. Los pasillos de loseta entre las bancadas de cerámica están cubiertos por la espesura salvaje y el lecho tamizado de hojas, caídas y adensadas bajo el ramaje, cada vez más tupido: tanto, que apenas consigue entrever las torres de vigía frente al horizonte encapotado, a punto de romperse en una convulsión, con la violencia crispada en el aire todavía respirable mientras vuelve al hotel.

No encuentra a nadie en la recepción. El ahogo es paulatino, como si sus pulmones también estuvieran anegándose con una asfixia acuosa y lenta. Deja atrás la tarima con el piano y se interna en salones que apenas puede recordar, con un empapelado que quizá le resulta conocido, de un azul verdoso, acariciante, mientras le llega el eco de una orquesta que parece tocar desde las profundidades del hotel. Trata de encontrar el origen de la melodía, aletargada en su ritmo de trompetas suplicantes, arañando el curso del vacío, porque encuentra el latido y retrocede, menguando el pulso hasta la secuencia que requiere la sonda, como si el goteo circunstancial del sonido le marcara cada inspiración de su pecho hundido y quebradizo.

Atraviesa unas puertas flanqueadas por ventanales y

llega a una gran sala. Las mesas están ocupadas por tableros de ajedrez, con partidas que parecen haber sido interrumpidas bruscamente. Las fichas permanecen entre las copas y las botellas alambicadas, junto a cajas de latón de colores vistosos. Coge una de ellas y observa la figura de la tapa, con chaqué y sombrero de copa sobre una mirada triste, avejentada bajo el monóculo. La arroja al suelo, en mosaico, bajo sus pies: contempla los percheros en las columnas y la bóveda de cristal azul, oscilante en el techo, como si fuera a precipitarse sobre ellos, tallada en cromatismos apagados, sobre una hilera de mesas, formando un escenario en el que sería posible cantar y bailar.

Siente los pies mojados. El hotel se está inundando, encharcado en su respiración.

La corriente, con un nuevo vigor, le impide llegar hasta los ascensores o la puerta principal. Encuentra las escaleras y se decide a subir. A través de la ventana de un rellano ve ascender el nivel del agua, mientras la lluvia se vuelve más intensa, con grandes convulsiones sacudiendo toda su estructura, como si el edificio fuera a desplomarse antes de hundirse.

Llega a la última planta y se detiene delante de una de las puertas. Se toca el cuello y encuentra una llavecita, cogida a su cadena dorada. La reconoce con una suerte de naturalidad plomiza, como si se estuviera desvistiendo y su ropa fuera demasiado pesada. Entra en la habitación. Contempla las pinturas de las paredes, con algunas escenas que recuerda vagamente, iluminadas con debilidad por una lámpara de pie dorado. Se fija en el último cuadro, muy cerca de la puerta: es un dormitorio luminoso. En él, una mujer está pintando, con fidelidad, la fachada sumergida del hotel. Bella en su madurez, con el pelo cobrizo, parece concentrada en la redondez de cada trazo, dibujándose a sí misma, junto a una cama vacía.

Respira peor, como si los pulmones se estuvieran encharcando en su propia mucosa. Ve subir por el hueco de la escalera el torrente espumoso, con cientos de papeles, y en el remolino distingue unas cartas que quizá escribió, junto a decenas de instantáneas flotantes y un álbum azul ennegrecido girando en círculos concéntricos sobre el caudal que anega el mirador, ascendiendo a través de las galerías inundadas del hotel, imágenes captadas en su propio momento que no se resignan a quedar sumergidas.

Ya no recuerda nada. Ante la infinitud celeste, se dice que en la generalidad de cualquier existencia no hay demasiados episodios extraordinarios, ni las piezas encajan, sino que se deshacen y se pierden en una conjunción de ausencia y soledad. Está cubierta hasta los labios. No hay a su alrededor más que la inmensidad, pero todavía no se preocupa de eso. Contempla las fotografías, tan familiares como extrañas, con la pintura borrándose lentamente y todos esos rostros hundiéndose en la oscuridad.

El suelo cruje bajo sus pies, danzantes sobre el fondo. El agua le cubre y pierde apoyo. Ve planear los cuadros, como si al diluirse pudieran volverse a dibujar en otra superficie, con un nuevo lenguaje. Comienza a encadenar brazadas, dejándose llevar por la corriente que la mantiene a flote. Aún no sabe cuánto tardará en llegar, y necesita sentirse descansada para el próximo esfuerzo.